자발적 가난의 행복

자발적 가난의 행복

펴낸날 | 초판 1쇄 2010. 10. 15
　　　　　초판 3쇄 2014. 7. 10

지은이 | 강제윤
펴낸이 | 임후남

디자인 | 애드디자인
출　력 | 아이앤지 프로세스
인　쇄 | 올인피앤피

펴낸곳 | 생각을담는집
주　소 | 경기도 광주시 오포읍 머루숯길 81번길 33
전　화 | 070-8274-8587
팩　스 | 031-719-8587
전자우편 | mindprinting@hanmail.net

ISBN 978-89-963899-5-8

이 도서의 국립중앙도서관 출판시도서목록(CIP)은
e-CIP 홈페이지(http://www.nl.go.kr/ecip)에서 이용하실 수 있습니다.
(CIP제어번호 : CIP2010003576)
책값은 뒤표지에 있습니다.

잘못 만들어진 책은 구입하신 곳에서 교환해 드립니다.

강제윤 산문집

자발적 가난의 행복

생각을 담는 집

부자가 되지 않고도 행복해지는 법

"또 모자랄까 두려워함이란 무엇인가? 두려워함, 그것이 이미 모자람일 뿐."

(칼릴 지브란)

한때 나는 어린 시절 떠났던 고향 보길도로 돌아가 8년을 살았던 적이 있습니다. 보길도의 14개 자연 부락 중 13개 마을은 바다를 끼고 있어 전복을 비롯한 수산물 양식으로 큰돈을 법니다. 연 소득이 수억 원에 이르는 가구들도 적지 않습니다. 하지만 단 하나 부용리 마을만은 온통 산으로 둘러싸여 바다가 없습니다. 섬이지만 전형적인 산간 농촌입니다. 마을에 바다가 없으니 양식을 할 수도 없습니다. 교통문제로 유통이 쉽지 않아 하우스 작물로 돈을 벌기도 어렵습니다. 그래서 작은 땅을 일구며 소박하게 살아갑니다.

보길도에도 양식 사업이 부도가 나거나, 주식 투자로 신용불량자가 되거나, 큰 빚 때문에 야반도주하는 사람들이 더러 있습니다. 그들은 모두 바닷가 마을 사람들입니다. 하지만 부용리 마을에는 그런 사람이 하나도 없습니다. 연 소득이 수억 되는 바닷가 마을 사람들은 대부분 그만큼의 빚을 지고 있지만 년 소득 5백만 원도 못 되는 부용리 마을 사람들은 빚이 거의 없습니다.

농·수협에 빚을 내 양식업을 하는 바닷가 마을 사람들은 수익이 생기면 빚을 청산하기보다는 양식장 규모를 확장하기 위해 재투자합니다. 심지어 그 과정에서 새로운 빚을 지기까지 합니다. 더 많은 돈을 버는 바닷가 마을 사람들이 늘 바쁘고 이자 부담으로 쪼들릴 때 부용리 사람들은 오히려 적은 액수나마 저축까지 하며 한가롭게 살아갑니다. 그래서 보길도의 가장 인정이 넘치는 마을도 단연 부용리입니다. 가난하지만 빈곤하지 않고 애써 부유함을 추구하지도 않는 사람들. 적게 벌어도 부족함이 없고 근심이 적어 행복한 사람들. 나는 그 소박한 자족의 삶속에서 우리의 '오래된 미래'를 보았습니다. 부자가 되지 않고도 행복해지는 법을 배웠습니다.

우리는 과거 어느 때보다 풍족한 시대를 살아가고 있습니다. 그런데도 늘 결핍에 시달리며 더 큰 부자가 되기를 열망합니다. 물질은 넘쳐도 정신이 부족한 시대. 대다수의 사람들은 불과 삼사십 년 전까지만 해도 굶지 않고 배불리 먹는 것이 인생 최대의 행복이었습니다. 하지만 지금 우리는 몇 년 치의 식량을 쌓아 놓고도 걱정이 끊일 날 없습니다. 그래서 늘 더 많은 돈을 벌기 위해 안간힘을 씁니다. 이 사회 또한 부자가 되는 것이 최고의 가치라고 부추깁니다. 이 땅은 어느새 너무도 뻔뻔스럽게 돈을 숭배하는 나라가 되고 말았습니다. 그래서 많은 이들이 내일 부자가 되기 위해 오늘의 행복을 기꺼이 희생합니다. 미디어들은 가난은 죄악이고 부유함은 선이라고 쉴 새 없이 떠들어댑니다. 하지만 우리들 대다수는 절대 부자가 될 수 없습니다. 산출되는 부의 총량은 일정한데 노력하면 모두가 부자가 될 수 있다는 주장은 혹세무민에 불과합니다. 그것을 모르지 않으면서도 우리는 욕망을 제어하기가 쉽지 않습니다. 게다가 소비 사회의 악령들, 상품광고들은 끊임없이 소비를 강요합니다. 결국 더 많이 일하고 더 많은 돈을 모아서 우리가 할 수 있는 일이란 더 많은 소비밖에 없습니다.

어떤 이들은 가난한 이들과 나누기 위해서라도 부의 축적이 필요하다고 주장합니다. 물론 부자가 돼서 나누는 삶은 아름답습니다. 하지만 부자가 되지 않기 위해 노력하는 삶은 더욱 아름답습니다. 부자가 되지 않는다는 것은 남의 몫을 빼앗아 오지 않는다는 뜻이니까요. 그것이 바로 '자발적 가난'의 삶입니다. 자발적 가난이란 빈곤하게 살자는 뜻이 아닙니다. 빈곤을 지양하되 부자가 되는 삶을 지향하지 말자는 뜻이지요. 이 세계에는 여전히 헐벗고 굶주린 사람들이 많습니다. 하지만 오늘날 인류가 겪는 빈곤의 문제가 물질의 부족 때문이 아니라는 것은 누구나 잘 아는 사실입니다. 그러므로 더 많이 나누기 위해 더 많이 생산하고 더 부유해져야 한다는 주장은 설득력이 없습니다. 오히려 자발적 가난이야말로 나눔 이전의 나눔이며 가장 큰 나눔의 실천입니다. 자발적 가난을 택하는 사람들이 많아질수록 자기 몫을 빼앗기는 사람 또한 적어질 것이기 때문입니다. 역설적이지만 모두가 가난해지려고 노력할 때, 이 세계의 모든 빈곤은 끝나게 될 것입니다.

이 책은 필자가 자발적 가난을 택해서 살았던 날들, 가난했으나 행복했던 날들의 기록입니다. 1부는 절판된 산문집 '숨어사는 즐거움'에서 추려낸 글 일부와 미발표 산문들을 포함한 필자의 보길도 시절 이야기들입니다. 2부는 보길도를 아주 떠난 뒤 한철 머물렀던 청도에서 한옥 목수 일을 배우며 썼던 산문들입니다. 한 시절 정주의 삶을 살았으나 지금은 또 여러 해째 거처 없는 유랑자가 되어 살아갑니다. 고향을 떠나 다시 길을 나선 것은 더욱 가난해지기 위해서였습니다. 평생을 가난하게 살아 왔고 남은 날들도 내내 그러할 것입니다.

2010년 가을, 유랑의 길 위에서 강제윤 합장

차례

1

보길도 시절

설국의 저녁,
나는 불태워져 어떤 향을
남기게 될까요

남국南國에 눈이 옵니다.

순식간에 보길도의 산과 들, 바다까지도 온통 눈 세상입니다.

텃밭의 배추도 바다 밭의 김과 톳, 미역들도 눈에 파묻혀 갑니다.

나는 눈밭을 건너 설국雪國에 도착합니다.

깊어가는 설국의 겨울,

동백나무들, 눈꽃보다 눈부신 꽃망울 붉게 터뜨립니다.

설국에 저녁이 옵니다.

군불을 지피러 뒤안으로 갑니다.

눈 맞으며 패 온 장작들.

습기가 배어 확 타오르지 않습니다.

은은하게 달궈지는 나무들,

솥 안의 물은 느리게 끓고,

아궁이 속에서 또 한 송이 붉은 꽃 피어납니다.

설국의 함박눈 부뚜막까지 날아와 서성거리다 돌아가고

나는 오래도록 불가에 앉아 나무들이 타면서 내는 향에 취해 봅니다.

소나무 가지 불타오르며 솔솔 풍기는 솔내음,

불 땀 좋은 대나무에 묻어온 대숲 향기,

혈관을 따라 흘러나온 동백나무 장작의 수액은 구수하고

잣밤나무 장작의 진액은 달콤합니다.

설국의 겨울, 사람을 태워도 향이 날까요.

사람의 살이 탈 때도 맑은 향이 나고

뼈가 타닥일 때, 구수한 맛의 진액이 흘러나올까요.

동천다려* 초가지붕 위로 소복소복 눈은 내려 쌓이고

나 아궁이 속 장작으로 느리게 타오르면

동백나무와 참나무들,

불가에 둘러앉아 불을 쬐며 두런거리겠지요.

이 사람 장작은 향이 좋구나, 아니야 고린내가 지독한 걸.

설국의 겨울 저녁,

나를 불태워 눈바람에 언 나무들 따뜻하게 몸 녹일 방 한 칸 지필 때

나는 불태워져 무슨 향을 남기게 될까요.

나는 불태워져 어떤 맛의 진액을 남기게 될까요.

*동천다려 : 저자가 보길도에 살던 시절의 집 이름 (편집자 주)

아무것도
남기지 않는 삶

가을 들면서 밤에 자주 문 밖을 나서는 버릇이 생겼습니다.

지나가는 바람 소리에도 문을 열어 보고,

창문으로 들어온 달빛의 움직임에도 자주 잠을 깹니다.

책상 앞에 앉았다가 오늘도 댓잎 바람 소리에 문을 열고

마당으로 나왔습니다.

진돗개 봉순이는 제 새끼들을 모두 끌어안고 잠이 들었는지

기척도 없습니다.

꺽정이는 여전히 집으로 들어가지 않고 이슬을 맞으며

웅크려 자고 있습니다.

비 온 뒤끝이라 그런지 밤 공기가 찹니다.

하지만 하늘이 그렇게 맑고 푸를 수가 없습니다.

요새 나는 말 없는 것들이 부럽습니다.

말 없는 바위와 돌들, 말 없는 나무와 풀들, 말 없는 구름들, 별들….

요새 나는 흔적 없이 살다 간 사람들이 부럽습니다.

무언가를 이루고 남기는 것은 중요합니다.

하지만 아무것도 남기지 않고 가는 사람이야말로

실로 놀라운 사람입니다.

흔적을 남기지 않은 사람들이란

본디 무소유의 삶을 살다 간 사람들이기 때문입니다.

나는 여전히 버려야 할 것이 너무도 많습니다.

벌써 새벽닭이 웁니다.

물고기에 대한
예 의

뭍에 나갔다가 돌아가는 길, 완도 수협 공판장에 들러 물고기 몇 마리를 삽니다. 완도만 해도 대처라 물산이 풍부합니다. 감생이, 참돔, 금조구, 가재미, 넙치, 농어, 장어 등 없는 물고기가 없습니다.

섬으로 돌아갈 사람이 물고기를 사간다는 것이 일견 우스워 보이지만, 웃을 일은 아닙니다. 보길도만 해도 완도에 비해서는 작은 섬이라 물고기들이 흔한 편이 아닙니다. 그래서 보길도를 찾아오는 많은 사람들이 포구에 나가면 늘 고깃배에서 막 잡아 온 횟감을 싸게 살 수 있으려니 기대를 하고 왔다가 실망만 안고 돌아갑니다.

외지인들은 고깃배가 들어오는 시간을 맞추기도 어려울 뿐더러, 물때에 맞춰 나간다 해도 물고기를 사기가 쉽지 않습니다. 고깃배들이 잡아오는 물고기가 많지 않기 때문이지요. 게다가 물고기를 잡는 고깃배들도 몇 척 되지 않으니 섬사람들도 물고기를 사기가 어렵습니다. 아마도 주민들이 수입이 불안정한 고기잡이보다는 안정적인 해조류 양식을 더 많이 하고 있기 때문이지 싶습니다.

완도는 그래도 큰 어항이 있어서 고깃배들이 많습니다. 수협 공판장에서 사면 값도 많이 싼 편입니다. 횟감으로 쓸 살아 있는 감성돔 몇 마리의 피를 빼서 아이스박스에 담고, 보길도행 여객선에 오릅니다.

내가 낚시를 좋아하지 않아서이기도 하지만 낚시를 해도 배를 타고 바다로 나가지 않는 이상 좋은 횟감을 낚기는 어려워 벗들이 찾아올 때면 더러 물고기들을 사다 직접 회를 뜹니다. 몇 년 사이에 회 뜨는 솜씨가 제법 늘었습니다. 사람들이 아주 그 길로 나가라고 농 반 진 반으로 떠밀지만, 언감생심이지요.

오늘 저녁에는 기막힌 맛의 물고기 회를 먹을 수 있을 겁니다. 아, 그런데 이 일을 어쩌지요. 생각만으로도 입에서 녹아 넘어가던 물고기 살 한 점이 목에 탁 걸리고 맙니다.

물고기.

말이 이보다 더 잔인해질 수 있을까요. 말로써 생살을 포 뜨는 말.

고기란 온갖 죽은 동물의 살을 말합니다. 어떠한 동물도 생명을 잃은 다음에는 고기가 되는 운명을 피하기 어렵습니다. 하지만 우리가 쇠고기나 돼지고기, 닭고기 먹기를 즐겨도 살아 있는 소나 돼지, 닭들마저 고기라고 부르진 않습니다. 들판의 소를 보고 "저기 쇠고기 한 마리가 평화롭게 풀을 뜯고 있다."고 말하지는 않습니다.

그런데 물고기들은 살아 있어도 고기라 부릅니다. 얼마나 잔인한 호칭이며 무자비한 인식입니까. 가혹하지 않은가요. 살아 있는 생명에게 고기라니. 고기란 호칭은 물고기들 또한 살아 있는 생명체란 사실을 망각하게 만듭니다. 그래서 생명 죽이기를 재미삼아 하는 낚시나 사냥 같은 난폭한 취미도 생기는 것이겠지요.

인간은 생명을 이어가기 위해 어쩔 수 없이 다른 생명을 해치며 살아야 합니다. 우리 몸을 살리기 위해 다른 동물이나 식물의 죽은 몸을 먹을 수밖에 없습니다. 하지만 우리는 우리에게 희생당하는 생명에 대해서 최소한의 예의는 지켜야 하는 것이 아닐까요.

물고기, 물고기…. 배가 화흥포항을 떠나 소안도 앞 바다를 지납니다. 저 바다 속의 수많은 물고기와 바다풀과 생명체들. 인간 또한 저 광대한 바다 앞에서는 한 마리 물고기에 지나지 않겠지요. 바다 속의 물고기와 물고기란 호칭을 안쓰러워하는 물고기 한 마리, 푸른 물결 위를 떠갑니다.

진돗개 봉순이
해 산 기 1

올해 추석은 보길도에서 보냈습니다. 어머니가 계시는 인천으로
가지 않은 것은 호피무늬 진돗개 봉순이의 출산이 임박한 때문이
었습니다. 봉순이는 추석 전날 밤에 다섯 마리의 새끼를 순산했습니다.
교미를 시킨 지 정확히 두 달, 딱 60일 만입니다.

그때가 밤 10시경이나 됐을까, 오늘이나 내일쯤 해산을 할 텐데. 걱정스
런 마음에 나갔습니다. 봉순이 집에 손전등을 비추자 이게 웬일입니까.
애벌레 몇 마리가 봉순이 배에 착 달라붙어 꿈틀거리고 있는 게 아닙니
까. 아직 눈도 뜨지 못한 네 마리의 강아지, 어미의 젖을 빨기 위해 굴러다
니는 그것들은 아주 큰 배추벌레의 모습 그대로였습니다.

나는 무엇보다 먼저 봉순이 닮은 호피무늬를 찾았습니다. 달랑 한 마리,
어째 호피무늬는 한 마리뿐인가. 이렇듯 내 욕심부터 챙기고서야 봉순이
를 돌아봤습니다. 봉순이는 탈진했는지 봉순아, 봉순아 불러도 알아듣지

못하고 가쁜 숨을 몰아쉬기만 합니다.

그렇게 한참을 봉순이와 새끼들을 지켜보고 있는데 봉순이가 다시 몸을 뒤척이며 배에다 힘을 줍니다. 아직 덜 나온 놈이 있나. 봉순이가 고통스럽게 몸을 뒤트는데 또 한 덩어리의 생명이 쑥 빠져 나옵니다. 봉순이는 새끼를 가두고 있던 투명한 막을 걷어내 먹어치우고 새끼의 숨통을 틔워 줍니다. 제발, 이놈은 호피라야 하는데. 나는 마음이 급해 불빛을 비추고 또 비춰봅니다. 거무스름한 것도 같은데 뚜렷하게 보이질 않습니다. 봉순이가 새끼의 몸을 깨끗이 핥아낸 뒤 물끄러미 나를 봅니다.

나는 실망스런 얼굴로 봉순이를 다그칩니다. 이제 더 안 낳을 거니, 하나만 더 낳아라. 너 닮은 호피 하나만 더 낳아. 매정한 내 얘기를 알아듣는지 마는지 봉순이는 지 새끼들 씻겨주는 데 정신이 없습니다. 개의 출산 과정을 바로 옆에서 지켜본 것은 이번이 처음이었지만 사람들의 호들갑스런 출산과는 달리 조용하게, 그리고 누구의 도움도 없이 다섯 마리씩이나 낳고도 스스로 뒷마무리까지 깔끔하게 해내는 봉순이의 해산 풍경은 참으로 감동적이었습니다.

모든 생명 있는 것들은 저렇듯 말없이 자기 몫의 운명을 감당해 내는데 사람인 나만 늘 허덕이며 비명을 질러대고 힘겨워합니다. 새끼들은 아직 껏 눈을 못 뜨고 걷지도 못합니다.

그저 지렁이처럼 꿈틀거리며 기어다니기만 할 뿐이지요. 강아지들은 보통 태어난 날로부터 10여 일이 지나야 눈을 뜨고 걷기 시작한다고 합니다. 이제 일주일 뒤면 저 다섯 마리의 강아지들은 또 다른 세상을 보게 되겠지요. 하지만 나는 마음이 편치 않습니다. 내가 다 기를 형편이 못되니 잘해야 한두 마리 빼고 나머지는 팔거나 누군가에게 줘야 합니다. 이 지방에서는 대부분의 개들이 식용으로 길러집니다. 머지않아 내 손을 떠나갈 저 어린 생명들의 운명도 거기서 크게 벗어나지 못하겠지요.

사람이든 짐승이든 새 생명이 태어났다고 해서 마냥 기뻐하고 탄생의 신비를 찬양하고 축복해 줄 수만 없는 이유가 이와 같습니다. 아침저녁 찬 이슬에 몸도 마음도 움츠러드는 것을 보니 이제 완연한 가을입니다. 오늘 새벽에는 너무 쓸쓸해서 거의 울어 버릴 뻔했습니다. 참았지만 가으내 마음속 눈물은 그치지 않을 듯합니다.

진돗개 봉순이
해 산 기 2

봉순이가 어젯밤에 두 번째 출산을 했습니다. 산모의 영양 상태가 좋아서 그랬는지 이번에는 두 달을 다 채우지 않고 예정일보다 사흘이나 앞당겨서 출산했습니다. 어린 강아지들은 모두 건강하고 윤기가 흐릅니다.

봉순이는 첫 번째 해산 때와는 달리 큰 힘 들이지 않고 새끼들을 쑥쑥 잘도 낳았습니다. 새끼를 막 낳아 탯줄을 끊어 먹고 새끼들 몸을 씻겨 주면서도 내가 '수고했다'는 말을 건네자 저 또한 '괜찮다'며 여유까지 부리더군요.

첫 번째 출산 때 호피를 더 낳으라고 내가 닥달했던 것이 마음에 걸렸던지 봉순이가 이번에는 호피와 누렁이를 각각 둘씩, 모두 넷을 낳았습니다. 암수도 반반입니다.

오늘 아침에는 산후 조리도 시킬 겸 쇠고기를 한 근 사다 미역국을 끓였습니다. 고기를 사러 가서 개에게 먹일 거라고 하니까 잉꼬 식육점 주인은 웃으면서 저보고 '미친놈'이라 하더군요. 사람 먹기도 힘든 쇠고기를 개에게 먹인다니 가당치 않다는 뜻이지요. 글쎄, 그럴까요.

다른 때 같았으면 밥을 들고 나가자마자 집 밖으로 뛰어나왔을 봉순이가 오늘은 새끼들을 품에 안고 집안에 누워서 꼼짝을 않습니다. 새끼들은 어미 품에 폭 파여 아예 보이지도 않습니다. 그러고 보니 봉순이의 누운 자세가 어젯밤과 반대군요. 어제는 분명 집 안쪽으로 등을 대고 누웠었는데 오늘은 바깥쪽으로 등을 돌리고 있습니다.

봉순이네 집 앞쪽은 문이 없이 툭 트여 있어 바람에 무방비 상태인데, 새끼들을 보호하기 위해 봉순이가 자신의 등으로 바람막이를 한 것이지요. 어린 새끼 생각하는 모정이 지극합니다.

봉순아, 밥 먹어라. 몇 번을 다그쳐 부르자 그제서야 새끼들이 다치지 않게 조심스레 걸어 나옵니다. 봉순이가 고깃국에 막 입을 대려는데 호피무늬 새끼 한 녀석이 집밖으로 기어나오다 굴러떨어져 낑낑거립니다. 순간, 봉순이는 고깃국은 돌아보지도 않고 새끼에게로 달려갑니다. 눈도 못 뜨고 바둥거리는 새끼를 조심스럽게 물어다 집에 넣어 놓은 뒤에도 봉순이는 나올 생각을 않습니다. 봉순이는 부지런히 새끼를 씻어 주고, 강아지들은 어미 품에서 모두 잠들어 버립니다.

옆에서 꺽정이와 부용이가 허겁지겁 아침을 먹고 바로 코앞에서 고깃국 냄새가 풍겨도 봉순이는 꼼짝을 않습니다. 나도 봉순이를 불러내기가 미안하여 그렇게 한참을 쭈그려 앉아 있습니다. 그래도 밥을 먹어야 젖이 나오지. 나는 봉순이를 다그쳐 불러냅니다. 그제서야 봉순이는 조심스레 걸어나와 고깃국을 허겁지겁 먹어치웁니다.

얼마 전, 뒷집 할머니네 개는 제 새끼들이 밥그릇에 달려들자 새끼들을 모두 물어 죽였다고 합니다. 그것도 네 마리씩이나요. 그 할머니는 개가 임신했을 때 자신이 남의 제삿집에 다녀온 것 때문에 부정 타서 어미가 새끼들을 물어 죽인 거라고 믿고 계시더군요. 하지만 그게 어디 할머니가 제삿집에서 음식을 얻어먹고 와서 부정 타 그런 것이겠습니까. 사람도 자기 새끼를 낳아 내다 버리거나 심지어 죽이는 일까지 있지 않습니까.

그런 면에서 봉순이는 아무래도 못난 사람들보다 백 배는 낫지 싶습니다. 이런 봉순이에게 쇠고기 한 근이 아니라 사골 곰국인들 아까울 까닭이 없습니다. 차라리 개보다 못한 사람에게 쌀밥 한 그릇이 아깝지요.

제각기 형상을 달리하고 태어나 사람과 짐승으로 갈리어 다른 삶을 살고 있지만 어찌 사람이라 해서 다 사람이고, 짐승이라 해서 다 짐승이겠습니까. 요새 나는 봉순이를 줄로 묶어 기르는 것이 그렇게 미안하고 죄스러울 수가 없습니다.

봉순이의
염 소 사 냥

"그래 갖고 살찐데, 무장 더 야울제."

염소에게 풀을 뜯어다 주고 있는데 이웃집 할머니가 말을 걸어옵
니다.

"돈이 샐라면 어짤 수 없제. 개한테 물리면 고기도 안 만납꼬."

할머니가 무어라 하거나 말거나 염소는 뜯어다 준 풀을 먹기에 여념이 없
습니다. 밤새 배가 고팠겠지요.

"사람가치 창시는 성하게 오둑오둑 잘두 묵눈구만. 개한테 물리면 모산
다 했는디."

"근디 함마이, 염소는 멧 달 만에 쌔낄 난다우."

"한 다숫달은 넘어야제. 근 여숫달 가차이 되야제."

"이놈은 언마나 대꺼쏘."

"인자 새끼 뱃능갑다. 한 차서 날 때 대면 젖이 출렁출렁한디."

"그라요잉, 참말로 언마 안 데는 갑쏘야."

며칠 전, 봉순이가 기어코 사고를 치고 말았습니다. 내가 잠시 집을 비운 사이, 목줄이 풀려 한달음에 청별 고개까지 달려가 염소를 물고 말았습니다. 무슨 일로 그랬을까. 마치 표적 사냥을 한 것처럼, 집 근처 풀밭에 묶여 있던 많은 염소들은 거들떠보지도 않고 1km도 넘는 거리를 달려가 강채 삼촌네 염소를 초죽음으로 만들다니.

봉순이는 새끼까지 밴 염소의 목덜미와 어깨, 가슴을 물어뜯어 피투성이로 만든 다음 입에 피 칠갑을 하고서야 유유히 집으로 돌아왔습니다. 나는 염소 값 30만 원을 물어 주고 염소를 집으로 실어 왔습니다.

한동안 염소의 목덜미에서 피가 멈추지 않았습니다. 상처를 눌러 지혈을 시켰지만 염소는 여전히 넋이 빠져 있었습니다. 왜 아니겠습니까, 죽음의 문턱까지 다녀왔는데요. 동네 사람들은 개한테 물린 염소는 못 산다고 얼른 잡아먹으라 하더군요. 하지만 죽을 때 죽더라도 일단 살려보고 싶었습니다.

지혈제를 뿌리고, 소독을 하고, 항생제와 염증 치료제를 바르고, 주사까지 놓아 주자 염소는 차츰 안정돼 갔습니다. 앞다리 하나는 부러졌는지 접질렸는지 제대로 쓰지 못하는 것 같아 부목을 대고 붕대로 감아 주었지요. 염소 막을 만들어 주고, 한참 동안을 염소 앞에 앉아 있었습니다.

"좀 괜찮아졌니, 이제 무엇 좀 먹어 볼래."

풀을 뜯어다 주자 염소가 풀을 받아먹기 시작하더군요.

그로부터 여러 날이 흘렀습니다. 염소는 여전히 다리를 절뚝이지만 다른 상처들은 모두 아물고, 식욕도 제법 되찾은 것 같습니다. 더 두고 봐야 알 일이지만 염소는 온전히 살아난 듯합니다.

개한테 물린 염소가 못 산다는 속설은 상처 입은 염소를 치료해 주지 않고 방치해 두었을 때 해당되는 것이 아닐까요. 작은 상처도 감염 등에 의해 치명적일 수 있는 것은 염소나 사람이나 매한가지겠지요.

날마다 수시로 풀과 나뭇잎 등을 뜯어다 줍니다. 처음 다쳤을 때는 자가 치료를 하려는지 쑥만을 골라 먹더니 이제는 모두 잘 먹습니다. 그러나 아직은 마음이 놓이지 않아 어디 풀밭에다 매놓지 못하고 내가 풀 뜯는 수고를 대신해 줍니다.

"그라나 저라나 애기 거천하드끼 거천해야 쓰것다."

"그래야지라우."

할머니는 애기 돌보듯이 잘 돌봐 주려면 네가 고생스럽겠다고, 혀를 차며 마실을 나섭니다.

봉순이는 어려서 염소 한 마리를 물어 죽이고, 이참에 새끼 밴 염소까지 물었으니 나한테 진 빚이 제 몸값보다 커졌습니다. 처음 며칠은 된통 혼을 내 주고 아는 척도 안했지요. 그랬더니 기가 죽어 집 밖으로 나오지도 않더니만 내가 다시 아는 체하자 기가 살아났습니다.

언제 염소 물어 혼났느냐는 듯이 예전처럼 움직이는 짐승만 눈에 띄면 못 잡아먹어 안달을 합니다. 그것은 봉순이뿐만 아니라 다른 녀석들도 마찬가집니다. 사람에게는 순종적이며 한없이 유순한 개들이 왜 이다지도 다른 짐승들만 보면 공격적이고 폭력적으로 돌변하는 걸까요.

지난 여름, 개구리, 산게, 귀뚜라미, 사마귀, 지네 할 것 없이 봉순이네 식구들의 사정권에 들어오는 동물들은 무엇 하나 살아남지 못했습니다. 도대체 움직이는 동물들이 눈앞에 어른거리면 그대로 살려주는 법이 없었습니다. 그렇다고 녀석들이 사냥감을 먹는 것도 아니었지요. 그저 닥치는 대로 죽일 뿐이었습니다.

더러는 생포해서 가지고 놀기도 하지만 그러다 죽어 버리면 그뿐, 이내 다른 사냥감을 노리곤 했습니다. 매일같이 함부로 죽이지 말라고 야단을 쳤으나 내 입만 아팠지요. 그러더니 급기야 염소까지 잡아 오는 사단이 난 것입니다.

도대체 이 집 개들은 왜 이다지도 공격적이고 폭력적일까. 야성이 살아 있는 진돗개라서 그런 걸까. 진돗개는 사냥 본능이 있다던데 혹시 그 때문이 아닐까. 하지만 야생의 동물들 예컨대, 호랑이나 사자 같은 육식동물들도 배가 고프거나, 공격을 받아 위협을 느낄 때 외에는 다른 동물을 함부로 죽이지 않습니다. 예외적인 경우도 있지만 자신의 생존과 안전을 위해서 살상을 할 뿐이지 이유 없이 생명을 해치지는 않지요. 그러니 야성이 살아 있어서 공격적이라는 말도 틀린 것 같습니다. 야성이란 생명을 함부로 해치는 기질과는 무관한 것이지요.

그렇다면 개들은 왜 이유도 없이 다른 동물을 공격하고 살상하는 것일까요. 개들의 폭력성이 혹시 사람으로부터 비롯된 것은 아닐까요. 사람이야말로 개보다 더 자주 이유도 없이 무수한 생명들을 해치지 않습니까.

재미로 산 동물들을 사냥하고, 취미로 물고기들을 낚아 죽이고, 심지어 같은 인간마저도 벌레처럼 쉽게 죽이지 않습니까.

야생으로 있었을 때 개의 본성 또한 그렇게 공격적이지는 않았을 것입니다. 사람에게 잡혀 길들여지는 순간부터 개들은 포악하고 잔인해지기 시작했습니다. 사람이 사냥을 위해 이유 없는 살상을 부추겼고 그에 따라 야생의 개들은 지금의 폭력적인 개로 길들여진 것일 테지요.

그러므로 야성이라는 것도, 사냥 본능이라 이름 하는 것도 실상은 개들의 타고난 본성이 아니라 사람에 의해 길들여진 습성에 불과할 것입니다. 사정이 그런 줄 알면서도 개들의 폭력성을 탓할 수는 없겠지요. 봉순이가 염소를 물고 왔지만, 내가 봉순이를 책망할 수만 없는 이유가 이와 같습니다. 한번 피 맛을 본 개는 다시 사고를 치게 되어 있으니 봉순이를 팔아 버리라는 마을 사람들의 충고를 듣지 않는 이유가 또한 이와 같습니다. 오늘도 한 소리 듣고 난 봉순이가 먼 산을 봅니다.

동치미를
담 그 며

돌배를 씻어 바구니에 담아 두고 동치미 담글 준비를 합니다. 싸리
빗자루나 몇 개 만들 심산으로 뒷산에 갔다가 뜻밖에도 돌배를 한
자루도 넘게 따왔습니다. 작지만 옹근 돌배들이 참 많이도 열렸더군요.
따 가는 사람이나 짐승이 없어서인지 나무 밑에는 이미 떨어져 썩어 가는
돌배가 지천이었습니다. 여느 해보다 바람이 적었던 까닭에 올해는 산과
들판마다 과실들이 넘치도록 풍성했지요. 지난달 주워 항아리 가득 담아
둔 감식초도 벌써 익어가는지 시큼한 냄새가 마당까지 풍겨옵니다. 돌배
의 물기가 빠지면 노화도로 가져가 즙을 내와야겠습니다.
뒤안 우물가에서 유자술 담았던 항아리를 깨끗이 씻어 물기를 닦아내고,
도구통(절구통)에 절여 두었던 무를 광주리에 담아 나릅니다. 일주일 남짓
간간한 소금물에 절여 삭힌 풋고추와 절인 쪽파를 항아리 밑바닥에 깔고
무를 하나씩 올려놓습니다. 조금 크다 싶은 무는 반으로 자르고, 작은 무

는 통째로 포전리 염전에서 사온 천일염에 절여 두었지요.

실상, 여기 풍습으로는 조금 이른 김장입니다. 하지만 시원한 동치미를 얼른 먹고 싶은 욕심에 서둘러 담기로 했지요. 이곳은 겨울이 따뜻한 편이라 육지보다 김장이 한 달 이상 늦습니다. 많은 집들이 보통 12월 하순부터 김장을 시작하고 어떤 집들은 1월이 돼서야 합니다.

항아리 가득 무를 쟁이고 그 위에 마늘과 생강 자른 것을 싼 삼베 주머니를 올려놓은 뒤 돌로 눌러 둡니다. 마지막으로 국물을 붓습니다. 어제 저녁에 물을 끓여서 식힌 후 찹쌀가루로 풀을 쑤어 넣고, 구운 소금으로 간을 맞춰 두었지요. 밀가루 풀보다는 찹쌀로 풀을 쑤어 담가야 톡 쏘는 맛이 더하다는 말을 어디서 들었던 까닭입니다.

이제 동치미 한 독이 아주 쉽게 담가졌습니다. 겨울 날 준비 하나가 끝났습니다. 이런, 빠진 것이 있군요. 나는 얼른 대밭으로 가서 댓잎을 한 움큼 따옵니다. 동치미 항아리에 댓잎을 띄우자 항아리 속 대숲이 출렁입니다. 뒤안의 대숲도 함께 따라 출렁이고, 대숲 사이로 초겨울 저녁이 서둘러 옵니다.

메주
한 덩어리의 행복

뭍에서는 진즉에 첫눈이 왔다는 소식이 들리는데 이곳은 상강, 입동도 한참 지난 오늘에야 비로소 첫서리가 내렸습니다. 그렇지만 이곳 또한 여느 해보다 추위가 일찍 찾아온 셈입니다. 때 이른 추위로 늦게 심은 배추와 무, 시금치와 상추 등 텃밭의 채소들과 쑥, 냉이, 달래, 질경이, 쇠비름 등의 산야초들도 성장을 멈추고 웅크려 있습니다.

납작 엎드려 찬바람을 피하고 있는 야생의 풀들, 채소들. 어려운 시절이 닥치면 저 풀들까지도 스스로 몸을 낮추고 때를 기다릴 줄 압니다. 어느 날 다시 추위가 물러가고 따뜻한 햇볕이 쏟아지면 죽은 듯이 엎어져 있던 들판의 풀들도 다시 몸을 곧추세우고 서둘러 자라겠지요.

이른 아침부터 뒤안 아궁이에 군불을 땝니다. 서둘러 찾아온 추위가 두려워 나도 예정보다 일찍 메주를 만들기로 했습니다. 지난 밤 물에 불려 놓던 콩을 솥에 넣고 삶습니다. 예전에 내가 어렸을 때 할머니나 어머니는

종일 불을 때 생콩을 삶아서 메주를 빚었습니다,

나는 일을 수월히 하고 싶어 콩을 물에 불려 두었다 삶습니다.

거품이 넘치지 않도록 저어가며 두어 시간 남짓 불을 때자 누렇던 콩이 잘 익은 된장처럼 흙색으로 변해 가며 알맞게 익습니다. 생콩을 바로 삶아 만든 메주와 불렸다 만든 메주의 맛에 어떤 차이가 있는지는 모르겠지만 옛사람들이 굳이 수고를 들여가며 그렇게 했을 때는 다 이유가 있었겠지요. 하지만 게으른 나는 편한 길을 택합니다.

무르게 잘 삶아진 콩을 건져내 바구니에 담아 물을 뺍니다. 김이 모락모락 나는 콩들이 저절로 손길을 잡아끕니다. 하나 둘씩 집어먹다 보니 점심은 따로 먹을 필요도 없이 배가 부릅니다. 입에서 된장 냄새가 날 즈음 바구니의 콩들을 절구통에 넣고 찧기 시작합니다. 쿵쿵, 서툰 절구질에 절구통 밖으로 더러 콩들이 튀어 나가기도 하지만 콩은 쉽게 잘 빻아집니다.

일전에 막걸리를 만들기 위해 누룩을 빻으며 몇 번씩 절구질을 할 때도 느꼈지만 이 절구통은 키가 낮아 여간 불편한 게 아닙니다. 이 절구통뿐만이 아니겠지요. 대부분의 절구통이 남자들이 사용하기에는 키가 너무 낮습니다. 얼마 되지 않는 콩을 빻는데도 구부려 일하다 보니 허리가 끊어질 듯 아파 옵니다. 잘 빻아진 콩을 고무 대야로 옮겨 담고 손으로 주물러 메주를 만들어 갑니다. 네모나게 만든다고 만들어 보지만 무른 것이라 대나무 발 위로 옮기는 과정에서 모양이 제대로 유지되지 않습니다.

만들어 놓고 보니 어느 것 하나, 같은 것이 없습니다. 같은 콩으로 같은 사람이 만들었으나 모양도 제각각, 크기도 제각각입니다. 종일 부지런 떨었던 메주 만들기가 끝났습니다. 하지만 이제부터가 더 중요합니다. 볏짚으로 묶어 햇볕에 잘 말렸다가 군불 때는 흙방에서 잘 띄워야겠지요. 잘못 뜨면 썩어 버리니 아무리 메주를 그럴 듯하게 만들어도 띄우기에 실패하면 모두가 허사가 되고 말지요.

어떻든 그것은 이후의 일이고 오늘 나는 메주 몇 덩이 만들어 놓고 좋아서 어쩔 줄을 모릅니다. 장독에는 금년 봄에 담은 된장과 간장도 잘 익어가고 있고, 이제 다시 메주까지 만들어 놨으니 또 몇 년 반찬 걱정 없이 살게 됐습니다. 다른 찬이 없어도 들판에 지천으로 널린 풀들 뜯어다 된장국을 끓이고, 쌈을 싸 먹으면 돈이 없더라도 먹거리 걱정은 안 하고 살 수 있지요.

스스로 콩을 기르고, 메주를 만들고, 장을 담가 먹을 수 있다는 것은 얼마나 큰 행복입니까.

나는 행복에 겨워 춤이라도 추고 싶습니다. 욕망을 덜어 가며 살아야 하는 시골살이란 그 자체로 얼마나 큰 축복이며 은총입니까. 메주 한 덩이의 행복. 삶이란 신비로운 것이어서 메주 한 덩이 속에도 이렇듯 옹골찬 행복이 숨어 있습니다.

저무는
감자 밭

저녁 무렵 감자 밭에 풀을 매러 갑니다. 낮에는 햇볕이 뜨거워 풀을 맬 엄두가 나지 않습니다. 이즈음부터는 볕이 나기 전 새벽녘이나 해 넘어 가고 난 뒤라야 밭일을 하기 편합니다.

며칠 사이에 감자 밭과 옥수수 밭은 풀밭으로 변해 버렸습니다. 감자 밭의 풀을 매고, 여러 개 난 감자 순도 솎아 내고, 감자 순 주위에 흙을 더 덮어 북돋워 줍니다.

옆의 밭에서는 연로하신 할머니 한 분이 옥수수 밭을 매고 있습니다.

"약을 했는데도 그새 풀이 또 나와 부렀어, 징하네 징해."

"그라요야. 아침에 풀을 매고 돌아서면 저녁 참이면 또 수북해 부리요잉."

할머니 밭과 내 밭 사이 밭둑으로도 풀이 무성합니다.

"거그도 잔 약을 치게. 언능 씨 떨어지기 전에 약을 쳐야제. 거그 씨앗이 날리기 시작하면 백날 천날 밭에 풀 매 봐야 소용없응께."

"그래야지라우."

나는 제초제를 뿌릴 의사가 전혀 없으면서도 알았다고 수긍하는 척합니다.

감자 밭과 옥수수 밭에도 약을 쳐서 풀을 죽이고 심으라는 마을 노인네들의 말을 한 귀로 듣고 한 귀로 흘렸던 참인데, 굳이 밭둑의 풀들에게 농약을 줄 생각 따위는 애당초 없습니다.

그래도 못하겠다고는 못하고 알았다고 합니다.

노인 분들도 약을 하는 것이 땅에 안 좋다는 것을 모르지는 않습니다. 다만 그분들 노동력만으로는 약을 하지 않고 풀을 매 가며 농사짓기가 버거워 그리도 부지런히 약을 뿌려대는 것이지요. 내 젊은 몸으로도 한나절 밭에 쪼그려 앉아 풀을 매다 보면 온 삭신이 쑤시고 아픈데 노인네들 늙은 삭신이야 더 말해 무엇하겠습니까.

그나저나 약을 치지 않았더니 풀이 참 징하긴 징합니다. 옥수수 밭이고 콩 밭이고, 감자 밭이고 간에 풀 반 곡식 반입니다. 할머니는 당신네 밭을 다 매시고 내 밭 매는 것을 거들러 오십니다.

"놔 두씨오. 내가 천천히 맬라우."

"상관 말고 언능 일이나 하시게."

고맙긴 하지만 죄송스럽습니다.

"근디 함마이, 메주콩을 쪼금 일찍 심었더니 비둘기들이 다 잡쉬 부럿오야."

"그러게 남들 심을 때 같이 심어야지. 그래야 비둘기들한테 덜 뺏기지.

이 밭에 가서도 먹고 저 밭에 가서도 먹고 그래야 내 밭의 콩을 앳기지. 비둘기들 존 일만 시켰네, 담부터는 놈들이랑 같이 심게, 머든지."

"그래야것구만이라우."

"살아도 사재, 죽어도 사재."

풀을 메시던 할머니가 뜬금없이 한탄을 합니다.

"살아서도 웬수, 죽어서도 웬수."

할머니는 내 밭 옆에 있는 할아버지 묘를 보며 탄식을 그치지 않습니다. 거기 풀이 무성합니다. 묏등에는 퇴비도 안 하고, 비료도 안 뿌리는데 땅은 거름지고, 풀들은 어찌 저리 잘도 자라는지.

"살아서도 고생만 고생만 원 없이 시키더니 죽어서까지 고생을 시켜. 풀을 저렇게 많이도 자라게 해 일 년에도 몇 번씩 벌초하게 만든다께, 저 웬수가."

잠시 적막하다 싶더니 이내 탄식이 이어집니다.

"웬수도 저런 웬수가 읍써. 술만 먹고 살다가 병이 나서 조금 조심하더니 약 먹고 몸 좀 좋아질 만하니까 또 술을 처먹어, 그러더니 암 걸려 뒈져 부럿어. 사재도 저런 사재 넉시가 읍써."

나는 묵묵히 감자 밭을 매고 할머니는 가만히 할아버지 무덤으로 다가가 풀을 뽑기 시작합니다. 해는 넘어가 어둑하고, 이제 갓 줄에 묶인 새끼 염소들 울음소리 애절합니다. 이렇게 또 하루가 갑니다.

염소와
한 판 붙 다

오늘은 염소와 싸웠습니다.

풀을 뜯고 있는 염소를 먼저 건드린 것은 나였지요.

장난삼아 쭈그려 앉아 염소의 키에 나의 키를 맞춘 뒤

머리에 손가락 뿔을 달고 염소에게 싸움을 겁니다.

어라, 도망갈 줄 알았는데 녀석도 뿔을 들이밀고 덤벼듭니다.

나는 움찔 놀라 얼른 일어섭니다.

녀석도 나만큼이나 장난을 좋아하는 걸까.

혹시 나를 진짜 적으로 생각하는 것은 아닐까.

이 햇볕 좋고 보리알 차지게 영그는 봄날.

나는 장난을 그만둘 수가 없습니다.

일어서서 발길로 위협하는 시늉을 하고 뒤로 물러서려는데

아차, 녀석은 그대로 돌진해 와 내 정강이를 들이받아 버립니다.

아이쿠. 나는 털썩, 풀밭에 엉덩방아를 찧고 맙니다.

상처가 날 정도는 아니지만 정강이가 한동안 욱씬욱씬합니다.

이 녀석 봐라, 겁도 없이.

그래 좋다, 한판 붙자.

나는 뒤로 물러서 녀석의 뿔을 잡을 기회를 노립니다.

녀석이 경계를 늦추지 않는지라 쉽게 잡을 수가 없습니다.

나도 물러서지 않고 몇 번의 헛손질 끝에

기어코 녀석의 두 뿔을 잡습니다.

양손으로 녀석의 뿔을 잡은 채

나는 녀석의 머리에 내 머리를 가져다 댑니다.

염소는 뿔로 나를 공격하고, 나는 머리로 녀석의 뿔을 막고.

그렇게 염소와 나는 수십 분간 머리를 맞대고 힘겨루기를 합니다.

봄날 오후, 염소는 풀 뜯다 말고, 나는 밭이랑 고르다 말고,

풀밭에서 한판 씨름을 합니다.

염소나 나나 절대 져줄 생각이 없습니다.

꿩꿩,

흰 염소와 머리 검은 짐승 씩씩거리는 소리에 놀랐는지,

밭 가운데 심어둔 콩을 찾던 장끼 한 마리, 푸드득 날아오릅니다.

시간이 가도 쉬 결판이 나지 않는군요.

얼굴과 등줄기로 땀이 흐르고,

염소 녀석도 힘겨워하는 기색이 역력합니다.

나는 슬그머니 염소의 뿔을 놓습니다.

녀석도 한 번 뿔을 들이미는 시늉을 하더니 이내 뒤로 물러섭니다.

서로 한번씩 노려보고.

그래, 오늘은 무승부다.

참 좋은 봄날입니다.

흑염소
해 산 기

"길구야, 길구야."

채전을 일구고 있는데 마을 할머니 한 분이 세연정 쪽에서 뛰어오
며 급하게 불러댑니다. 무슨 일일까, 괜히 마음이 덜컥합니다. 들어 올렸
던 괭이를 내려놓고 나도 세연정으로 뛰어갑니다.

"먼 일이다우."

"길구야, 언능 와 바라. 언능. 새끼 났어. 넷이나 났어."

이런, 세연지 옆 풀밭에 매어둔 우리 염소가 새끼를 낳았나 봅니다. 봉순
이에게 물려서 사경을 헤매던 염소가 살아서 새끼까지 낳았습니다.

"언능 수건 갖고 가 봐. 감주순도 한 꾸러미 갖고."

"알았소잉."

나는 냅다 뛰어 염소에게 갑니다.

세연지 연못가 풀밭에는 여행 왔다가 진귀한 구경을 하게 된 사람들 몇몇

이 염소를 둘러싸고 있습니다. 사람들 틈에서 보길도 보건소장 김창업 선생도 인사를 합니다. 김 선생은 봉순이한테 물린 어미 염소에게 주사를 놔주고 약도 챙겨 주었던 고마운 사람입니다.

"어쩐 일이오."

나도 반갑게 인사를 건넵니다. 김 선생은 마침 친구들이 놀러와서 세연정에 들렀다가 우연히 염소의 출산을 보게 됐다는군요. 사람만이 아니라 살아 있는 목숨들 간의 인연은 이렇듯 질기기만 합니다.

나는 수건으로 새끼들 몸을 닦아 줍니다. 맨 나중에 나온 놈인 듯, 한 녀석의 몸이 아직 흠뻑 젖어 있습니다. 녀석은 일어서지도 못하고 덜덜 떨고 있습니다. 다른 녀석들은 일어서서 어미젖을 물고 있거나 벌써 종종거리며 걷기 연습을 합니다.

나는 녀석의 몸에 묻은 물기를 닦아 주고 어미 곁으로 데려가 젖에다 입을 대 줍니다. 녀석은 젖을 물 생각을 않습니다. 몸집도 가장 작고 아직 일어서지도 못하는 것이 젖까지 먹을 줄 모르니 어째 불안스럽습니다.

"우유를 사다 먹이세요."

"분유를 사다 먹이세요."

"아니에요, 초유를 먹어야 저항력이 생겨요. 젖을 짜서 젖병에다 담아 먹이세요."

지켜보던 사람들이 걱정되는지 한마디씩 거들어 줍니다. 허기진 어미는 주변 사람들이 웅성거림에도 아랑곳 않고 풀을 뜯기에 여념이 없습니다. 주변의 풀들을 더 뜯어다 주자 염소는 허겁지겁 먹습니다. 막내 녀석은 여전히 일어서지 못하고 엎어져 떨고만 있습니다.

주위에 있던 사람들이 하나둘 떠나고, 나는 염소들 곁에 주저앉아 지켜봅니다. 한참을 그러고 있다가 교회 옆 논둑길로 가서 풀을 한아름 뜯어옵니다. 풀을 던져 주자 염소는 털썩 풀 더미에 주저앉고 맙니다. 긴장이 풀린 탓일까요. 어미는 앉아서 풀을 뜯기 시작합니다.

느리게 풀을 뜯는 어미 배에 기대 새끼들은 깜빡 잠에 빠져듭니다. 따뜻한 봄 햇볕에 나도 앉은 채로 졸음에 빠져들다 어떤 기척에 눈을 뜹니다. 막내 녀석이 주춤거리더니 마침내 일어섰습니다. 어미젖을 찾아가는 녀석을 보니 이제 아주 살았다 싶습니다.

풀을 뜯을 만큼 뜯어 다시 기력을 되찾은 어미도 일어나 뒤에 힘을 줍니다. 아직 덜 나온 놈이 있나. 염소는 뒤에 걸려 대롱거리던 새끼보를 다 쏟아냅니다. 새끼들을 담아 키우던 막. 염소가 그 질긴 막을 씹어 먹기 시작합니다.

육식의 개들이나 먹는 줄 알았는데 초식인 염소도 제 속에서 나온 살덩어리들을 남김없이 먹어치웁니다. 그 모질고 질긴 생명을 키우던 것들, 풀만 뜯던 이빨로 육질의 것들을 잘도 씹어 삼킵니다. 어미는 새끼보를 씹고 있고, 그 새끼보에서 금방 빠져나온 어린것들은 어미젖을 물고 있습니다.

새끼보만이 아니라 주변에 흘린 핏덩이까지 해산의 흔적들을 말끔히 먹어치운 어미가 새끼들을 핥아 줍니다. 나는 수고했다고 어미의 등을 토닥입니다. 염소는 괜찮다고, 걱정해 줘서 고맙다고, 다가와 내 손등을 핥아 줍니다.

이제 막 새끼를 넷씩이나 낳은 염소지만 어디에도 방금 해산을 한 산모의 모습은 보이지 않습니다. 사람과는 달리 염소나 개 등 다른 동물들에게는 새끼를 낳는 일이 그다지 유별난 의식이 아닌 듯합니다.

태초에는 사람도 저러지 않았을까. 열매를 따고, 뿌리를 캐다가 들에서 산에서 아이를 낳고, 혼자 탯줄을 끊고, 제 속에서 나온 애기보를 먹어 치우고, 제 혀로 아이 몸에 묻은 피를 핥아서 씻겨 주고, 아이를 풀밭에 풀어 두고, 다시 흔연스럽게 열매를 따지 않았을까. 아이들 또한 방금 태어나 일어서는 염소처럼 엉금엉금 기다가 이내 혼자 일어나 걸어 다니지 않았을까.

어미 곁에서 한잠 자고 일어난 새끼들이 다시 뒤뚱거리며 풀밭을 걸어 다닙니다. 하루 이틀만 더 지나면 뛰어다니겠지요. 저 이쁘고, 앙증맞고, 귀여운 어린 염소들. 태어나는 순간부터 저 어린것들의 운명은 비극적으로 정해져 있습니다. 어린 염소들은 곧 자라나 살찌면 팔려가 죽게 되겠지요. 그렇다고 해서 내가 지금 염소새끼들의 태어남을 슬퍼할 까닭은 없습니다.

저 식용의 염소나 개뿐만 아니라 그들을 먹는 사람까지도 태어나면 반드시 죽게 되는 것을, 죽음이 예견된다고 새 생명의 탄생까지 애달파할 일은 또 무엇이겠습니까. 어떤 운명의 행로가 정해져 있든 간에 모든 생명은 태어나는 순간 축복 받을 권리가 있습니다. 곧 죽을 목숨일지라도 모든 목숨은 존귀합니다.

그러므로 나는 다만 소망할 뿐입니다. 저 어린 염소들이 비록 가마솥에 들어갈 운명을 지고 태어났을지라도 살아 있는 동안 만큼은 학대받지 않기를, 고통받지 않기를, 존중받기를.

풀을 뜯던 염소가 졸린지 하품을 합니다. 나른하겠지요. 무거운 뱃속도 비웠겠다, 풀들도 배불리 먹었겠다, 바람은 부드럽겠다, 봄 햇살은 따숩겠다. 염소 곁에 앉아 있던 나도 나른하여 졸음을 참지 못하고 이내 풀밭에 드러눕고 맙니다. 꿈결인 듯 어린 염소들이 내 품으로 와 함께 잠에 빠져듭니다.

"이뻐라 아기 염소, 정말 맛있겠네"

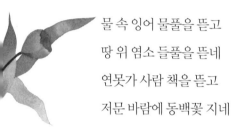

물 속 잉어 물풀을 뜯고
땅 위 염소 들풀을 뜯네
연못가 사람 책을 뜯고
저문 바람에 동백꽃 지네

오늘도 어김없이 젖병을 들고 세연정 옆 풀밭으로 갑니다. 폴짝거리며 뛰어놀던 아기 염소들이 쪼르르 달려옵니다. 그 중에서도 막내 녀석이 가장 반가워합니다. 몸 크기는 다른 놈들의 반 토막밖에 안 되는데 며칠 우유를 먹였더니 이제 제법 쌩쌩해지고 털에 윤기도 돕니다.

어미가 출산한 지 사흘째 되는 날 아침, 풀을 베다 주러 갔더니 막내 녀석이 일어나지도 못하고 곧 숨이 넘어갈 듯이 엎어져 눈도 뜨지 못하고 있었습니다. 코에 귀를 대 보니 다행히 가는 숨을 놓지는 않고 있었습니다.

처음 초유를 먹은 뒤 한 차례도 젖을 얻어먹지 못했는지 배와 등가죽이 붙어 있었습니다. 나도 참 무심했습니다.

젖이 많이 나오라고 부지런히 어미 염소 풀만 뜯어다 주었지, 그 젖이 제대로 분배되는지는 확인해 볼 생각은 미처 못했으니 말이지요. 초식의 유순한 염소들이니 무슨 일 있겠느냐는 안일한 생각이 화를 불렀습니다.

육식의 동물들에 비해서 염소가 순한 것은 사실이지만 염소들 세계를 지배하는 것 또한 엄연히 약육강식의 법칙임을 잊고 있었습니다. 삶이란 그토록 치열하고 잔인한 것을.

어미는 젖꼭지가 두 개뿐입니다. 어미가 잠깐씩 주는 젖을 먹기 위해 젖꼭지 두 개를 두고 네 놈이 달려들었으니 힘없는 놈에게는 애당초 차례도 오지 못했던 게지요. 더러 차례가 오더라도 곧바로 힘센 놈에게 밀려 젖꼭지를 빼앗기고 말았겠지요.

부랴부랴 집으로 데려다 따뜻한 이불로 덮어 주고 우유를 사다 데웠습니다. 하지만 막내는 먹을 힘조차 없는지 젖병을 물려 줘도 도대체 먹지를 못했습니다. 겨우 강제로 입을 벌리고 차 숟가락으로 몇 수저 떠넣어 주었지요. 그리고 한동안 재웠습니다

참, 산다는 것이 뭔지. 우유 몇 숟갈 들어갔다고 잠을 깬 막내가 기운을 차려 일어나 보려고 안간힘을 쓰더군요. 하지만 몇 번을 그러다 그냥 주저앉고 말았습니다. 다시 젖병을 억지로 물렸습니다. 한참을 물리고 있었더니 조금씩 빨기 시작하더군요.

아기 염소는 결국 다시 살아났습니다. 힘센 놈들에게는 먹거리가 쾌락의

수단이 되기도 하지만 약하고 힘없는 놈들에게는 이렇듯 먹는 것에 늘 생사가 달려 있습니다. 그렇게 어렵게 살아난 녀석이 이제는 내가 먼발치에서 보이기만 해도 정신없이 달려와 젖을 달라고 보챕니다. 아무나 지나가는 사람만 보면 달려들어 아는 체를 하고 젖을 달라고 손가락이며 옷자락 등을 빨아댑니다. 그 하는 짓이 너무도 귀엽고 사랑스럽습니다.

젖을 주고 세연정 연못가 풀밭에 앉아 책을 보는데 한 무리의 관광객들이 몰려옵니다. 염소 가족을 본 한 아주머니가 성큼 다가옵니다. 뛰노는 아기 염소들이 사랑스러운지 얼굴에 반가움이 가득합니다.

"와, 이뻐라, 너무 이쁘다. 어머, 많이도 낳았네."

아주머니는 감탄을 연발합니다. 사람이든 가축이든 어린 새끼들이 이쁘지 않을 까닭이 없지요. 아주머니가 새끼들로부터 사랑스런 눈길을 거두지 못하고 한마디 합니다.

"이게 그렇게 맛있어요. 냄새도 안 나고. 하이고, 이쁜 녀석들."

쩝, 아주머니는 입맛을 다십니다. 쩝, 나도 씁쓸하게 입맛을 다십니다.

"한번 안아 봐도 돼요?"

"어미가 싫어할 텐데요."

"그래도 한번만 안아 볼게요. 어쩜 이렇게 이쁠까."

아주머니는 막내를 품에 쏙 안고 머리를 쓰다듬어 줍니다. 겁도 없이 막내는 아주머니의 어깨로 기어오르려 합니다.

"내가 산이 좀 있어서 애들을 키울까 하는데, 너무 맛있어서요. 몸에도 그렇게 좋대요, 글쎄."

어미는 그러거나 말거나 부지런히 풀을 뜯고, 새끼들은 뛰어놉니다. 어미 염소는 많은 풀들 중에서 유독 쑥만을 골라먹습니다

"어머, 쑥만 먹네."

"예, 쑥을 아주 좋아하더라고요."

"그래요, 맞아. 그렇게 좋은 것만 골라 먹으니 고기가 그렇게 맛있지. 아고 이쁜 것들, 진짜 맛있겠네."

아주머니는 아쉬운 듯 새끼를 내려놓습니다.

"잘 키우세요. 돈 벌었네. 좋겠어요."

아주머니는 염소들로부터 눈길을 거두지 못하고 자꾸 뒤돌아보며 길을 갑니다.

"그게 그렇게 맛있어. 잘 키워요."

아주머니가 손을 흔듭니다.

봄볕에 아지랑이가 아른아른합니다.

"사람과 염소가 함께 책을 보네"

하루가 다르게 점점 커 가는 염소들을 보면서 저들을 어찌해야 할
것인지, 고민이 많습니다. 처음부터 이익을 취하려고 기르기 시작
한 것도 아니고, 단지 죽어 가는 생명을 살려서 치료해 주다 보니 우연히
키우게 됐고, 거기다 새끼까지 낳아 버렸으니 이를 어찌해야 할 것인가.
누군가는 참으로 배부른 고민을 하고 있다고 비난할지도 모르지만, 나에
게는 큰 고민입니다. 어떤 사람들에게 아주 단순한 문제가 나에 이르러서
는 왜 이다지도 복잡해지는 건지.

세연지 연못가 바위 위에 걸터앉아 생각에 몰두해 있는데 아기 염소 두
녀석이 펄쩍 바위로 뛰어오릅니다. 녀석들은 내 옷자락을 물어 당기고,
단추를 씹어 보고, 내 무릎에 머리를 부딪치며 장난을 걸어옵니다. 나는
무심한 척하다가 녀석들의 장난을 받아 줍니다. 한 녀석의 머리를 손가락
으로 슬쩍 밀어냅니다.

녀석은 뒤로 주춤하는 듯하더니 이내 다시 돌진해 옵니다. 나는 이제 모르는 척 장난을 받아 주지 않고 책읽기에 열중합니다. 그러자 녀석은 읽고 있던 책 위로 올라와 털썩 주저앉아 버립니다. 얀마, 저리 비켜. 녀석은 꼼짝도 않습니다. 사실 나도 녀석의 따뜻한 체온과 부드러운 털의 감촉이 싫지 않습니다.

세연정을 찾아온 관광객들이 우리 곁을 지나갑니다.

"어, 저거 개 아냐. 주인한테 착 붙어서 가만히 있네."

"아냐, 이 사람아. 염소야, 흑염소."

"그렇군, 사람하고 염소가 같이 책을 보네."

"참, 개만 아니라 다른 짐승들도 사람의 마음을 안다니까. 그래서 그러지 않던가, 진심으로 대하면 호랑이하고도 친해질 수 있다고."

나는 뒤꼭지가 간지러워도 긁지 못하고 그저 책에만 눈을 꽂고 있습니다. 이 귀엽고, 어린 염소들. 나는 이처럼 염소들과 화목합니다. 들판은 평화롭고 연못의 수면은 잠잠합니다. 나와 염소들은 결코 다투지 않습니다. 하늘을 나는 새들과 땅 위의 개미나 무당벌레, 물속의 잉어, 가물치, 피라미들과도 다투지 않습니다. 나는 진실로 많은 동물들과 화친합니다. 그러므로 나는 평화주의자입니까.

염소에게 그렇듯이 나무와 풀들과, 물이끼와 바위와 바람과 대화하는 것도 어려운 일은 아닙니다. 새벽길 안개와 어깨동무하고, 산에 올라 산등성이를 애무하고, 숲의 정령들과 한 몸이 되는 것도 그리 어려운 일은 아닙니다. 그러므로 나는 자연주의자입니까.

하루에도 몇 차례씩 가장 가까운 사람과 다투고, 함께 일하는 사람들과 화합하지도 못하는 내가 단지 염소들과 화평하고 물고기와 이야기한다 해서 아름다운 인간입니까. 사람과 소통하지 못하는 내가 온갖 동물과 식물과 무생물과 대화한다 해서 영적인 인간입니까.

건너편 세연정 정자 난간에서 누군가 나와 염소의 모습을 열심히 카메라에 담고 있습니다. 그의 눈에 나는 틀림없이 자연과 일체된 조화로운 인간으로 비칠 것입니다. 하지만 과연 눈에 보이는 것이 진실이겠습니까.

아, 이 또한 나쁜 버릇이며 고질병입니다. 지금 이 순간 어린 염소들과 교감하고, 따뜻한 봄 햇살과, 봄바람 속에 몸을 맡겨 책을 읽으며 행복하면 될 것을, 괜히 분석하려 들어 스스로 기분을 망치고 맙니다.

잔 줄 알았던 바람이 다시 거세집니다. 폭풍주의보가 해제됐으나 바람은 아주 물러간 것이 아닙니다. 바람은 바람 자신의 일에만 관심 둘 뿐 인간까지 배려하지는 않습니다. 염소 또한 그러할 것입니다. 그러나 나는 바람에도, 염소에게도 결코 무심할 수가 없습니다.

이제 곧 염소들과 헤어져야 할 시간이 다가오고 있습니다. 자연은 무자비합니다. 염소도 그러할 것입니다. 나 또한 무자비해지면 간단한 것을, 자비심을 버릴 수가 없습니다. 계속 키울까. 자연사할 때까지 키운다는 것은 참으로 난망한 일입니다. 묶어 키울 수밖에 없으니 그러자면 나 역시 염소의 밧줄에 묶여 운신할 수가 없습니다. 그렇다면 팔아 버려야 할 것인가. 저 어린것들을 개나 염소를 사러 다니는 개장수나 흑염소 중탕집에다가.

어차피 온전히 살다가 자연사하지 못하고 고기로 팔릴 운명이라면, 형편이 어려운 동네 노인들에게 키워 팔아 용돈이나 하시라고 나눠줘 버릴까. 아니, 그럴 것이 아니라 깊은 산중으로 데려가서 그냥 풀어 줘 버릴까. 그렇다면 어차피 오래 가지는 못할 겁니다. 곧 누군가에게 잡혀 먹힐 테지요. 그래도 그냥 풀어 줄까. 죽을 때 죽더라도 잠시나마 자유롭게 살다 가라고.

우주의 유일한 지배자는 시간일 따름인 것을, 나는 어쩌다 이 염소들의 운명을 지배하게 된 것일까요. 이렇듯 누군가의 운명을 손아귀에 쥐고 있다는 것은 복이 아니라 고통이며 저주인 것을. 나는 대체 어떤 주문을 찾아 외워야만 이 저주에서 풀려날 수 있을까요.

아기 염소의
죽 음

아기 염소에게 우유를 먹이러 세연지 연못 풀밭으로 갑니다. 먼발
　치에서 내가 보이면 반갑게 뛰어오던 막내가 오늘은 마중을 나오
지 않습니다. 어쩐 일이지, 젖을 얻어먹었나?

어미는 내가 오건 말건 부지런히 풀을 뜯고, 튼튼한 다른 녀석들은 나무
위에까지 올라가 장난치고 놉니다. 녀석들 나무에 오르는 실력이 다람쥐
나 원숭이 못지 않습니다.

그나저나 막내 녀석은 어디로 갔지. 나는 염소들 곁으로 다가가며 막내를
부릅니다. 막내야, 젖 먹자. 막내는 대답이 없습니다. 어딜 갔나. 막내가
보이지 않습니다. 막내야, 막내야. 어미는 무심히 그저 풀만 뜯습니다. 그
렇게 한참을 두리번거려도 막내는 보이지 않습니다.

어, 그런데 저기에 막내가 있습니다. 왜 누워 있지. 어미에 가려 보이지
않던 막내가, 어미가 풀 뜯는 반대편 풀밭에 누워 있습니다. 막내는 온몸

이 뻣뻣하게 굳어 있습니다. 아침까지 멀쩡했는데, 막내 아기 염소는 이미 죽어 있습니다. 무슨 일로 그리도 급히 간 것일까.

눈을 뜨고 죽은 막내의 얼굴이 편안해 보입니다. 우유를 주러 올 때마다 너무도 살갑게 구는 막내를 보며 이렇게 정붙이면 어떻게 하지, 이 정을 어떻게 떼지 걱정했었는데. 어제는 막내 듣는 데서 그 말을 했었는데, 막내가 그 소리를 알아들었던 것일까.

나는 외상 하나 없이 깨끗한 막내의 사체를 수습합니다. 어미는 제 새끼가 죽은 것을 아는지 모르는지 그저 풀만 뜯습니다. 다른 새끼 염소들은 뛰놀고, 장난치고, 신이 났습니다. 혈육의 주검을 옆에 두고도 생사에 저토록 무심할 수 있다니.

염소는 마치 생사에 걸림이 없는 것처럼 보입니다. 나는 눈앞이 아찔하여 잠시 비틀거립니다. 염소에게는 생사의 문제가 저리도 간단한 것이었던가.

나도 이제 담담하게 막내의 시신을 땅에 묻습니다. 목에 칼을 받지 않고, 가마솥에 통째로 삶아지는 운명을 피해 간 막내의 죽음은 얼마나 평화로운지요. 무덤 위로 자애로운 봄 햇살이 마구 쏟아져 내립니다.

벌초유감

보길도 강씨 문중 선산에 벌초 가는 길입니다. 그새 또 한 해가 지났습니다. 작년에는 낫 한 자루 들고 오르던 산길을 오늘은 예초기를 지고 오릅니다. 칠십 넘은 문중 할머니 세 분이 낫을 들고 힘겹게 쫓아옵니다.

해마다 음력 7월 20일은 문중 사람들이 모여서 함께 벌초를 하는 날입니다. 문중 사람이라 해봐야 젊은 사람은 내가 유일하고 모두 노인분들뿐입니다. 그나마 남자들은 대부분 먼저 세상을 뜨고 거의 할머니들이지요.

고향에 돌아온 뒤로 해마다 하는 벌초지만 해가 갈수록 내키지 않습니다. 나 혼자 빠지면 그뿐이겠으나 그것이 생각처럼 쉬운 일은 아닙니다. 내가 빠지더라도 어차피 연로한 노인네들이 하실 텐데, 그 또한 못할 짓이지요. 그분들 짐을 조금이나마 덜어 드리기 위해 함께 나섰습니다.

모두 여섯 분상의 봉분이 있는 부황리 선산. 봉분 둘레에 에프킬러를 뿌리고 예초기의 시동을 겁니다. 약 냄새를 맡았는지 봉분에서 벌 떼가 몰려나옵니다. 옥바시, 아주 작은 벌이지만 이놈들 침은 한번 쏘면 아예 살속으로 파고드는 지독한 놈들입니다. 약을 뿌려도 쉽게 도망가지 않습니다. 봉분 둘레로 약을 몇 번 더 뿌린 다음 잠시 뒤로 물러섭니다.

옥바시 떼 웅웅거리는 바로 옆에서 이번에는 말벌들이 떼로 몰려나옵니다. 한 봉분에 벌집이 두 군데나 있군요. 저 말벌에 쏘이면 목숨까지 잃을 수 있습니다.

"저 징한 말벌, 저 참에 한번은 싯노오란 옷 입고 나갔더니 조선 팔도 벌이란 벌은 다 달라들어 혼구멍이 나부렀다께."

바닥에 납작 엎드리며 할머니들이 저마다 한마디씩 합니다.

벌들이 다시 집으로 들어갔는지 잠잠해졌습니다. 하지만 방송에서 올해도 벌초하다 벌에 쏘여 죽은 사람이 여럿 있다는 소리를 들은 터라 다들 난감한 표정을 감추지 못합니다. 그도 잠시, 그 봉분은 놔두고 다른 쪽부터 조심스레 벌초를 해가기로 합니다.

예초기 톱날이 풀밭을 휘저어 나가자 여치, 메뚜기, 사마귀, 온갖 풀벌레들에게 비상이 걸렸습니다. 다들 정신없이 도망치고 더러는 허둥대다 톱날에 허리가 잘리고 아예 가루가 되기도 합니다. 잔디와 들꽃들이 잘리고, 고비무더기가 베어지고, 소나무, 잣밤나무, 사철나무, 후박나무, 쥐똥나무 어린 묘목들이 사정없이 잘려 나갑니다.

한가롭던 숲 속은 풀들, 나무들, 벌레들의 비명으로 아비규환이 됩니다. 평화롭던 풀밭에 풀과 나무와 벌레들이 흘린 녹색의 핏물이 넘쳐흐릅니다. 죽은 사람 집 단장하기 위해 산 생명들이 수도 없이 죽어 나갑니다.

모든 생명 있는 것들은 죽어 흙으로 돌아가는데 사람은 죽어서도 유택에 들어앉아 산 생명들의 피로 연명하는가. 벌초를 하는 내내 마음은 돌덩이처럼 무겁습니다. 할머니들도 풀을 베는 것이 힘에 부치는지 자주 쉽니다.

일전에 어느 젊은 엄마가 불치병으로 죽어가면서 화장하여 집 앞 나무에 뿌려 달란 유언을 남기고 떠났다는 이야기를 들은 적 있습니다. 아직은 어린 나무로 서 있지만 그 엄마는 머지않아 큰 나무로 자라나 아이들에게 푸르름을 주고, 열매를 주고, 바람막이가 되어 주고 또 무더위를 피할 수 있는 그늘을 주겠지요.

세상에는 그렇게 온전하게 자연으로 돌아가는 아름다운 죽음도 있습니다. 생명을 죽이지 않고 생명을 키우고 살찌우는 죽음도 있습니다. 이제 올해 문중 선산 벌초는 끝나고 직계 조상님들 묘 몇 분상의 벌초가 남았습니다. 추석은 다가오는데, 예년처럼 벌초를 해야 할 것인지 나는 아직도 마음을 정하지 못하고 있습니다.

한 여자
이 야 기

"너무 늦은 시간인데 차 마시러 가도 될까요."

그때가 밤 10시쯤이나 됐을까, 여자의 목소리에서 고단함이 묻어났습니다. 그것은 한 생의 바닥에서 울려오는 소리였고, 나 역시 고단했으나 거절할 수 없었지요. 여자는 전화가 오고 나서도, 한참이 지난 뒤에야 찾아왔습니다.

여자가 문을 열고 들어서는 순간, 천장과 마룻바닥, 기둥까지도 비틀거립니다.

"죄송해요, 밤 늦게. 많이 망설였어요. 식당 일이나 하는 여자가 술까지 취해서 차 마시겠다고 찾아오면 이상한 여자라고 생각하실까 봐서요."

무슨 말을 해야 할까. 주저하고 있는데 그녀가 먼저 말문을 엽니다.

"이 생활 시작한 지 이제 1년밖에 안 됐어요. 여기 오기 전에는 보성에 있었지요. 보길도에 온 지는 일주일 됐고요. 섬이라 솔직히 겁도 나고 그랬는데, 괜찮네요."

다방이나 식당을 막론하고 직업소개소를 통해서 오는 여자들에게는 아직도 섬은 두려운 곳이라는 뜻일까.

"의외로 거칠지 않더라고요. 사람들이 참 순박해서 좋아요. 아이들 생각도 나고, 마음도 심란해서 한잔 했지요. 술을 마시고 싶었어요. 마시자고 하는 사람은 많은데, 같이 마시고 싶은 사람이 없어서 혼자 마셨어요. 죄송해요. 다음에는 맨 정신으로 오고 싶어요."

찻물이 식어 가고, 나는 물을 다시 끓여냅니다.

"한 달 계약으로 왔는데, 올 때는 식당에만 있다가 계약 기간 끝나면 배 타고 바로 떠나야지 했지요. 그런데 제가 이곳에도 다 왔네요. 술기운 때문이에요."

그러고 보니 나는 꽤 오랫동안 술을 입에 대지 않고 있습니다. 술병이 난 탓도 탓이겠지만, 나에게서 차츰 술기운을 빌리고 싶을 만큼 절실한 무언가가 증발해 가고 있는 까닭이 아닐까요.

"어제 슈퍼에서 선생님 책을 발견하고 사서 읽었어요. 떠나기 전에 한번 꼭 찾아가 봐야지 생각했는데, 이렇게 일찍 왔네요. 떠나기 전에 다시 한번 더 올 수 있을까요."

떠나기 전이라. 떠날 기약이 있다는 것은 얼마나 큰 위안인가요. 나는 과연 이 섬을 떠날 수 있을까. 떠나왔으므로 다시 돌아가야 하는데, 나는 또 어디로 가야 하나. 갑자기 아득하고 막막해집니다.

"이게 무슨 차죠. 아참 세작이라 했지. 취해서 무슨 맛인지 모르겠네. 보성에 있을 때 아주 좋은 차를 사 가지고 왔는데 좋은 물이 없어서 수돗물로 마시는 것이 속상해요. 다기도 가지고 다니거든요."

여자는 다기에서 눈길을 거두지 못합니다.

"어느 때 한가한 시간이 나면 와서 차도 마시고 편안히 쉬었다 갔으면 좋겠네요. 근데, 이런 말 누구한테 못해요. 식당에서 일하는 여자가 별 생각을 다한다고 이상한 여자 취급받을까 봐서요. 손님들이 없을 때 책을 보고 있으면 수군거리더라고요. 새로 온 여자가 책을 보네. 근데 저는 책을 좋아해요."

여자는 다탁에 놓인 책들을 만지작거리며 말을 잇습니다.

"사실은 대학도 국문과에 가고 싶었는데, 오빠가 그러더라고요. 제가 막내데, 고향은 서산이고요. 막내야, 거기 나와서 뭐 할래. 곰곰히 생각해 보니 그렇기도 하대요. 그래서 전산학과를 갔지요. 그때가 80년대 초였으니까. 한참 잘나가던 과였죠. 지금은 후회스러워요. 어차피 졸업하자마자 일찍 결혼하는 바람에 쓸데없는 공부가 됐으니까요. 그럴 줄 알았으면 하고 싶은 공부나 할 걸."

"근데 전산학과를 나왔지만 컴퓨터는 잘 몰라요. 그때는 '애플'을 배웠었거든요. 중3인 딸이 엄마는 전산학과를 나왔으면서 컴퓨터도 잘 못해요, 할 때는 딸에게 너무 미안한 거 있죠."

중3인 딸과 초등학교 3학년인 여자의 아들은 서울에 있다고 합니다.

"대학 때부터 그렇게 오고 싶었던 보길도를 이렇게 오게 될 줄은 정말 몰랐어요. 돈 때문에 식당일하러 오게 될 줄 누가 알았겠어요. 그냥 여행 온 것이라면 얼마나 좋을까요. 보길도도 그렇지만 이곳저곳 떠돌아다니면서 이건 돈 때문이 아니야, 여행 다니는 거야, 생각하려 해보거든요. 근데 그게 그렇게 되지가 않더라고요. 자존심도 많이 상해요. 나도 배울 만큼 배우고 열심히 산다고 살았는데 어쩌다 여기까지 오게 됐는지 모르겠네요."

여자는 술을 제법 마신 듯한데, 흐느끼지는 않습니다. 자신의 삶이 신파가 되지 않게 절제하는 모습이 역력합니다.

"이상한 여자라고 생각하지 않으시겠죠. 다음에 쓰실 책에다가는 그런 여자도 있었다고 기억해 주시면 고맙겠네요."

여자는 어쩌다 이 먼 섬까지 흘러들어온 것일까. 나는 물어보지 않습니다.

이제 장마가 끝나면 보길도에 많은 피서객들이 몰려오고, 여자가 일하는 식당도 바빠지겠지요. 이 여름 여자는 식당에서 일하며 여행 온 친구나 후배를 우연히 만나고, 혹여 가족들과 피서를 온 옛적 연인을 만나게 될지도 모릅니다. 밤이 깊어갑니다. 여자가 휘청거리며 밤 고개를 넘어서 돌아갑니다.

옛 사랑의
작 은 섬

뭍에는 대설주의보가 내렸다지요. 이곳은 아침부터 이슬비가 오
는가 싶더니 지금은 진눈개비가 날립니다. 바다에는 또 폭풍주의
보가 내려 여행객들은 발이 묶여 있습니다. 바람이 거세지고 공기가 차가
워지는 것을 보니 머잖아 이곳에도 눈보라가 몰아칠 듯합니다.

연안항로로 분류되었던 보길도 인근 해역이 올해부터 평수구역으로 바
뀌어 뭍으로 가는 뱃길이 편해질 거라는 전망이 있었지만 그것은 그저 하
나의 희망에 지나지 않을 것입니다. 바람이 평수구역만을 비껴 불 까닭이
없는 때문이지요. 여전히 섬이란 천형의 땅이며, 섬의 진정한 주인은 사
람이 아닙니다.

바람이 불고, 뱃길이 끊기는 날이면 나는 자주 바닷가 언덕으로 갑니다.
오늘은 예송리 고갯길 예작도와 당사도가 건너다보이는 정자에 왔습니
다. 이 정자는 목수가 나무로 네 귀를 짜서 만들었는데, 바람의 길목 한가

운데 위치해 있지만 거센 바람들을 잘도 견디어 내고 있습니다.

잘 짜여진 이 정자처럼 우리 삶도 잘 짜 맞추어져 큰바람에도 흔들림이 없다면 얼마나 좋을까요. 하지만 우리들 삶의 집이란 대개 이 작은 정자만큼 튼튼하지도, 네 귀가 잘 맞지도 못합니다.

이제 진눈개비가 눈보라로 바뀌고 있습니다. 멀리 여서도와 사수도 사라져가고, 소안도까지 눈보라 속에 파묻혀 갑니다. 곧 저 건너 당사도와 예작도 또한 눈보라에 휘말려 사라져 가겠지요. 하지만 아직은 섬들의 모습이 희미하게 남아 있습니다. 저 작은 섬들마저 아주 사라져 버리기 전에 나는 해야 할 이야기가 있습니다.

몇 주 전이었습니다. 한 여인이 내가 쓴 책을 읽고 나를 만나기 위해 찾아왔습니다. 서울에서 남쪽 끝 섬까지 먼 길을 달려온 여인은 혼자 걸을 수 없습니다. 그녀는 그의 발이 되어 주는 벗들과 함께 이 먼 섬까지 왔습니다.

그녀는 어떤 섬의 위치를 물었습니다. 나는 이 정자를 알려 주었고, 그녀는 벗들을 재촉해 정자까지 내쳐 달려갔을 것입니다. 그녀는 이 정자에 앉아 오랫동안 그 섬을 바라보았겠지요.

옛사랑의 섬. 그 남자가 나고 자랐을 섬을 바라다보면서 그녀는 어떤 생각에 잠겼던 것일까요. 벌써 20년도 전, 그가 저 섬에 살며 녹음테이프에 담아 보내 주었던 파도 소리와 바람 소리를 다시 듣고 있었던 것일까요. 그가 살았던 곳은 어느 집일까, 그가 거닐던 해변은, 그가 오르던 나무는, 그가 가로지르던 물길은 어디쯤일까. 대체 어디쯤일까 헤아려 보기라도 했던 것일까요.

눈보라가 거세집니다. 이제 당사도와 예작도는 물론 예송리 앞바다 양식장의 부표들마저 아주 사라져 버렸습니다. 사람의 아픈 기억들도 저처럼 쉽게 사라져 버릴 수 있다면, 사람은 늘 희망 속에서만 살아갈 수 있을 것을. 그런 기억들이란 좀체 난폭한 눈사태에도 쉬이 파묻혀 버리지 않습니다.

바다를 넘나들던 편지를 통해 깊어진 도시 처녀와 섬 청년. 저 광폭한 1980년대 초반, 처녀는 은행원이었고, 도시로 올라온 청년은 대학에 들어가 학생운동에 투신했습니다. 그러나 연인의 행복은 오래가지 않았습니다. 사랑이란 모름지기 건널 수 없는 바다라도 있어야만 오래 유지되는 것일까요.

한 아이가 태어났습니다. 새로운 생명은 늘 또 한 생명의 무덤을 뚫고 솟아납니다. 그녀는 그 남자의 여동생으로부터 그에게 다른 여자와의 사이에서 아이가 생겼다는 소식을 전해 들었습니다. 그렇게 그들은 헤어졌습니다.

그녀가 그를 다시 만난 것은 그로부터 10여 년이 지난 뒤였습니다. 서울 근교, 어떤 도시에 일이 있었던 어느 날, 그녀는 횡단보도 앞에 차를 세우고 있었습니다. 그때 그녀는 그가 그 도시에 살고 있다는 소식을 들어 알고 있었고, 기적처럼 한번쯤 볼 수 있기를 소원했습니다. 그리고 기적은 이루어졌습니다. 그가 아이의 손을 잡고 횡단보도를 건너고 있었습니다. 하지만 그녀는 그를 부를 수 없었습니다. 차를 세우고 달려나가 인사할 수 없었습니다.

그때 그녀는 사고를 당한 후였고, 하반신을 쓸 수 없었습니다. 그렇게 그를 마지막으로 스쳐 보냈습니다.

그새 눈보라가 그치고 햇빛이 나는군요. 섬의 날씨란 이렇듯 변덕이 심하여 종잡을 수가 없습니다. 지금 또 햇빛이 나지만 잠시 뒤에 다시 눈보라가 몰아칠 것을 누가 알겠습니까. 그녀는 그의 섬을 가슴에 묻고 돌아와 하룻밤을 머물다 환하게 웃으며 떠났습니다.

그녀가 그녀의 아름다운 벗들과 돌아가고 난 뒤 나는 여러 날을 말없이 지냈습니다. 내가 무슨 말을 할 수 있었겠습니까. 그녀는 예전에 내가 떠나보낸 여자일 수도 있고, 그 남자 또한 나일 수도 있는 것을. 아, 나는 대체 침묵이 아닌 어떤 언어로 사람의 운명에 대해 이야기할 수 있는 것일까요.

격포 여자

그 여자 아직도 격포에 있을까. 채석강 입구에서 포장마차를 하던 그 여자. 곰소까지만 가자던 발길을 재촉해 나는 다시 모항 지나 격포로 갑니다. 처음 격포를 찾았던 때로부터 벌써 10년의 세월이 흘렀습니다. 재작년에 격포를 다시 찾았을 때는 그 여자, 만나지 못했지요. 오륙 년 전쯤, 그 여자, 포장마차 그만두고 엿 장사를 하더라는 이야기를 풍문으로 들었습니다.

격포 또한 선거철 여느 관광지와 다름없이 단체 관광객들로 떠들썩합니다. 채석강 입구에 들어서니 엿 좌판을 벌려 놓은 손수레가 보입니다. 아, 있었구나. 하지만 송대관의 네 박자 노랫가락 흘러나오는 손수레의 주인이 보이지 않습니다. 어디로 갔을까. 한참을 그렇게 두리번거리다 돌아서려는데, 저 앞 커피 파는 포장마차에서 한 여자가 뛰어옵니다.

"주인 여기 있어요. 기다려요."

그 여자가 맞는가, 언뜻 판단이 서지 않습니다. 십여 년 전에 딱 한 번을 본 것뿐이니 그렇기도 하겠지요.

"이에 안 들러붙어. 맛있어, 먹어봐."

여자는 대뜸 엿 조각 하나를 밀가루에 묻혀 건넵니다. 말투며 선하게 웃는 눈매, 고운 얼굴. 그 여자가 맞습니다.

"아주머니, 저 몰라보겠어요."

"누구시더라."

"옛날에 이 옆에서 포장마차 하셨죠. 그때 함께 술도 마시고, 술 마시다 아주머니가 울기도 하고 그랬는데."

"아, 맞다. 기억난다. 자, 얼른 엿 한번 먹어봐."

관광객들이 엿 수레 앞을 지나갑니다.

"언니야, 엿 먹고 가. 엿이 섭섭해 해."

여자는 나를 기억하지 못하고 있는 것이 분명합니다.

"아주머니, 저 기억 못하면서 기억하는 척하시는 거죠."

여자가 멋쩍게 웃습니다.

"그 많은 사람을 내가 어떻게 다 기억해…."

아저씨는 새만금 공사장에 다닌다고 했지요. 어느 항구 도시에서 이곳으로 시집왔다고 했지요. 타향에 들어와 살기가 너무 힘들다고, 포장마차도 텃세가 심해 못해 먹겠다고, 그러다 울음을 터뜨렸지요. 여자의 표정이 우울해집니다. 울음을 그치고 다시 한참을 이야기했지요. 아저씨가 술만 마시면 때린다고. 아무 일도 없었는데 남자손님들이 주는 술 한잔씩

받아 마신 게 무슨 잘못이라고 아저씨가 의심한다고 그랬지요. 여자의 눈이 그렁그렁해집니다. 여자는 기억을 되찾은 것일까요.

"재작년에 왔을 때는 안 계시던데."

"고향에 가 있었어요."

채석강을 둘러보고 나오는지 한 떼의 관광객들이 몰려옵니다.

"언니야, 오빠야, 이리 온나. 엿 먹고 가거라. 안 그라면 야들이 슬퍼한다."

"이거 얼마야?"

무리에 섞인 젊은 남자 하나가 좌판 앞에 멈춰서며 반 토막 말을 내뱉습니다

"오빠야, 이거 먹어봐."

여자는 엿 한 봉지 팔기 위해 밀가루에 묻힌 엿 조각 하나를 남자에게 건네며 곰살맞게 굽니다.

몇몇 사람들이 엿을 사 가고, 다시 좌판 앞에는 나만 남았습니다.

"엿은 잘 팔리나요."

"그냥 밥은 먹고 살 만해요."

"왜 포장마차는 안 하세요."

"싸우기 싫어서 그만 뒀어."

이곳도 옛날에는 다들 어로를 하고 농사를 지을 때는 가난한 이웃들 모두가 형제였겠지요. 서로 돕지 않으면 어로도 농사도 불가능했을 테니까요. 하지만 관광지로 개발되면서부터 이웃들은 더 이상 이웃이 아니게 됐

겠지요. 관광객들이 흘리고 가는 돈 몇 푼 줍기 위해 포장마차를 하고, 커피를 팔고, 엿을 팔아 생계를 이어가면서 가난한 이웃들끼리도 서로 등을 돌리게 됐겠지요. 형제간에도 경쟁자가 되고, 적이 됐겠지요.

"아저씨도 잘 계시죠? 아직도 새만금 공사장 다니세요?"

여자는 말이 없습니다.

"남편 얘기하면 내가 가슴이 아픈디."

"혹시, 돌아가셨어요."

여자는 고개를 젓습니다.

"애들도 있고 해서 웬만하면 참고 살라고 했는디, 다른 것은 다 견디겠는디, 때리는 것은 더 못 참겠대."

"그러셨군요."

"일찍 시집와서 이십 년을 같이 살았으니 왜 정이 없겠어."

손님이 뜸합니다.

여자는 커피 한잔을 사겠다며 내 등을 떠밀어 옆의 포장마차로 갑니다.

"저는 커피 안 마셔요. 손님 오면 어쩌려고요."

"그래도 정이 그런 게 아닝게."

나는 여자가 건네준 꿀차 잔을 들고 여자를 찬찬히 봅니다. 고운 자태는 여전하지만 너무 일찍 늙어 버린 여자가 쓸쓸합니다. 여자는 이제 겨우 사십대 초반. 십 년 동안 여자는 참으로 굴곡진 세월을 건너왔습니다. 인간에게 운명이란 대체 무엇일까요.

이혼한 뒤 여자는 고향으로 가 잠시 살아보기도 했지만 이내 격포로 돌아왔다고 합니다. 고향이라고 반겨줄 사람이 누가 있었겠습니까. 격포에 남은 두 아들도 그리웠겠지요. 머리채 잡고 싸우던 옛사람들이 그리웠겠지요. 격포항, 푸른 바다가 그리웠겠지요.

커피 포장마차 앞에 채석강 절벽이 솟아 있습니다. 모진 풍상에 깎이고 깎여 채석강은 저토록 빼어난 풍경을 얻었을 것입니다. 사람도 고된 풍상을 오래 견디고 나면 저렇듯 아름다워질 수 있는 걸까요.

엿 좌판 앞에서 엿을 사려는지 관광객 몇이 두리번거립니다. 커피를 마시던 여자가 얼른 일어나 뛰어갑니다.

"언니야, 기다려라. 안 사고 그냥 가면 갸들이 섭해 한다."

여자의 뒷모습이 하염없습니다. 저무는 격포항, 나도 하염없습니다.

예수의
큰 상좌와 어라연

가탄에서 일박하고 길을 나섭니다. 제천 백운의 벗 김하돈 시인이
랑 실상사의 연관 스님과 함께 여러 날 강원도 산중의 토굴 등지를
떠돌다 어제는 정선 동강으로 왔습니다. 한낮이 되도록 강은 좀체 안개
밖으로 나올 줄을 모릅니다. 한번의 수고로는 제 모습을 온전히 보여줄
수 없다는 것인가. 산천이야 어디 오만한 데가 한구석이라도 있겠습니
까. 볼 수 없는 탓이라면 다만 늦게 도착해서 성급히 떠나는 사람의 탓이
겠지요.

강을 벗어나자 영월 어름에서 어라연漁羅淵 방면 이정표가 나타납니다. 어
라연이라, 비단 물고기가 사는 소沼란 뜻인가. 저녁 무렵 물고기들이 물
밖으로 뛰어오르며 내보이는 비늘이 마치 비단처럼 반짝거려서 붙여졌
다는 이름. 고기 어, 비단 라, 제법 그럴듯한 해석이군요. 그나저나 비단
옷을 입은 물고기란 것도 있을 법하지 않은가, 혼자 중얼거리는데 스님이

한마디 툭 던집니다.

"비단이 아니고, 그물이야."

"그물?"

순간 나는 그물코에 걸려 파닥거립니다.

"그물 라로 읽어야 맞아요. 어라는 고기 잡는 그물을 뜻하지. 고기는 중생이고."

그렇다면 어라는 중생을 건지는 그물이 아닌가. 예수가 이야기한 사람 잡는 어부가 되라는 말도 그 뜻이었지 아마. 혼자 생각에 잠겨 있는데 스님이 한마디 더 던집니다.

"거, 예수의 큰 상좌 있잖어. 큰 상좌가 누구였더라."

"베드로요."

"그래 맞아, 베드로가 어부였지."

예수가 베드로에게 그랬던가, 고기 낚는 어부가 되지 말고 사람 낚는 어부가 되라고.

어라연도, 어라연 동편에 있었다는 어라사 터에도 들르지 않고 일행은 제천 쪽으로 터진 그물을 빠져나와 쏜살같이 달려갑니다. 이제 벌써 돌아가야 할 시간인가. 어라연.

노스님과
더 덕 도 둑

토굴에 도착하자 겨울 날 장작을 패던 스님이 반갑게 맞이합니다.
서둘러 출발했으나 늦게 도착했습니다. 강원도 산중에 밤이 옵니
다. 마당 한 구석, 장작불을 피우고 둘러앉아 저녁 공양을 합니다.
육순의 노스님이 직접 담그신 김장 김치와 생 배추, 생 더덕으로 저녁상
은 푸짐하기 이를 데 없습니다. 김장 무를 다 키우지 않고 중간 크기로 키
워 담그셨다는 동치미가 어찌나 맛있는지 염치없이 자꾸 손이 갑니다.
스님이 아래께 토굴에서 이곳으로 올라온 것은 이태 전입니다. 지금의 이
토굴은 더덕 농사지어 지으셨습니다. 신자가 절을 지으라며 가져온 수억
원의 시주 돈을 돌려보내고, 더덕 팔아 모은 돈으로 손수 지으신 암자. 스
님은 다음에 올 사람을 위해 터만 닦아 놓은 것뿐이라고 말씀하십니다.
어느새 산중에 달빛이 가득합니다. 낮에는 농사짓고 밤에는 참선하고.
벌써 수십 년을 스님은 그렇게 산처럼 살아 계십니다.

"저 아래 토굴에 살 때 더덕 도둑 등쌀에 아주 혼이 났어. 내가 이 산 밭으로 일하러 오면 도둑이 따라 올라와 산속에 숨어서 지켜보고 있다가 저녁 참에 불도 때고 밥도 하러 토굴로 내려가면 그 사이에 한 두둑 캐 가고, 다음날도, 그 다음날도 한 두둑 캐 가고. 내가 부러 30분 늦게 내려가면 30분 뒤에 나타나 한 두둑 캐 가고. 밤새워 지키고 있으면 나타나지 않고. 잡을래야 잡을 수가 있어야지. 그렇게 한 밭뙈기를 다 도둑맞았어. 10년도 넘게 키운 산더덕들을.

그래서 소문을 냈지, 더덕 도둑맞았다고. 그러고 며칠 있으니까 장에서 더덕을 파는 어느 보살한테 기별이 왔어. 자기가 산더덕 한 관을 샀는데 암만해도 스님이 도둑맞은 더덕 같다는 거야. 팔러온 사람은 동네 사람인데, 그 사람이 산에서 캤다고 여기저기 팔러 다닌 모양이야. 그 사람이 도둑이 틀림없었어.

그런데 방법이 없잖아, 현장을 잡은 것도 아니고. 헌데 마침 그때 더덕을 팔고 간 사내의 아들놈이 많이 아팠대. 약을 써도 소용없고. 사내의 아낙이 답답했던지 인근에서 용하기로 소문난 점쟁이한테 점을 보러 간다는 거야. 더덕 장수 보살이 그 이야길 듣고 한 가지 꾀를 냈대. 점쟁이한테 자초지종을 이야기한 거지. 그 보살도 보살이지만 점쟁이는 또 얼마나 꾀가 많은 사람이야.

아낙이 점쟁이 집에 찾아오자마자 점쟁이는 아들놈이 아파서 왔지, 라고 물었지. 그러자 아낙은 놀라고. 무슨 좋다는 약을 다 써도 차도가 없다고, 살려달라고 애원을 했겠지. 그래서 점쟁이가 그랬대. 당신 남편이 아주

어렵게 사는 사람 물건을 훔쳐서 당신 아들이 아픈 거라고. 그러자 아낙이 실토를 하더래. 자기 남편이 산속에 사는 스님 더덕 밭에서 더덕을 훔쳤다고. 그래서 도둑을 잡았어."

"그래서 어떻게 하셨어요?"

"어떡하긴, 기다렸지. 그런데 기다려도 안 와. 그래도 아무 말 없이 한참을 더 기다렸어. 그러자 누굴 통해서 10만원을 보내왔어. 돌려보냈지. 아이 약값에나 보태라고. 그제야 그 도둑이 나타났어. 죄송하다고, 그냥 산 더덕인 줄 알고 캐갔다고.

두둑에 심어진 더덕 밭인데도 임자 없는 더덕인 줄 알았다니, 너무 빤한 거짓말에 웃음도 안 나오대. 그래서 앞으로는 그러지 말라고, 늙은이가 어렵게 농사지은 건데 그러면 쓰겠느냐고 타일러서 보냈어."

"그 뒤로는 괜찮으셨어요?"

"괜찮긴. 위쪽으로 토굴을 옮긴 뒤에는 아래쪽 더덕 밭을 홀랑 캐 갔어."

"그래서 도둑을 또 잡으셨어요?"

"아니 그냥 뒀어, 잡으면 뭐하겠어. 허허."

그 가을날 저녁의
천 황 사

참으로 오랜만에 뭍으로 나왔습니다. 근 2년 만에 다시 찾아온 감기 때문입니다. 보건소에서 지어 온 약으로 다른 증상은 잡았지만, 기침이 멎질 않았습니다. 한 달 가까이 마른기침이 계속됐습니다. 아침 일찍 일어나 괭이로 텃밭을 갈아엎고 둑을 만들어 월동배추 씨앗을 뿌린 뒤 땅끝행 여객선을 탔습니다. 가을 되면서부터 나고 드는 여행객들의 모습이 뜸해졌습니다.

광주로 갈까 하다 목포 쪽으로 방향을 바꿉니다. 방금 섬을 빠져 나왔으나 나는 그새 또 바다가 그리운 것일까요. 병원을 가겠다고 나온 길이지만 실상은 뭍으로 나들이하고 싶은 마음도 없지 않았지요. 공기 좋은 곳에 사는데도 기침이 멎지 않는 걸 보면 나의 기침이란 단지 몸의 질병만은 아닌 성도 싶습니다.

해남 들녘의 벼들이 누렇게 익어가고 있습니다. 벌써 추수를 끝낸 논도 눈에 띕니다. 많은 벼들이 지난 태풍에 쓰러진 채 방치되어 있습니다. 벼를 일으켜 세우는 늙은 농부의 모습도 간간이 보이지만 그 또한 힘에 부쳐 보입니다. 영암군으로 들어서자 도로변에 무화과 노점들이 눈에 띄기 시작합니다. 영암 일대는 본격적인 무화과 철입니다.

"아주머니, 무화과 달지요?"

"그럼요, 달다 마다요. 말할 수 없이 달아요."

길가 노점에서 무화과를 한 광주리를 삽니다. 나도 참 실없는 질문을 던졌습니다. 무화과 팔려고 나온 아주머니가 달지 않다고 할 턱이 없을 것을. 무화과가 별로 달지 않고 심심합니다. 그렇게 여름 내내 비가 퍼부어 댔으니, 달 까닭이 없지요.

목포의 병원에 들러 진료를 받고 일주일치 약을 지었습니다. 다행히 그저 감기 뒤끝에 기침이 좀 오래가는 것뿐이라더군요. 이제 어디로 갈까. 그래, 월출산으로 가자. 지금쯤 도갑사 성보 박물관도 다 지어졌겠구나. 도선국사, 수미왕사, 유물들이나 구경하자. 도갑사 둘러보고 천황사도 들러야겠지. 도갑사에 다녀온 지 그새 또 2년이 흘렀군요.

해탈문을 지나 경내에 들어서자 성보박물관 건물이 번듯하게 잘 지어져 있습니다. 박물관 앞, 고목들이 서 있던 자리에 나무들은 간데없고, 넓은 잔디밭이 새로 생겼습니다. 일꾼 한 사람이 예초기로 잔디를 깎고 있습니다. 절 마당 돌확에서 솟아오르는 물로 목을 축인 뒤 성보박물관으로 발길을 옮깁니다.

박물관은 문이 잠겨 있습니다. 자물통 위에 '토·일·공휴일 휴관' 이란 팻말이 걸려 있습니다. 어, 이상하네, 오늘이 무슨 요일이지. 이거, 화요일인데, 왜 문을 닫았지. 다시 안내 팻말을 자세히 봅니다. '토·일·공휴일 휴관'이 아니라 '토·일·공휴일 개관'입니다. 이용객들이 많은 토요일, 일요일이나 공휴일만 문을 연다는 뜻이겠지요. 참 많이 섭섭합니다. 유물들을 관람하기에는 사람들 복작대고 시끌벅적한 공휴일보다는 지금처럼 한가롭고 사람 적은 평일 날이 좋을 터인데.

그거 참, 천일기도 염불 소리는 산중에 울려퍼지고, 약을 먹고 가라앉는가 싶었던 마른기침이 다시 쏟아져 나옵니다. 망연해진 나그네는 이미 여러 차례 둘러본 대웅전과 명부전, 미륵전, 국사전들만 하릴없이 서성입니다.

'한 가지 소원은 꼭 이루어지는 미륵전 천일기도. 기도접수는 종무소로' 큼직한 현수막이 미륵전으로 가는 길을 가로막고 '접수해라, 접수해라' 파닥거립니다.

복을 대신 빌어주는 곳, 저것은 마치 복권 판매소 안내문 같군.

'복권 판매소, 천 장을 사면 반드시 한 장은 당첨되는 곳'

서둘러 도갑사를 빠져나와 천황사로 향합니다. 천황사로 오르는 오솔길은 여전히 한가롭고 오붓합니다. 한참 익어 가는 정금나무 열매도 더러 따먹으며 산사로 갑니다.

몇 해 전 천황사에 처음 들렀을 때 받았던, 뭐랄까 가슴 한구석이 뻥 뚫려 버린 듯한 휑한 감동이 다시금 밀려옵니다. 광주행 국도를 타고 영암, 강진 부근을 지날 때마다 도갑사, 무위사, 백련사 등의 유명 사찰 간판과 나란히 대로변에 서 있던 안내판을 보며 언제 한번은 꼭 들러 봐야지 마음 먹고 있다가 마침내 찾아들었던 천황사….

그렇게 여러 해 별러서 찾아든 천황사는 오르는 길부터 심상치가 않았지요. 국립공원 내의 유명 사찰이라면 대부분 절 안마당까지 포장도로가 나 있기 마련인데 좁다란 옛 오솔길이 그대로 남아 있습니다. 보지 않고도 참 아름다운 절이겠구나 싶었지요.

그렇게 기대를 안고 마침내 다다른 천황사. 천황사에는 천황사가 없었습니다. 절터에 자리잡은 것은 웅장한 건축물이 아니라 소박한 감동이었습니다. 해방 무렵에 지어졌다는 오래되고 낡은 슬레이트집 한 채. 거기에 법당도 있고, 요사채도 있었습니다. 극락전도 있고, 명부전도 있고, 산신각도 있고, 미륵전도, 범종각도 다 있었습니다.

절집 주변으로 벌통 몇 개가 놓여 있을 뿐 일체의 허례나 장식이 없이 편안한 고향집 같은 느낌. 작고 낡은 집 한 채로도 수도하고 불공드리는 데는 조금의 부족함도 없을 터이지요. 주변에는 발굴 조사를 하는지 기왓장들이 쌓여 있고 안내문도 붙어 있지만, 기원이 백제시대까지 올라간다는 전통 사찰 터에서 나는 전혀 폐사지의 초라함을 느끼지 못했습니다.

폐사 터에 복원이라는 이름으로 아직까지도 거대한 사찰이 다시 들어서지 않고 있다는 것은 기적 같은 일이 아닌가 싶습니다. 전통의 복원이라는 명목으로, 관광 수입 증대라는 명목으로 이곳에 다시 거대한 건물들이 들어선다면 오솔길도 사라지고, 오래된 나무들과 바위들도 아주 사라지고 말겠지요. 폐사 터가 욕심 없는 한 노승의 개인 사찰로 남아 있다는 것이 월출산에게는 얼마나 큰 행운이며 복권판매소 같은 거대한 사찰들에 질린 나그네에게는 얼마나 큰 복이었던지요.

오늘은 월출산을 찾는 등산객들도 뜸합니다. 혹시 그 사이에 발굴조사가 끝나고 새로 복원 공사도 시작된 것은 아니겠지. 혼자 속으로 걱정하며 절 입구에 오릅니다. 그런데, 절이 없습니다. 절이 있던 자리는 잡초로 뒤덮였고, 터의 가장 자리에 천막이 두 개 새로 쳐져 있습니다. 걱정했던 대로 복원 불사를 시작한 것일까. 나는 이제 막 화려하고 거대한 궁궐 같은 사찰을 빠져나와 눈을 씻기 위해 이곳에 온 것인데, 잘못 온 것이 아닌가. 그렇게 답답한 마음으로 천막 부근을 기웃거리는데, 천막 안에서 인기척이 납니다. 노승이 천막 밖으로 나와 합장을 합니다. 나도 두 손을 모아 합장을 합니다.
"스님, 복원 불사를 시작하셨습니까."
노승은 눈을 감고 있습니다.
엄숙한 얼굴로 한참을 머뭇거리던 노승이 마침내 입술을 뗍니다.
"벌에 쏘였습니다. 그래서 이렇게 눈을 못 뜨고 있어요."
벌 쏘인 노스님에게는 미안하지만 웃음이 터지는 것을 어쩔 수 없습니다. 절은 작년에 불이 나서 없어졌다고 합니다. 전기 누전이었는데, 노승은 그것 또한 자신의 탓이라고 생각하여 참회 기도를 하고 있답니다. 일흔 셋의 노승은 자신이 잘못 살아왔기에 불이 난 것이라고 생각합니다.
다시 지을 만한 여력도 없고, 영암군에서 지원해 준다 해서 마냥 기다리고 있다는군요. 작년 겨울은 전기담요 하나로 천막에서 났는데, 그래서 온 삭신이 성한 곳이 없는데, 이제 다시 닥쳐올 추위 걱정에 노승은 잠을 이룰 수가 없습니다. 천막살이를 하다 보니 더러 젊은 스님들이 찾아와 이곳은 자신들에게 맡기고 걸망 메고 내려가시라 그러기도 한다는군요. 생각해 주는 말인 듯 싶지만 거의 협박이지요.

"탁발도 젊었을 때 해야 시주하는 사람도 있고 그러지, 나이 들면 그도 어렵지요. 내가 갈 곳이 어디 있겠소. 큰절에서 늙은이를 받아 줄 리도 만무하고. 내가 공부가 부족하니, 어디 절 뒷방이라도 차지하고 기침이나 하며 살 수도 없고, 이래저래 나는 여기 있다가 죽어야지요.

어떤 노인이 찾아와 그럽디다. 절대로 죽기 전까지는 젊은 스님들한테 물려 주지 말라고. 자신도 논 팔고 집 팔아 자식들한테 다 주고 도시의 아들네 집에 갔다가 일년도 못살고 쫓기듯 내려왔다고. 지금은 다시 고향 마을에서 빈집 한 칸 얻어 품팔이하며 살지만 그렇게 마음이 편할 수 없다고. 나도 그렇게 생각해요. 절 새로 짓고 나면, 한 일 년이야 잘해 주겠지. 하지만 늙은이를 누가 좋아하겠소. 곧 천덕꾸러기가 되고 말겠지."

노승은 벌에 쏘인 눈이 아플 법도 한데, 눈 한번 찡그리지 않습니다. 산중의 겨울은 일찍 찾아왔다 늦게 물러갑니다. 저 노인은 다가올 길고 추운 겨울을 또 어찌 견디실까. 내년 봄에도 다시 뵐 수 있을까. 노승은 매일같이 찾아와서 똑같은 질문을 해대는 사람들이 귀찮아 부러 피하기도 한다면서도 한번 시작한 이야기를 좀체 그칠 생각을 않습니다. 이제 곧 밤이 오겠지요. 외롭고 고적하겠지요. 살아온 칠십 생애의 어느 때보다 외롭고 쓸쓸한 밤이 깊어 가겠지요.

더 어두워지기 전에 산을 내려가야 합니다. 노승의 이야기를 다 들어주지 못하는 것을 못내 미안해하며 자리에서 일어섭니다. 내일 또 누가 와서 내가 못 들은 이야기를 마저 들어줄 것입니다.

"늙은이가 말이 길었지요. 늙으면 다 그런다오. 잘 가시오. 어쨌든 건강하시오. 건강하고 밥 세끼 안 굶고, 마음 편하면, 그것이 극락이오. 극락이 어디 따로 있겠소."

어둠은 산 아래 마을로부터 몰려옵니다. 산을 내려가면 이제 나에게는 또 어떤 밤길이 시작될 것인지. 칠십의 생애로도 이르지 못한 길이 있었던가. 월출산 그 거대한 바위로도 누르지 못한 마음 하나 산중을 떠갑니다.

너는 너, 나는 나,
그 래 도 사 이 좋 게

'현실은 강하지만 이상의 힘은 더욱 강하다' (무샤노코지 사네아츠)

도쿄

도쿄 시오미 성당에서 미사를 드리며 9.11테러 이후 미국이 준비하고 있는 전쟁에 대해 생각합니다. 한국 땅에서 수백만의 무고한 사람들이 죽어간 전쟁이 일어났던 것은 겨우 60년 전의 일이었습니다. 히로시마와 나가사키에 원자폭탄이 떨어져 수십만이 비명에 간 것은 65년 전이었을 뿐입니다. 불과 수십 년 전에 전쟁의 비극을 목도했던 두 나라 어느 곳에서도 전쟁에 대한 반대의 외침은 미약하고 전쟁광들의 살기에 찬 목소리만 가득한 것은 참으로 놀라운 일입니다. 이곳의 방송과 신문들 역시 한국처럼 연일 전쟁을 선동하고 있습니다.

사람들은 머리 위에 폭탄이 떨어진 뒤에야 평화의 소중함을 깨닫게 되지만 전쟁이 시작된 후에 평화를 되찾는 것은 얼마나 지난한 일인지요. 평화는 전쟁의 반대말이 아니라, 전쟁을 막아야 한다는 뜻인 것을. 이 평화로운 일요일 아침, 전쟁을 막기 위해 우리가 할 수 있는 일이란 겨우 기도밖에 없습니다. 나는 막막해졌다가 기도 중에 문득 눈을 뜹니다. 그래, 기도를 할 수 있다는 것은 또 얼마나 큰 은총인가. 수십억 인류가 각기 자신의 신에게 간절히 기도한다면 전쟁을 막지 못할 까닭이 또 무엇이겠는가.

아타라시키무라

이상향이 실재할 수 있을까. 유토피아란 본디 현실에는 없는 곳인데, '현실에 없는 곳'이 실재한다면 그것은 현실일까, 환상일까. 대체 현실을 떠난 이상향이란 것이 존재할 수나 있을까. 수많은 사람들이 여전히 고통 속에 있는데 자신들만 행복에 겨워 산다면 그 행복이란 어떤 가치가 있는 것일까. 설령 지상에 유토피아를 실현하고 있는 그런 무리들이 있다고 한들 그것은 다만 현실에는 없는 곳에 불과한 것이 아닐까. 이상향을 꿈꾸며 무샤노코지 사네아츠가 기획했던 공동체 마을, 아타라시키무라로 향하는 열차 안에서 의문은 좀처럼 수그러들지 않습니다.

'새로운 마을'이란 뜻의 아타라시키무라는 도쿄에서 전철을 타고 불과 두 시간 거리에 있습니다. 마을 입구에 들어서자 일주문이 나타납니다.

'이 문을 들어서는 사람은 자기와 타인의 생명을 존중하지 않으면 안 된다.'

'이 길 외에는 나를 살려나갈 길이 없다. 이 길을 가련다.'

일요일이라 그런지 도쿄를 비롯한 인근 도시에서 찾아온 방문객들로 마을은 제법 북적거립니다. 방문객들은 마을을 돌아보고, 더러는 마을 가운데 있는 가게에 들러 마을에서 생산한 계란과, 빵, 녹차, 표고버섯, 야채, 레몬 대용으로 쓸 설익은 유자 등을 사갑니다. 여타 공동체들과 다르게 이곳은 방문객들이 전혀 제한을 받지 않고 언제든지 자유롭게 출입이 가능하다고 합니다. 부근 마을에서 산책 나온 주민들이 개똥 담을 비닐봉지 하나씩을 들고 개와 함께 걷는 모습이 자연스러운 일과처럼 보입니다. 돌아보니 사방 어느 곳이나 다른 마을로 통하는 길이 있지만 울타리와 대문은 어느 곳에도 보이지 않습니다.

아타라시키무라는 1918년 일본의 소설가 무샤노코지 사네아츠1885~1976를 비롯한 열아홉 명의 사람들이 '인간다운 삶'과 '자기실현'을 모토로 미야자키 현에서 시작한 공동체 마을입니다. 초기에는 무샤노코지 자신을 비롯해서 문학, 미술, 영화, 출판인 등 문화예술인들이 주축이었습니다. 창설 자금은 무샤노코지 자신의 신혼집을 팔아 마련했으며, 무샤노코지는 설립 7년 뒤부터 아예 마을을 떠나 집필 생활을 통해 돈을 모은 뒤 마을 운영 자금을 댔고 그것은 평생을 통해 계속됐다고 합니다.

현재의 사이타마 현으로 이주한 것은 1939년 댐 건설로 미야자키 현의 마을이 수몰된 뒤였습니다. 태평양 전쟁이 끝난 후에는 불과 한 가구밖에 남지 않을 정도로 공동체가 위기에 몰린 적도 있었으나 창립 50년이 흐른 1968년에 이르러서는 완전한 자활이 가능해졌다 합니다. 한때는

50여 명까지 함께 살았던 적도 있었지만 현재는 25~6명만이 생활하고 있습니다.

마을 전체의 면적은 10ha^{3만 평}인데 그 중 논이 2ha입니다. 그밖에는 양계장과 버섯 양식장, 방앗간, 차와 채소를 재배하는 농경지들이 있고, 마을 중심에 아타라시키무라의 생활과 역사를 보여 주는 전시실인 생활관과 이발관, 무샤노코지의 미술품과 저작들을 전시하는 무샤노코지 기념 미술관, 공연장을 겸하고 있는 공동 식당, 아틀리에, 다실 등이 있습니다.

공동체 주민들은 전형적인 일본 농촌 주택 형태의 가옥에서 독립된 생활을 하고 있습니다. 마을의 주 소득원은 양계인데 전체 수입의 80% 이상을 양계가 차지하고 있으며 쌀을 비롯한 주요 먹거리의 대부분을 자체 생산하는 자급자족 공동체입니다.

공동체는 재단법인으로 등록돼 있는데 회원은 현재 마을에 거주하는 촌내 회원과 공동체의 정신에 공명하여 마을을 후원해 주는 촌외 회원 두 종류로 구성돼 있습니다. 촌외 회원은 연회비 6,000엔과 특별회비 1만 엔씩을 내서 후원하며 현재 촌외 회원은 700여 명입니다. 아타라시키무라가 한창 번성 중일 때는 마오쩌둥도 깊은 관심을 표하며 중국 농촌건설의 전범으로 삼고자 했다고도 합니다. 그 무렵에는 티베트의 달라이 라마도 이 마을을 방문한 적이 있는데 당시 기록에는 '왕이 마을에 찾아오는 것은 좀 드문 일이다' 라고 적혀 있다는군요.

일흔세 살 할머니의 안내를 받아 우리 일행은 다다미 방에 여장을 풀고 마을길을 따라 산책에 나섭니다. 마을 한가운데 지금은 사용하지 않고 폐

쇄된 옛 우물터 옆에서 '시로'라는 이름의 개 한 마리가 무심히 앉아 있습니다. 유순하게 생겼지만 내가 아는 체를 해도 무덤덤한 표정을 바꾸지 않습니다.

이곳은 같은 위도상의 한국에서는 볼 수 없는 난대성 수목들이 눈에 띄게 많습니다. 북쪽인데도 동백나무, 비파나무, 차나무 등 사철 푸른 나무들이 잘 자라는 까닭이 무엇일까. 쿠로시오 난류의 영향을 받아 겨울에도 따뜻한 기후 때문이 아닐까요. 이른 가을걷이를 끝낸 논과 차밭, 양계장과 방앗간, 표고버섯 재배지를 둘러보고 무샤노코지기념미술관에 들어섭니다. 2백 엔의 입장료를 받는 미술관이지만 무샤노코지가 남긴 그림과 서예 작품, 저서 등까지 전시해 놓은 유품 전시관인 듯싶습니다.

'이 길 외에는 나를 살려나갈 길이 없다. 이 길을 가련다.'

마을 입구 일주문에 새겨져 있던 글귀가 미술관에도 액자로 걸려 있습니다.

'이 세상에는 사랑할 것이 많다. 사랑하는 일은 즐거움이 된다.'

'너는 너, 나는 나, 그래도 사이좋게.'

'하늘에는 별, 땅에는 꽃, 사람에게는 사랑.'

너는 너, 나는 나, 그래도 사이좋게. 독립된 개체로서의 인간을 완전하게 존중하면서 조화로운 공동체를 꿈꾸었던 무샤노코지의 사상이 이 한 문장에 다 들어 있다고 생각하면 섣부른 예단일까요.

나는 무샤노코지의 생각에 깊이 공감합니다. 공동체를 추구하는 사람들이 자기를 버리고 비우는 것은 공동체를 이루기 위해 아주 중요한 요건입니다. 하지만 공동체를 원하는 모든 사람들에게 그것을 요구할 수 있을까요. 그리고 그것이 가능하기나 한 걸까요.

우리가 추구하는 공동체가 수도자들의 공동체가 아닌 다음에야 사람들에게 어떻게 자기 자신을 모두 버리라고 할 수 있겠습니까. 그렇다면 수도원에 들어가거나 사원을 만들면 되지, 굳이 마을 공동체를 건설할 필요는 없을 테지요. 우리는 성자나 전인들의 공동체가 아니라 모순덩어리 인간들의 공동체를 이루고자 하는 것이 아니던가요. 그것이 비록 더디고 고통스런 과정을 요구할지라도, 결코 완성에 이를 수 없을지라도 보다 근원에 가까운 것이 아닐까요. 완전히 자유로운 개인, 공동체로부터도 자유로운 개인들의 공동체. 단 한 사람일지라도 소수자의 자유의지가 억압되지 않는 공동체. 나는 지금 불가능한 꿈을 꾸고 있는 것일까요.

미술관을 나서는데 사무실 안에서 미술관을 운영을 맡고 있는 네즈요 할머니가 방문객에게 무엇인가를 열심히 설명하고 있습니다. 표를 끊어 주고, 책자와 도록을 판매하고, 청소와 안내, 미술관 운영과 관리에 대한 모든 것을 할머니 혼자서 다 해내고 있습니다. 할머니는 올해 아흔 살입니다. 아다라시키무라의 구성원들은 하루 6시간의 의무노동 시간과 주 1회 휴일을 지키고 있으며 65세 이상이 되면 의무노동이 면제되지만 권리는 그대로 유지된다고 합니다.

그러나 65세가 넘어도 노동을 그만두는 사람은 없다는군요. 즐거워서 하는 일이고, 몸에 무리가 갈 정도로 일하지 않는 것을 원칙으로 하는 노동이니 기쁘지 않을 까닭이 없겠지요. 기쁨이 거세된 노동은 고역입니다.

문득 보길도에서 농사짓는 노인들 얼굴이 떠오릅니다. 늘 고질병에 시달리고, 힘들어 죽겠다는 말을 입에 달고 다니면서도 고역 같은 노동에서 벗어나지 못하는 할머니들. 그 할머니들은 생이 끝난 다음에라야 고역에서 해방될 수 있을까요.

하루 세끼를 먹는 이곳의 저녁 식사 시간은 6시부터 7시까지입니다. 왁자지껄할 것까지야 기대도 안했지만 식당은 지나치게 한산합니다. 몇 사람의 노인들만이 조용히 저녁을 들고 있습니다. 공동체라면 으레 밥상 공동체를 먼저 떠올리는 나의 상식으로는 의외의 상황입니다. 사실 많은 공동체들이 적어도 하루 한 끼는 함께 밥을 먹으며 공동체의 결속을 다지고 구성원 상호간의 소통시간으로 삼는데 이곳은 예외인 듯합니다. 식당의 음식을 집으로 가져가서 먹는 사람들, 집에서 직접 만들어 먹는 사람들, 식사 방식도 정해진 규칙이 없이 자유롭다고 합니다. 아다라시키무라의 밤이 깊어갑니다.

대화

새벽 한기에 잠이 깹니다. 눈은 떴으나 이불 속을 빠져나가기가 싫어 한참을 미적거립니다. 옆에 누워 계신 박 신부님도 같은 심정인가 봅니다. 건넌방의 전 선생은 아직 일어난 기척이 없습니다. 온기라고는 하나도 없는 다다미 방. 이곳은 바깥보다 먼저 집 안에서 겨울이 시작되고 있습니다.

"아타라시키무라에서는 물질적으로 평등하다고 생각하는 사람도, 정신적으로 평등하다고 생각하는 사람도 잘못 생각하고 있는 것이다. 아타라시키무라에서는 모두가 지평선 이상의 생활을 하고 있으므로, 그 다음부터는 각자의 생각, 결심, 천분, 성격에 의해 달라진다. 원래 아타라시키무라에는 주인도 노예도 없으며, 폭력으로 타인을 압박하는 일도 없다. 그러나 마을을 위해 도움이 되는 인간이 마을을 위해 도움이 되지 않는 인간보다 존경받고, 현명한 이가 어리석은 이보다 존경받으며, 기분 좋은 이가 불쾌한 인간보다 사랑받는 것은 당연한 일이다. 그것이 자연이기 때문이다."(무샤코지 사네아츠 《인간답게 살기 위하여》 중에서)

아다라시키무라에는 어떠한 정부도 지도자도 없습니다. 지시하거나 명령할 수 있는 명령권자를 두고 있지 않으며 개인의 자율적 의지와 자주성에 의해 모든 문제를 풀어 나가고 있다고 합니다. 아무리 나이가 많고, 공동체 생활 경력이 오래 됐더라도 누구에게 명령할 수 없는 것이 철칙이라는군요. 어떠한 계급도 상하관계도 없이 모두가 형제, 자매인 사람들.

와타나베 노인은 마을의 헌법 제1조는 '절대 서로 명령하지 않는다. 누구에게도 강요하지 않는 것'이라고 일러줍니다. 노인을 만나기로 한 것은 마을의 가장 연장자인 까닭에서였습니다. 91세의 와타나베 노인은 모란 밭과 매실 밭 관리를 맡고 있습니다. 노인은 공동체에 젊은이들이 들어오지 않는 것을 걱정합니다. 80년 전과는 다르게 세상은 풍요로워졌고 마을의 소박한 생활이 젊은이들에게 별다른 매력을 주지 못하기 때문일 거라고 분석합니다.

공동체란 무엇입니까?

"공동체란 특별한 것이 아닙니다. 이상하게 생각할 필요 없습니다. 우리가 먹을 것은 우리가 만들어서 먹고 생활하자는 것이지요. 바르게 살자는 것입니다. 자기 자신을 바르게 살려 나가는 것이 다른 사람에게도 도움이 됩니다. 자신을 위해서 결코 타인을 희생시켜서는 안 된다는 것이 공동체 정신입니다."

농업만으로 공동체의 유지가 가능한가요?

"농사만 지어서는 어렵습니다. 많은 부분 양계에 의존하지요. 하지만 농산물 가격이 싼 것은 당연한 것이 아니겠습니까. 생명 있는 자는 먹어야 사는데 먹는 것으로 경쟁하는 것이 오히려 이상한 일이지요."

갈등이 일어났을 때는 어떻게 해결합니까?

"어느 곳이나 갈등은 있기 마련입니다. 그러나 갈등이 문제가 되지는 않습니다. 그렇다고 다수결로 문제를 해결하지도 않지요. 소수의 의견 또한 다수의 의견과 같은 비중으로 존중되어야 합니다. 많은 경우 참고 기다리면 시간이 해결해 줍니다."

의무노동을 지키지 않는 사람도 있을 텐데요?

"아무도 의무노동을 강제하거나 감시하지 않습니다. 스스로 판단해서 모자라면 다음날 채웁니다. 설령 아무 일도 않는다고 한들 강제로 일하게 할 수는 없지 않겠습니까. 적성에 맞지 않아 의무를 다하지 못하는 경우 다른 일에서 찾도록 합니다. 끊임없이 자신에게 맞는 일을 찾을 수 있도록 모두가 도와줍니다."

공동체에서 나가려는 사람은 어떻게 설득합니까?
"설득하지 않습니다. 자신의 판단에 맡깁니다. 생각이 바뀌어서 나가려는 것을 어쩌겠습니까."

공동체 입촌 자격이 있습니까?
"명령하려 하지 않고, 폭력적이지 않은 평화적인 정신의 소유자라면 누구든 환영합니다."

여러 공동체가 입회 시 재산을 헌납 받습니다. 아타라시키무라는 어떤가요?
"재산 헌납의 의무는 없습니다. 80년 마을 역사상 재산을 헌납한 사람은 단 한 명뿐이었습니다."

노령화로 현재 있는 땅에 농사짓는 것도 버거워 보이는데 땅을 계속 사들이려는 이유가 무엇입니까?
"현재의 우리들만을 위해 땅을 사지는 않습니다. 장래를 위해, 세상을 위해 사는 것입니다. 우리 아이들과 혈족을 위해서가 아니라 앞으로 올 공동체 지향자들을 위해 땅을 남기는 것입니다."

젊은 사람들이 너무 적습니다. 존립이 위태롭게 될까 걱정입니다.

"젊은이들이 왜 안 오는지는 정확히 잘 모르겠습니다. 하지만 걱정하지 않습니다. 한 가족으로 줄었을 때도 적은 숫자라고 생각해 본 적이 없습니다. 일시적으로 사라지더라도 공동체는 반드시 다시 부활합니다. 인간의 생명으로서는 끝이지만 마을의 생명으로서 80년이란 이제 겨우 시작이지 않습니까."

하지만 이곳에서 태어난 아이들까지 떠나가서 돌아오지 않는 것은 문제가 아닙니까?

"아이들은 부모의 등을 보고 자라기 때문에 보고 배우고 따라올 줄 알았습니다. 그러나 모두 떠났습니다. 아이들 교육은 실패였습니다. 너무 자만했던 것이지요. 그렇다고 실망하지는 않습니다. 그들도 언젠가는 반드시 다시 돌아올 것입니다."

공동체가 외부 세계의 소외된 사람들에 대한 관심이나 사회적 실천 없이 너무 자족적인 것이 아닙니까?

"신을 믿지 않는 사람을 어떻게 신이 구제할 수 있겠습니까. 마을을 믿지 않는 사람을 우리가 어떻게 구제할 수 있겠습니까. 공동체란 그 자체가 사회적 실천입니다."

공동체를 시작하려는 사람들에게 조언을 부탁합니다.

"공동체는 먼저 해 봐야 합니다. 선택의 문제가 아닙니다. 사명이고 의무입니다. 인간을 살릴 최선의 방법입니다."

짧은 만남이 끝나고, 이제 곧 만으로 아흔한 살이 되는 와타나베 노인이 손수레를 끌고 일터로 갑니다.

고려신사

마을의 식당에서 함께 식사를 하던 사소 씨가 인근에 고려신사가 있으니 자신이 안내하겠다고 나섭니다. 점심 식사 후 2시간의 휴식 시간을 이웃 나라 나그네들을 위해 쓰겠다는 호의를 우리는 고맙게 받습니다. 아타라 시키무라가 위치한 이 지역이 한때는 고려군이었다고 합니다. 지금은 이리마 군으로 이름이 바뀌었지만요.

양계장을 관리하는 사소 씨가 모는 봉고차를 타고 20분 남짓 달리자 띠로 지붕을 해 올린 거대한 움집이 나타납니다. 고려신사인가 물으니 고려 주택이라고 합니다. 당시 고구려 이주민들이 주거했던 주택을 모형으로 만들어 놓은 듯싶지만 너무 거대하여 주택이라기보다는 초가 궁전 같습니다.

고려 주택에서 5분 거리에 고려신사가 있습니다. 평일인데도 신사는 관광객들로 시끌벅적합니다. 신사 입구부터 한국 색이 물씬 풍겨옵니다.

천하대장군과 지하여장군 장승이 떡 버티고 서서 오가는 사람들을 내려다보고 있습니다.

소원을 빌면 출세하는 데 효험이 뛰어나다고 해서 출세신사라고도 부르는 고려신사. 고구려 멸망한 후인 716년에 고구려 유민 1,700여 명이 이 지역으로 이주해 와 고려인 촌을 형성하고 살았는데 고려신사는 당시 유민들을 이끌고 왔던 고구려왕 약광을 모시는 신사라고 합니다. 고구려가 멸망한 것이 668년, 그로부터 근 50년간을 나라 잃고 떠돌던 유민들이 마침내 이곳에서 안주할 곳을 찾았으니 참으로 고마운 땅입니다.

사람은 누구나 떠나온 곳으로 돌아가고 싶어하지만 그들은 끝내 돌아가지 못하고 이 땅에 뿌리를 내렸습니다. 그러나 오늘 이곳에서 우리는 그들이 고구려에서 온 것을, 또 고구려로 다시 돌아가지 못한 것을 애달파할 까닭은 없습니다. 실상 어디서 온 것이 무어 그리 중요겠습니까. 우리는 모두가 어딘가로부터 왔습니다. 중요한 것은 이곳에 왔다는 사실일 테지요. 더러 사람들은 뿌리를 찾기 위해 안달을 하지만 인간은 본시 모두가 한 뿌리가 아니었던가요. 한 뿌리에서 나서 사방으로 뻗어나간 지체들이 아니었던가요.

---

* 과거 일본에서는 고구려를 고려라 하여 일어로 '고마' 라고 불렀고 고려는 고구려와 구분하여 '고라이' 라 불렀다. 위에서 지칭하는 고려는 '고마' 즉, 고구려를 의미한다. (편집자 주)

밤

저녁이 옵니다.

도쿄에 거주하는 촌외 회원인 아타라시키무라 재단 이사장의 주선으로 마을 주민들과 간담회를 갖기로 했습니다. 이사장은 자신이 이사장이라고 해서 더 많은 권한이 있거나 특별한 위치에 있지 않다고 자신을 소개합니다. 모임에는 촌내 회원 일곱 사람과 촌외 회원 두 사람 등 모두 아홉 사람이 나왔습니다. 여기 나온 촌내 회원들은 한 사람을 제외하고는 모두가 삼사십 년 이상 공동체 생활을 함께한 사람들입니다.

이사장은 아타라시키무라는 생활 공동체일 뿐만 아니라 정신적 공동체이기도 하다고 말합니다. 단지 생활만을 위해 모인 공동체는 결코 오래 유지될 수 없다고 강조합니다. 그는 또 마을을 떠난 대부분의 사람들이 어떤 형태로든 마을과 인연을 유지하고 있다고 이야기합니다.

86세의 세시로 노인은 "공동체 생활을 하면서 자신이 맡은 일에 대해 책임을 다하는 것이 얼마나 중요한지 생각해 왔다. 하지만 자신도 부족한 인간인데 다른 사람이 부족하다 해서 책망할 수 없다. 서로를 인정하는 것이 무엇보다 중요하다. 자신을 성숙시키면 상대방도 성숙된다."고 말합니다.

표고버섯 재배를 책임지고 있는 테라시마 씨는 "많은 외국인들이 마을을 견학하거나 생활을 체험하고 돌아갔다. 그 중에는 한국인도 있었고 영국인도 있었다. 그들과 함께 생활하면서 외국인이라는 구별은 없었다. '신은 지구 위에 아무 선도 그어놓지 않았다'고 한 간디의 말처럼 인간은 누구나 똑같았다."고 이야기합니다.

쓰즈다 노인이 자신을 소개하자 통역을 하던 전 선생이 반색을 합니다. 아타라시키무라를 방문하기 위해 홈페이지를 들어가 봤는데 이 노인이 홈페이지를 만든 사람이었다니! 노인은 아타라시키무라의 홈페이지 관리자였습니다. 노인은 88세에 처음으로 컴퓨터를 접했고 웹디자인도 배워서 직접 아타라시키무라의 홈페이지를 만들었다고 합니다. 현재는 새로운 홈페이지를 제작중에 있다고, 돌아가서도 메일로 자주 연락하자고 반가워합니다. 아흔 살의 노인이 소년처럼 활기차게 웃습니다.

모임에 나온 사람들은 많은 부분 생각이 일치하는 듯합니다. 하지만 아이들 교육문제가 나오자 의견이 갈리기 시작합니다. 아타라시키무라에서는 아이들에게 공동체의 이념과 철학을 따로 교육시키지 않았다고 합니다. 그 영향인지 공동체에서 어린 시절을 보낸 2세들이 단 한 사람도 공동체에 남아 있지 않은 것을 다들 심각하게 생각하고 있습니다. 아이들에게 창설자인 무샤노코지의 책을 한 권도 읽어 보게 하지 않은 부모들도 있었다 하니 많은 공동체가 창설자의 정신을 애써 가르치는 것과 아주 대조적입니다.

아이들에게 공동체의 이념과 철학을 교육시키지 않은 것이 올바른 것이었을까. 아무리 자신의 아이들이라도 강제로 공동체의 이념을 교육시키는 것은 인간의 자유의지에 반하는 행동이며 공동체의 이념에도 위배된다는 입장과, 그래도 교육이 필요했다는 입장이 팽팽하게 대립하면서 토론이 길어집니다. 하지만 쉽게 결론이 나지 않을 듯합니다.

아이들에게 무엇인가 일방적인 가치를 주입시키는 것에는 나 역시 반감을 가지고 있지만 아타라시키무라에서는 아이들에 대한 교육을 너무 방관한 것이 아니었을까. 스스로 판단하여 공동체의 가치를 받아들이면 좋은 것이고, 그렇지 않으면 어쩔 수 없는 것이라는 태도는 어쩐지 너무 무책임했다는 느낌입니다. 그것은 아이들이 일본 사회의 제도 교육을 고스란히 받도록 방치했었기에 더더욱 그렇습니다. 제도 교육에서 결코 가르치지 않는 것들, 공동체적 가치들을 공동체의 교육 프로그램을 통해 가르쳤다면 상황은 지금보다 달라졌을지도 모르겠습니다.

간담회를 마치며 한국의 청년들이 이곳에 와서 공동체 생활을 체험하도록 해줄 수 있는지 예수살이공동체의 대표인 박기호 신부님이 묻습니다. 세시로 노인이 대답합니다. "무언가를 배우려고 찾아온다면 오지 않는 게 낫습니다. 배워갈 것이 없기 때문이지요. 하지만 무언가를 함께하려고 온다면 언제든지 환영합니다."

미에 현으로

자기에게 부여된 자유를 진정으로 누리는 길은 무엇일까.

아타라시키무라를 떠나 미에 현으로 향하는 열차 안에서 내내 무샤노코지 사네아츠의 말이 귓가를 떠나지 않습니다. 지금은 잊혀져 가는 공동체, 젊은 사람들은 모두가 떠나고 노인들만 남은 마을을 나도 이제 막 떠나왔습니다. 하지만 마음은 그곳을 벗어날 수가 없습니다. 오래 사는 것이 반드시 좋은 일은 아닐 테지만 늙음이 그렇듯 아름다울 수도 있는 것인가.

나는 어떤 정신에 사로잡혀 더 이상 앞으로 나아가지 못합니다. 그곳에서 태어난 아이마저 모두 떠나고 청년들은 더 이상 들어오지 않는 마을. 그 노쇠한 공동체가 실패한 공동체라는 생각이 들지 않는 것은 어떤 연유일까. 단 두 사람이 만나 50년을 해로해도 금혼식을 올려 경하하고 모두가 놀라워하는데, 수십 명의 사람들이 80여 년을 함께해 왔다는 사실은 그 하나만으로도 기적 같은 일입니다. 그것이 종교의 힘으로 지탱되는 수도 공동체나 신앙 공동체도 아니었으니 더더욱 그렇지요.

게다가 80년을 이제 겨우 시작이라고 말하는 마을의 노인들, 그 원대한 구상에는 절로 머리가 숙여집니다. 아무도 서로에게 명령하지 않고 강요하지 않으며, 엄격한 규율도 없이 그들은 80년을 조화롭게 살아왔습니다. 규모를 키우기보다는 정신을 지키며 산다는 것은 얼마나 고결한 일입니까.

'자기에게 부여된 자유를 진정으로 누리고 사는 길'은 공동체를 이루어 사는 일에 다름 아닐 것입니다. 우리는 본디 모두가 공동체인이었습니다. 공동체인이었으므로 공동체를 만드는 것은 전혀 새로운 일이 아닐지도 모릅니다. 그것은 지금은 잃어버린 가치, 그 옛날의 공동체성을 회복하는 일일 테지요. 그러므로 우리가 지금 보고 온 것은 새로운 형태의 삶이 아니었을 것입니다. 우리 삶의 원형이었을 것입니다. 기차가 또 다른 공동체의 땅, 미에 현에 가까워져 갑니다.

진실로 자신에게
속지 않는 법

"세상을 속이지 않는 일은 그리 어려운 게 아니다. 참으로 자기를 속이지 않는 것이야말로 중요한 일이고 어려운 줄을 알아야 한다. 타인에게 속지 않는 것은 그리 대단한 일이 아니다. 진정 자기에게 속지 않는 일이야말로 큰일 중의 큰일임을 알아야 한다." (도법스님)

바다 건너 문득 집을 나섰습니다. 해남 버스터미널 대합실에서 버스를 기다립니다. 요즘 들어 불쑥 길 떠나는 날이 많아졌습니다. 바람 부는 날이 잦아졌습니다. 터미널 출입구를 기웃거리는데 이중문 사이에 할머니 한 분이 쪼그려 앉아 있습니다. 할머니는 다친 손에 붕대를 감으려 하지만 붕대는 번번이 할머니의 손등을 비껴갑니다. 나는 할머니를 건너다보고 있습니다. 몇 날 며칠을 감고 다녔는지 붕대는 땟국물에 절어 시커멓고 할머니는 붕대보다 더 꺼멓습니다.

노심초사하는 할머니의 손등이 파리합니다.

"할머니, 손 다치셨어요."

"그래라우, 부러졌는디 벵원에 입온했다가 태언했지만 자꾸 쑤셔서 된장을 발랐구만이라우. "

할머니는 다친 손등에 된장을 바르고 그것을 배추잎으로 감싸고 있습니다. 나는 할머니의 마른 손을 잡고 된장 바른 배추잎 위에 붕대를 둘러줍니다.

"고맛구만이라우, 절믄 새램이. 겔혼은 햇능가 총각잉가 몰루것지만 고맙구만이라우."

할머니는 붕대 감은 손을 들어 보이면서 몇 번이고 고맙다는 인사를 합니다.

고맙긴요, 할머니. 나는 인사 받을 자격이 없습니다. 사실 나는 할머니가 절절매고 앉아 있는 것을 보고서도 한참을 주저했었지요. 때에 절어 불결해 보이는 붕대와 할머니의 남루한 행색에 선뜻 다가서지 못했습니다. 나는 얼마 전 다들 잡아먹어 버리라고 하는, 개에게 물려 피 흘리는 염소를 데려다 치료해서 살려준 적이 있습니다. 그때 나는 참 자애로운 사람이었습니다. 그런 줄 알았습니다. 그랬던 내가 다친 사람을 눈앞에 두고도 도와주는 것을 주저했습니다. 나는 나 자신에게 속고 있었습니다.

"할머니, 이제 어디로 가세요."

"어떤 여펜네 아들 중신 시키러는디 엠벵할 여펜네가 여비도 안 조서 이라고 있소잉. 누구한티 천언만 꿀라고 했는디."

"제가 꿔 드릴게요, 할머니."

"어치케 갚으라고."

"나중에 갚으시면 되지요."

"어이 사는 누군지도 모르는디."

"그냥 받으세요 할머니. 제가 아니어도 다른 사람에게 갚으시면 되잖아요."

나는 천 원짜리 두 장을 할머니 손에 꼭 쥐어 드립니다.

할머니는 거푸 고맙다고 말씀하지만 듣는 내가 더 송구스럽습니다.

"어치케 가푸까, 어치케 가푸까."

"할머니 걱정 마세요."

나는 서둘러 순천행 버스에 오릅니다. 아마도 할머니는 살아오시는 동안 이미 누군가에게 충분히 갚으셨을 겁니다. 지금 내가 누군가에게 도움 주는 것이 있다면 그것은 과거에 내가 받은 것을 뒤늦게 갚는 것에 지나지 않습니다. 받는 것 또한 다르지 않겠지요.

나는 등받이에 기대 혼침에 빠져듭니다. 버스가 출발하는가. 순간, 엔진음에 놀라 눈을 번쩍 뜹니다. 겨우 천 원짜리 두 장 적선한 것 가지고 대단한 자선가라도 되는 양 잘난 척하다니! 나는 또 나에게 속을 뺀했습니다.

돼지에게
함부로 하는 마음

나환우 공동체인 성심원에서 일박하고 산청읍내로 향합니다. 성심원 원장이신 프란체스코 수사님은 서울에 가는 중이고 나는 다시 실상사로 넘어가는 길입니다. 한적한 도로에 트럭 한 대가 뒤따라옵니다. 짐칸에 돼지 한 마리가 실려 있습니다. 장에 팔려 가는 것일까. 아침 일찍 사람은 살아보겠다고 길을 나서는데 돼지는 사람 손에 이끌려 죽으러 갑니다.

심사가 착잡하여 고개를 돌리려는데 돼지가 고통스런 비명을 지릅니다. 돌아보니 돼지 앞다리 하나를 그대로 밧줄에 엮어 트럭 난간에 매달아놨습니다. 쉽게 운반하려고 그런 것일 테지요. 왼쪽 다리는 비틀릴 대로 비틀려 대롱거리며 매달려 있고, 오른 다리 하나로 버티려니 자꾸 뒤뚱거립니다.

수사님과 나는 동시에 소리지릅니다. 저거, 저러다 부러지는 거 아냐. 그래도 참 어쩌지는 못하고, 수사님은 "프란체스코 성인 같았으면 차를 세우고 돼지를 사서 풀어 줬을 텐데.", 탄식합니다. 돼지는 고통에 찬 비명을 그치지 않고, 우리는 막막합니다. 이미 다리가 부러졌는지도 모르겠습니다.

너무 잔인하지 않은가요. 돼지라고 고통을 모르겠습니까. 곧 죽을 목숨이라고 목숨이 소중하지 않겠습니까. 같은 인간을 고문하고 죽이는 인간들도 있는데 돼지쯤이야 하고 위안 삼으며 지나쳐도 되는 것일까요. 돼지에게 함부로 하는 마음이 인간에게도 함부로 하는 것은 아닐까요. 다른 생명을 가책 없이 해치는 마음이 자라나 인간의 생명을 함부로 해치게 되는 것은 아닐까요. 돼지를 실은 트럭이 어느 마을 안길로 사라진 뒤에도 우리는 애절한 돼지의 비명소리에서 놓여나지 못합니다.

유자를
따 다

아침 한나절 유자를 땄습니다. 돈방골 옛 집터의 유자나무 한 그루
에서 두 상자의 유자가 나왔습니다. 지게에 한 짐 가득 지고 온 유
자를 한 상자는 인천 부모님께 보내 드릴 요량으로 놓아두고 나머지는 물
에 씻어 말리고 있습니다. 나는 오늘 나무를 심지도 않고 열매를 거두었
습니다. 아둔하게도 열매를 얻고서야 나무 심은 뜻을 알아챕니다.

삼십 년 전 할아버지는 유자나무를 심으셨지요. 살아생전 할아버지는 열
매를 거두지 못하셨지만 살아남은 나는 한 그루의 유자나무에서 수백 개
의 열매를 거두었습니다. 할아버지는 자신을 위해 나무를 심지 않으셨던
것입니다.

한 시절 이곳의 유자나무는 제주도의 밀감나무처럼 효자 나무였습니다.
유자나무 몇 그루면 대학생 자녀 학자금을 마련하고도 부족함이 없다 했
습니다. 지금은 산밭마다 유자나무가 지천이지만 누구도 돌보지 않습니

다. 더 이상 돈이 되지 못하는 애물, 더러는 잘리고 더러는 무성한 잡초 밭에 버려져 있습니다.

복숭아가 그렇고, 사과가 그렇고, 단감이 그렇고, 유자가 또 그렇게 잘 키워져 거둘 만하면 이내 베어 넘어지길 반복합니다. 돌담가에 씻어 널어둔 유자의 노란빛이 곱습니다. 물기가 빠지면 내일은 유자차를 담가야겠습니다.

종일토록 늦가을 볕이 너무 좋더니 저물녘이 되자 한기가 몰려듭니다. 오랫만에 군불을 때고 들어왔습니다. 조금 땠을 뿐인데 방안이 훈훈하고 바닥은 절절 끓습니다. 이제 다시 따뜻함이 그리운 시절이 온 것이지요. 지난번 도치미끝 절벽에서 주워다 말려둔 도토리로 묵을 쑤었습니다. 도토리묵에 맑은 소주 한잔을 마십니다. 곱게 갈아지지 않아 조금은 거칠고 떫지만 직접 만들어 먹는 가을 밤 도토리묵의 맛은 어디 비할 데가 없습니다.

이곳의 산에는 다람쥐들이 살지 않습니다. 다람쥐가 주워가지 않으니 내가 도토리를 거두어 한때의 식량으로 삼습니다. 어느새 정자 옆 키 큰 멀구슬나무의 열매들도 잘 익었습니다. 여기 말로는 모꼬시나무라 하지요. 대추와 비슷하지만 단맛이 부족하고 떫어서 사람들이 따 먹진 않습니다. 새들도 지금은 달고 맛난 홍시나 산과실들을 찾아다니느라 모꼬시 열매 따위에는 관심도 두지 않습니다.

하지만 식량이 부족한 겨울이 오면 모꼬시나무는 먹이를 찾아 떼로 몰려온 새들로 장관을 이루게 됩니다. 한꺼번에 삼사십 마리는 족히 될 새떼가 몰려와 열매를 따 먹느라 떠들썩하지요. 녀석들은 내가 소리를 질러도 들은 척도 않습니다. 나도 실상은 녀석들에게 별 관심이 없으면서 주인장 이라고 괜히 거드름 한번 피워 보는 것이지요. 가을은 이렇듯 새나 사람 이나 차별 없이 고루 넉넉함을 나눠 줍니다. 유자 향기에 취하고 소주에 취해 늦가을 밤이 깊어갑니다.

염소란
무엇입니까

들판에서 한가롭게 풀을 뜯고 있는 염소들이

어느 순간부터 더 이상 목가적이지 않습니다.

풀을 뜯고 있는 저 염소에게서 나는 섬뜩함을 느낍니다.

묶여 있는 저 염소는 어느 예기치 못한 순간 팔려 가 죽게 될 것입니다.

살기 위해 부지런히 풀을 뜯을수록 염소는 제 죽음을 재촉하게 됩니다.

무섭지 않습니까! 저 염소의 생애가.

먹이가 삶을 이어주는 생명의 끈인 동시에

생명을 앗아갈 올가미가 되기도 하는 생애의 들판.

풀을 뜯어 살이 찌고 윤이 날수록 염소의 죽음은 가까워집니다.

생명력 넘칠수록 생명은 점점 위태로워집니다.

전율스럽지 않은가요.

자신의 의지와 무관하게 살아지는 염소의 삶이, 삶의 역설이.

염소란 무엇입니까

생사란 무엇입니까.

이우

겨울, 설산, 달밤, 칼빛, 긴꼬리, 차고 영롱한 보검

　　이우梨牛는 제 꼬리가 자랑스럽다. 이우는 꼬리를 핥는다

숫돌에 벼려지는 칼날, 이우는 혀를 벤다. 피가 스민다

혀끝에 감기는 피. 이우는 꼬리가 달다

겨울, 설산, 달밤, 기울도록 이우는 꼬리를 핥는다

단 맛에 취해 핥고 또 핥는다. 그렇게 죽어간다

이우.

설산에 이우라는 동물이 산다 합니다.

이우는 꼬리가 길고 칼처럼 날카롭습니다.

이우는 아름다운 제 꼬리를 무엇보다 아끼고 사랑합니다.

개나 고양이가 제 몸을 핥아가며 깨끗이 하듯이

이우는 제 꼬리를 아껴가며 조심조심 핥습니다.

그러다 혀를 베고 맙니다.

날카로운 칼에 베인 혀에서는 피가 흘러나옵니다.

하지만 이우는 피 맛이 좋습니다.

달큰하고 맛있는 그 즙이 제 꼬리에서 나온다고 생각합니다.

그 맛에 취해 끊임없이 꼬리를 핥고 또 핥습니다.

그러다 마침내 죽어갑니다.

아, 우리는 이우처럼 살다 죽어가고 있는 것은 아닌지요.

존재의
슬 픔

정월 보름날 밤, 부황리 논둑길을 혼자 걷습니다. 사람들은 모두 집으로 돌아가고, 들판에는 염소들만 묶여 있습니다. 아직은 찬 공기가 버거운지 염소들은 쉽게 잠들지 못해 자주 뒤척입니다. 밤길에 나와 대보름달을 본 것이 얼마 만인가. 달빛 때문일까요. 엎드려 있던 염소가 일어나 한동안 먼 곳을 우두커니 바라다봅니다.

어딜 가려는 거지, 묶여 있는데. 몇 발짝이나 걸었을까. 염소는 체념한 듯 이내 풀을 뜯기 시작합니다. 염소는 존재의 허기를 대보름 달빛으로도 채울 수 없었던 모양입니다. 염소는 제 발 앞의 풀부터 차례로 뜯어 나갑니다. 풀을 뜯기 위해 염소는 내내 묶인 줄을 끌며 앉았다 서다를 반복할 것입니다.

같은 달 아래 뜯을 풀도 없이 신문지 몇 장 덮고 웅크려 있을 도시의 노숙자들을 생각합니다. 미국의 군대에 내몰려 황무지를 헤매고 있을 아프가니스탄 사람들을 생각합니다. 하지만 내 눈은 작아서 멀리 있는 노숙자들은 보지 못하고, 피난민들도 보지 못하고 가까운 곳의 염소들만 오래 바라다봅니다.

염소들도 본디 야생의 시절에는 산속의 동굴이나 바위 밑, 따뜻한 풀숲으로 둘러싸인 집이 있었을 것입니다. 집 없는 사람들, 집 없는 염소들, 밝은 달빛이 더욱 서럽습니다. 존재의 거처가 아니라 존재의 본질인 집. 사람이나 짐승이나 노숙의 삶은 모든 집 있는 존재들의 치욕입니다.

잠들지 못하는 저 밤 들판의 염소와, 오리와, 소와, 돼지와, 닭들은 본래의 존재 의미를 빼앗기고 오로지 사람의 먹이가 되기 위해 사육을 당하고 있습니다. 그들의 고기로 사람은 배가 부르고 살이 찝니다.

일터에서 쫓겨나 거리를 떠도는 노동자들과 아프가니스탄, 콩고, 보스니아, 전쟁터의 피난민들. 그들 또한 저 염소나 돼지와 다르지 않습니다. 그들은 모두 들판으로 내몰려 자본가들, 무기상들의 먹이로 사육되고 있습니다. 그들의 피를 마시고 살을 뜯으며 자본가들과 무기상들, 제국주의자들은 살이 찌고, 뼈가 굵어집니다.

대보름달이 황원포 바다 위를 느리게 건너갑니다. 달빛 속에서 미국의 전쟁 위협에 잠 못 드는 한반도 북쪽의 사람들을 봅니다. 60년 전, 한국 전쟁으로 부를 챙기고 권력기반을 다진 자들의 얼굴을 봅니다. 다시 전쟁을 부추겨 권력을 잡으려는 자들을 봅니다.

칸트는 '전쟁이란 어느 누구도 그것을 통해 자신의 권리를 주장해서는 안 되는 수단'이라고 했습니다. 깊이 공감합니다. 미국이 아니라 그 어떠한 신의 나라일지라도 전쟁으로 자신의 권리를 행사할 수는 없습니다. 어떠한 정의도 전쟁과 악수하는 순간 악이 됩니다. 어떠한 신도 전쟁의 수호신이 되는 순간 악마가 됩니다.

적막한 대보름달 밤. 섬 마을 들판은 평온하고, 밤바다는 고요합니다. 이 평화로운 밤에 미국이 정의와 평화와 신의 이름으로 저질렀던 수많은 전쟁들을 생각합니다. 미국 군대에 의해 학살된 수백, 수천만의 아메리카 원주민들, 아프리카 노예들, 한국, 베트남, 엘살바도르, 니카라과, 이라크, 아프가니스탄 사람들을 생각합니다. 학살의 기록이 역사의 전부인 나라를 생각합니다. 달밤, 염소, 사람, 식민지, 제국주의, 전쟁, 살육…. 살육.

다시 학살의 시간이 다가옵니다. 슬픔의 날들이 돌아옵니다. 슬픔은 운명이 아니라 존재에서 옵니다. 보길도 황원포 앞바다에 존재의 슬픔이 밀려옵니다. 존재의 피비린내가 몰려옵니다.

언어의 감옥에서
침 묵 의 감 옥 으 로

어느 순간부터 말은 더 이상 소통의 수단이 아니었습니다.

단절의 칼날이었습니다.

사람은 누구나 태어날 때 입에 도끼를 물고 태어난다고 했으나

오래도록 나는 그 말을 믿지 않았습니다.

이제 나는 그 도끼가 양날이라는 사실도 알게 됐습니다.

상대의 발등을 찍은 도끼는 반드시 돌아와 내 발등도 찍었습니다.

상처에 약이 되지 못하고 상처를 덧나게 하는 말.

추위에 온기가 되지 못하고 찬바람이 되는 말.

굶주림에 밥이 되지 못하고 허기가 되는 말.

내가 던진 말의 도끼날에 찍힌 가슴이 얼마였던가요.

되돌아와 나의 심장을 찍은 도끼날은 또 얼마였던가요.

말이 말이 아니게 되었을 때,

말이란 오로지 버려야 할 말일 뿐이었습니다.

이제 더 이상 말을 견딜 수 없으니, 절명할 수도 없으니,

말의 감옥으로부터 탈옥이라도 해야 하는 것일까.

살아 있는 동안은 감옥을 벗어날 수 없으니, 이제 나는

말의 감옥으로부터 침묵의 감옥으로 이감이라도 가야 하는 것일까.

말의 감옥에서는 짐작도 할 수 없이 많은 간수들이 감시하고, 간섭하고,

징벌하려 들지만, 침묵의 감옥을 지키는 간수는 죄수 자신일 뿐이므로.

대나무와 사 람

동천다려 뒤안에 대숲이 있습니다. 그곳이 본래는 밭이었습니다. 오래 전 이 집에 살던 사람이 한 그루의 대나무를 얻어다 밭가에 심었다지요. 그때는 대나무가 귀할 때였습니다. 비바람에 강하고, 잘 썩지 않는 대나무는 어로를 하거나 해초를 기르는 섬사람들에게 아주 소중한 자원이었습니다.

십수 년, 집을 비우고, 밭을 일구는 사람도 없어지고, 점차 마을은 늙어 갔습니다. 싸고 편리한 플라스틱 재료들이 나와 더 이상 어민들에게도 대나무는 예전의 가치를 지닌 대나무가 아니게 됐습니다. 내가 폐허가 된 집을 고치고 들어와 살기 시작할 무렵, 곡식을 키우던 뒤안의 밭은 이미 대숲으로 변해 있었습니다.

수만 그루의 대나무가 빽빽이 들어찬 대숲. 하지만 저 숲의 대나무들은 본디 한 그루였습니다. 모두가 한 뿌리에서 나고 자라 숲을 이루었습니다. 대나무는 한 그루가 십 리를 간다고 합니다. 십 리에 뻗은 수만 수십만의 대나무들이 땅에 한 뿌리로 굳건히 뿌리내려 어떠한 지진도 대숲만은 가르지 못한다지요. 그래서 일본에서는 지진이 나면 대숲으로 피하라고 가르친다고 합니다.

하나이면서 전체인 대나무, 숲이면서 나무인 대숲. 대나무는 한 그루가 병이 들면 숲 전체가 병들어 죽기도 합니다. 그러므로 사람이 대나무와 친근한 것은 그 실용적 가치나 곧은 절개, 늘 푸른 기상 따위 때문만은 아닐 것입니다. 그보다는 모두가 하나의 뿌리에서 나와 숲을 이루어 살고 있다는 연대성 때문일 테지요. 그 공동 운명을 숙명으로 지닌 채 살아가야 하는 공동체성 때문일 테지요.

장마가 시작됐습니다. 바람이 불고, 대나무 한 그루가 흔들립니다. 대숲이 흔들립니다. 사람의 숲이 일렁입니다.

섬마을 상갓집에서
쓰 는 편 지

부황리에 저녁이 옵니다. 하루의 고된 노동이 끝나고 마을의 집들 휴식의 등불 하나둘 켤 때, 응달짝 상갓집 사립문 밖으로도 등불이 내걸립니다. 오늘 한 생애가 또 마을을 떠났습니다. 상갓집으로 들어가는 길목 주변이 한산합니다. 다른 상가 같았으면 떠들썩했을 것을, 이 집은 제삿집보다도 조용합니다. 길가로 수백 미터 늘어서 있어야 할 트럭들도 거의 보이지 않습니다.

가난한 노인 혼자 살다 가시는 길이라 살아서처럼 가는 길도 단촐한 걸까요. 세상인심이나 인정이 다 그런 것일까요. 이곳 사람들이 그처럼 부지런히 애경사를 찾아다니며 챙기는 이유를 이제야 알 듯도 합니다.

상갓집 문안으로 들어서자 소식을 듣고 온 마을 사람들로 좁은 집안이 어수선합니다. 이웃 마을 사람들은 누구 하나 보이지 않습니다. 마을 할머니들과 아주머니 몇몇이 나물을 다듬고 초상 치를 음식 마련에 분주합니다.

남자들은 돼지 잡을 물을 끓이고, 사립문 입구 밧줄에 묶여 엎어져 있던 돼지는 인기척만 들려도 소스라칩니다. 돼지라고 어찌 두려움이 없겠습니까. 생애의 마지막 시간 동안 돼지는 자신을 불태울 장작 불꽃이 타오르는 것을 봅니다.

솥 안의 물이 끓기 시작합니다. 돼지의 비명소리가 마을의 밤 정적을 깨웁니다. 마을 할머니 한 분이 부엌에서 상을 내옵니다.

"도리상*은 안돼. 후손들한테 해로워."

주변의 노인들이 다들 한마디씩 던집니다.

나는 얼른 마당가에 놓여 있던 네모난 교자상 하나를 가져다 줍니다. 둥그런 상에 올렸던 음식물들이 네모난 상으로 옮겨집니다. 사각의 사재상**을 들고 뒤곁 사립문 밖으로 갑니다.

밥과 국, 나물 몇 가지가 전붑니다. 적은 찬으로나마 먼 길 온 저승사자 허기진 배를 달래 주어야만 노인의 영혼이 곱게 모셔질 수 있을 테지요.

"화장시키는 것이 원인디, 철천지원인디."

마당으로 돌아오자 노인의 장례 문제를 두고 마을 사람들끼리 옥신각신합니다.

"누가 지사 지내 줄 이도 없고, 본인이 원했어. 유언했어. 화장할라고 돈도 모태 놨어."

돌아가신 노인의 시누이 되는 할머니가 흐느낍니다.

"화장이 더 복잡해. 저 선산에다 묻으면 될 것을. 육지로 실어가서 화장터로 가고 그게 더 복잡해. 화장하나 묻으나 다 똑같지 머가 달라."

"그래도 본인의 유언잉게 화장을 해 드리야지. 화장해 달라고 농협에 300만 원이나 모태 놓고 가셨는디."

"자석들이 와서 껠정할 일이지만, 여그다 묻는 기 펜헐 틴디."

화장을 하자, 매장을 하자 주장이 분분하다가 고인의 유언을 존중해서 자식들이 오면 그때 결정하기로 의견이 모아집니다.

여든둘의 노인은 틈만 나면 마을 노인들에게 "나 죽거든 화장해 달라."고 신신당부를 하셨다는군요. 농협 직원에게 부탁해 지금까지 해두셨다니, 그 소망이 얼마나 간절했던 것일까요.

노인은 자신이 살다간 흔적을 남기고 싶지 않았겠지요. 살아 설움만으로 족하다고 생각했겠지요. 친자식들이 없으니 묘가 있어도 돌볼 이 없을 것을 염려했겠지요. 죽어서마저 홀로 쓸쓸한 유택을 지키고 싶지 않았겠지요. 그래서 저녁 참, 농약을 마시기 전에도 가깝게 지내는 할머니에게 거듭거듭 화장해 달라고 당부를 했겠지요.

돼지 삶는 냄새가 온 상갓집 마당에 진동합니다. 마당 구석에 윷놀이 판이 벌어졌지만 모여든 사람이 적어선지 그마저 조용합니다. 젊은 사람들 몇몇은 돌담 밖 마늘 밭에 불을 피우고 돼지 내장을 구워 술잔을 돌립니다.

나는 노인이 끝내 수확하지 못하고 간 마늘 밭에서 마늘 몇 개를 캐다 불속에 던져 넣습니다. 마늘 구워지는 냄새가 구수합니다. 내장을 굽던 동네 사람이 잘 구워진 돼지 내장을 한 점 건넵니다. 나는 손을 젓습니다. 내장 대신 불 속의 마늘을 꺼내 들고 쓴 소주잔을 기울입니다.

마파람이 불기 시작합니다. 먹구름이 잔뜩 끼어 하늘에는 별 하나 보이지 않습니다. 비가 오시려는가.

"영락 없이 마파램이 부능구만. 배 못 다녀, 이 집 자석들 몬 오게 헐라고."

사립문 밖으로 나오던 노인 한 분이 하늘을 보며 걱정스럽게 중얼거립니다.

"이러다 동네 사람들만 상 치리게 생겼어. 지지리 복도 없는 할망구 같으니."

쓸쓸한 섬 마을, 상갓집의 밤이 깊어 갑니다.

* 도리상 : 둥근상의 사투리 표현 (편집자 주)
** 사재상 : 저승사자를 위해 차려지는 상 (편집자 주)

김국을
아 시 나 요

햇볕 나기 전에 일을 마칠 작정으로 아침 일찍 콩 밭에 나갔다 들어왔습니다. 올해는 콩을 사다가 된장을 담갔는데, 내년부터는 직접 기른 콩으로 메주를 만들어 장을 담가 먹을 생각이었지요. 하지만 지난 여름 잦은 태풍과 비바람으로 콩 밭은 쑥대밭이 되었고, 태풍은 그나마 성한 콩들마저 싹쓸이해 가고 말았습니다. 밭에는 더 이상 거두어들일 콩이 남아 있지 않았습니다.

그래도 어쩌겠습니까. 썩은 콩대들을 걷어내야 거기다 월동배추와 무 등속을 심지요. 추수의 날에 거두어들일 것이 없어서인가, 다른 날보다 일찍 허기가 집니다. 밥솥에 밥은 남아 있고, 묵은지 한 접시와 마른 멸치, 풋고추 몇 개로 아침 겸 점심상을 차립니다. 밥을 먹고 일을 계속해야지요. 목이 많이 말랐던가, 막상 밥을 뜨려니 쉽게 넘어가지 않습니다.

아무래도 국이 있어야겠습니다. 몸은 고단하고, 일도 바쁘고, 재료도 마땅치 않을 때 번거롭지 않게 끓일 수 있는 국. 이런 때 가장 만만한 게 김 국입니다. 국물이 없으면 밥을 잘 넘기지 못하는 식성이라 찌개든 국이든 뭔가 있어야 하는데, 끼니 때마다 국을 끓여 먹는 것도 보통 시간과 정성 으로는 어려운 일입니다. 그럴 때는 김국이 제격이지요.

도시 사람들은 김은 그저 구워 먹는 줄로만 알고 있습니다. 더러 김국을 먹어본 사람도 물김으로 끓인 국 정도나 먹어 봤을 것입니다. 하지만 김 으로 만들 수 있는 요리는 다양합니다. 김무침, 김볶음, 김회뿐만 아니라 김냉국, 김국까지. 가장 일반적인 김구이 또한 기름 발라 구운 김만을 생 각하는데, 그보다는 날 것 그대로 구워서 참기름 한 방울 떨어뜨린 간장 에 찍어 먹는 맛이 더욱 일품이지요. 간편할 뿐만 아니라 그렇게 먹는 김 은 거의 밥도둑입니다.

찾아오는 길손들에게도 가끔씩 김국을 끓여 주곤 하는데 다들 만족스러 워합니다. 나야 가장 쉽게 끓이느라 끓인 국이지만 김국을 처음 먹어 보 는 사람들에게는 특별한 요리였겠지요. 김국은 물김으로 끓이는 법과 마 른 김으로 끓이는 두 가지 방법이 있습니다. 물김국을 끓일 때는 된장을 넣고 끓이는 것이 좋습니다. 된장의 단백질이 날김 특유의 물비린내를 빨 아들여서 풋풋한 해초 맛을 살려 주기 때문입니다. 고등어나 삼치 등 비 린 생선으로 요리할 때 된장을 약간 넣어 주면 비린내가 나지 않는 것과 같은 이치이지요.

마른 김으로 끓이는 방법은 아주 간단합니다. 끓인 물만 있으면 됩니다. 끓인 물에 살짝 구운 마른 김을 손으로 비벼 넣어 주고, 간장으로 간을 맞추면 그것으로 끝입니다. 식성에 따라 참기름을 한 방울 넣어도 좋고 그 대로 먹어도 좋습니다. 한 사람 분의 국에는 김 두 장 정도가 적당합니다. 마른 김국을 좀 더 시원하게 먹으려면 무를 채 썰어 넣고 끓이는 것도 좋습니다. 하지만 약간의 시간 걸림은 감수해야겠지요.

구수한 김국 덕분에 아침 겸 점심을 달게 먹었습니다. 이제 나는 거둘 것 없는 밭으로 나가 땅을 일구고 다시 씨앗을 뿌려야 합니다. 혹시 김밥을 싸다 남은 김이나 냉동실에 오래 넣어 둔 마른 김이 있다면 오늘 저녁에는 김국을 끓여 보십시오. 거기다 기름 바르지 않고 살짝 구운 김과 참기름 간장만 준비한다면 김으로 차린 아주 풍성한 식탁이 될 것입니다.

자발적 가난에
대한 단상

요즈음 무소유와 나눔에 대해 생각이 많습니다. 한때 나는 우리가
많은 재물을 모으는 것을 두려워할 필요가 없다고 생각한 적이 있
습니다. 단지 아무 것도 소유하지 않고 산다 해서 존재가 더 커지는 것은
아니라는 생각 때문이었습니다. 부의 획득이 존재를 작게 하는 것이 아니
라 부를 나누지 않고 곳간에 쌓아둘 때 존재는 한없이 작고 초라해질 뿐
이라고 생각했습니다.

그러나 지금은 아닙니다. 부를 쌓아 두고 나누지 않을 때 존재가 작아질
것이란 생각에는 변함이 없지만 '아무 것도 소유하지 않고 산다 해서 존
재가 더 커지는 것은 아니' 라던 생각은 바뀌었습니다. 이제 나는 아무 것
도 소유하지 않기 위해 노력할수록 존재는 더욱 커진다고 믿습니다.

부자가 되어 나누는 삶은 아름답습니다. 하지만 부자가 되지 않기 위해
노력하는 삶은 더욱 아름답습니다. 부자가 되지 않는다는 것은 얻게 되는

모든 것을 나누어 버릴 때만 가능한 일이기 때문입니다.

이 세계에는 여전히 먹을 것이 없고, 입을 옷이 없고, 잠잘 집이 없는 사람들이 허다합니다. 그러나 오늘날 인류가 직면한 기아와 빈곤의 문제가 물질의 부족 때문이 아니라는 것은 누구나 잘 아는 사실입니다. 그러므로 더 많이 나누기 위해 더 많이 생산하고 더 많이 모아야 한다는 주장은 설득력이 없습니다. 우리는 결코 나누기 위해 부자가 되려고 애써서는 안 됩니다. 그보다는 가난해지기 위해 애써야 합니다.

가난하게 사는 것이야말로 나눔 이전의 나눔이며 가장 큰 나눔의 실천입니다. 역설적이지만 모두가 가난해지려고 노력할 때, 이 세계의 모든 가난은 끝나게 될 것입니다.

부자가 되는 것은
죄악이다

"자연은 남는 자의 것을 덜어서 모자라는 자에게 주지만, 인간사회는 그렇지 않아서 모자라는 것을 빼앗아 남는 자에게 바친다." (노자)

새벽에 또 잠이 깼습니다. 요즘 들어 부쩍 잠 설치는 밤이 잦아졌습니다. 그런 밤들이 시작된 것은 서울에 사는 후배를 만나고 온 뒤부터였을 겁니다. 후배는 공고를 졸업하고 군에 다녀온 뒤 일찍 컴퓨터에 눈을 떴습니다. 조그만 중고 컴퓨터 가게를 열어 자기 기술 하나를 밑천으로 자리를 잡아갔습니다. 얼마 후 가게를 확장해 직원까지 두고 의욕적으로 일을 해나갔지요. 하지만 오래지 않아 빚만을 떠안은 채 가게는 문을 닫았고, 후배는 별거에 들어갔습니다.

한동안 방황을 겪은 후배는 컴퓨터 가게의 점원으로 일하며 재기를 모색했습니다. 나는 그저 성실한 직장인으로 살아주길 바랐지만 후배의 마음은 달랐던가 봅니다. 어느 해던가, 늘 과묵하기만 하던 후배가 "돈을 좀 벌어 봐야겠습니다." 했을 때 나는 적잖이 놀랐습니다. 그후 후배는 동업자 한 사람을 만나 사무실을 얻고 인터넷 게임 개발을 시작한다고 했습니다. 가끔씩 전화로 안부를 물으면 잘 돼 가고 있다 하더군요. 사업의 희망이 보였던지 후배 부부도 다시 함께 살기 시작했습니다. 그러던 어느 날 후배가 파산했다는 소식을 들었습니다.

후배는 인터넷 게임 개발이 지지부진하자 투기적인 단기 주식 투자에 몰두했던 것 같습니다. 그러다 2억 원이나 되는 카드 빚에 몰려 쫓기게 되었고, 이혼을 당했습니다. 아내를 속이고 카드 빚을 쓴 것은 이혼 당해 마땅한 사유가 되겠지요. 제 스스로 판 무덤인 걸 누굴 원망하겠습니까. 나는 후배를 찾아 나섰습니다. 그저 후배가 삶의 희망을 버리지 않도록 설득하고 싶었습니다. 후배는 어떤 연립주택의 지하 창고를 개조한 듯한 쪽방에 환자처럼 누워 있었습니다.

"이렇게 누워만 있으면 되겠니. 어떻게든 수습하고 다시 살 생각을 해야지. 어째서 정당한 방법으로 돈을 벌 생각을 하지 않고, 주식 따위를 할 생각을 했어. 설령 네가 주식을 해서 돈을 벌었다 한들 그것이 좋은 돈이겠니. 백, 천 명에 한 명 돈을 버는 사람도 있겠지. 하지만 그게 다 너같이 지하 쪽방으로, 길거리로, 삶의 막다른 골목으로 쫓겨난 사람들이 잃은 돈을 가져가는 것뿐이지. 너 같으면 그 피 묻은 돈을 가져와 행복할 수 있겠니. 나는 오히려 네가 그 더러운 방법으로 돈을 벌지 못한 것을 다행스럽게 생각한다."

후배는 말이 없었습니다. 빚을 낸 돈 2억은 물거품이 되었고 통장에는 십 몇만 원이 남아 있을 뿐이었습니다. 후배의 인생은 완전히 파산했습니다. 빚에 몰려 파산한 후배가 온전한 직장 생활을 하기도 어렵겠지만, 정당한 방법으로 돈을 벌어 그 빚을 다 갚아내기란 평생을 일해도 쉽지 않을 테지요. 어떻게 해야 할까요.

"어쩌겠니, 기왕 이렇게 된 것, 감옥에라도 가게 되면 가야지. 네가 저지른 일이니 매듭도 네가 지어야지. 앞으로는 절대 주식 같은 거 하지 말아라. 부당한 방법으로 돈을 벌려다가 벌을 받은 거라고 생각해. 그렇다고 너무 낙담하지도 말아. 그까짓 걸로 사람이 죽기야 하겠니. 죄의식은 갖고, 벌이야 달게 받더라도 절망하지는 말아라. 수백억, 수천억씩 부도를 낸 재벌들은 수많은 사람을 사지로 몰아넣고도 감옥 몇 년 살고 나와 잘 살지 않든. 아예 감옥조차 가지 않는 자들이 대부분이지만 말이다. 그러니 그들에 비하면 네가 진 빚은 그리 큰 게 아니야. 딴 맘 먹지 말고 다시 기운을 차려."

내가 보길도로 돌아온 뒤 후배는 아르바이트를 하면서 닥쳐올 폭풍의 시간을 대비하고 있습니다. 후배는 무자비한 운명의 폭풍에 또 어떻게 휘둘리게 될까요. 나는 하루도 편안히 잠들 수가 없습니다. 내 후배를 파멸에 빠뜨렸고, 수많은 사람들을 파멸의 구덩이로 내몰고 있는 주식투자. 주식투자가 꼭 나쁜 것만은 아니겠지요. 본래적 의미의 주식투자란 생산을 통해 얻은 이익을 투자한 만큼 분배받는 것이니 그 또한 정당한 노력의 대가라 할 수 있을 것입니다.

하지만 현재 많은 사람들이 일확천금을 꿈꾸며 매달리고 있는 투기성 주식투자는 도박에 불과합니다. 나는 그것이 카지노와 슬롯머신, 마작이나 포커와 어떻게 다른지 알 길이 없습니다. 이 나라가 자본주의 길로 접어든 이후 어느 때라고 다르지 않았겠지만, 요 몇 년 새 더욱 노골화된 돈 숭배와 부자에 대한 맹목적인 찬양은 차마 눈뜨고는 볼 수 없는 지경입니다. '부자 되기'는 오늘날 이 땅을 지배하는 유일사상이며 돈은 유일신입니다.

옛사람들은 부자가 되는 것을 수치로 알았지만 오늘날에는 '부~ 자 되세요' 하는 인사가 덕담으로 오가며 찬송가처럼 불리워집니다. '부자 되기'의 한복판에서 주식투자라는 '부흥회'가 열리고 광신도들은 열광합니다. 유일신 숭배를 위해 이 절해고도 한구석에서도 땅 팔고 빚내서 주식투자를 했다가 패가망신한 사람이 한둘이 아닙니다. 후배 또한 그 신에게 바쳐진 제물일 테지요.

하지만 모두가 부자가 될 수 있다는 '덕담'은 기실 혹세무민에 지나지 않습니다. 부의 본질은 집중과 편중에 있습니다. 집중되지 않으면 부가 형성될 수 없고, 편중되지 않으면 부자가 생길 수 없기 때문이지요. 산출되는 부는 일정한데 부가 한편으로 집중되고 편중된다는 것은 다른 또 한편에서는 부를 빼앗기는 사람이 생긴다는 것이겠지요. 그러므로 한 사람이 부자가 되는 것은 아홉 사람이 가난하게 된다는 것을 뜻합니다.

우리가 이러한 사실을 모르겠습니까. 아니지요. 다들 잘 알고 있습니다. 그저 남이야 죽든 살든 '나만 부자가 되면 다'라는 악덕에 길들여져 죄의식을 갖지 못할 뿐이겠지요. 오늘도 사이비 예언가들은 모두가 부자가 될 수 있다고 광야에서 외치고 다닙니다. 그리고 우리는 다시 귀가 솔깃해집니다. 자본주의 역사란 늘 이런 악순환의 반복입니다.

모두가 부자가 될 수 있다는 복음은 맘몬의 사제인 부자들이 가난한 자들에게 내려주는 강복이 아닌 것을. 부자들의 비열한 야유에 지나지 않는 것을. 그러므로 부자가 되라는 말은 덕담이 아니라 경멸인 것을. "너도 꼬우면 부자가 돼 봐라." 그 치욕적인 말을 듣고도 많은 사람들은 그저 즐겁게 웃기만 합니다.

예전 어느 글에선가 나는 '필요 이상으로 소유하는 것은 여유로움이 아니라 거의 죄악'이라는 믿음을 신앙고백한 바 있었습니다. 더구나 그 부유함이 타인의 불행으로 인해 얻어진 것이라면 더 말해 무엇하겠습니까. 오늘 나는 다시 한번 간절히 고백합니다. 부자가 되지 마십시오, 부자가 되는 것은 죄악입니다.

불약을
뿌 리 며

농약을 사온 지 벌써 여러 달이 지났습니다. 뿌릴까 말까 고민하
다가 시간만 흘려보냈습니다. 그 사이 풀들은 자랄 대로 자라 봄
에 사다 심은 나무들을 다 덮어 버렸습니다. 더러 풀을 매주긴 했으나 매
고 돌아서면 불쑥불쑥 솟아나는 풀들을 감당할 재간이 없었지요.

다른 풀들도 만만치 않았지만 무엇보다 깔깔이풀이 문제였습니다. 놈들
은 주변의 모든 풀들을 무자비하게 고사시키더니 끝내 새로 심은 나무들
의 숨통마저 조여 버렸습니다. 깔깔이풀을 걷어내 주자 그 동안 자라지
못하고 웅크려 있던 나무들이 비로소 숨을 내쉽니다.

이제 더 이상 두고 볼 수 없습니다. 마음을 독하게 먹고 생전 처음 농약을
탑니다. 물 한 말 당 농약 20ml. 농약 뿌리는 분무기가 없어서 물 조리개
에 농약을 탑니다. 농약 병 뚜껑을 열자 역한 냄새가 올라옵니다. 검푸른
빛의 농약.

농약 병을 잡은 손이 떨리기 시작합니다. 농약이 물속으로 침투하자 놀란 물이 사색이 됩니다. 죽음의 색이란 바로 저런 색을 두고 일컫는 것이겠지요. 저것은 마치 논둑길에서 자주 마주치는 푸독사의 이빨에서 뚝뚝 떨어지던 그 징그럽고 무서운 독과 같습니다.

농약을 맞은 풀들이 어떤 고통 속에서 죽어갈 것인지 연민은 없습니다. 농약이 아니더라도 어차피 호미로 매거나 낫으로 베서 제거할 작정이었으니까요. 어떤 사람들은 마당의 풀도 뽑지 않고 그대로 놔두고 산다지만, 실상 모든 풀들이나 나무나 벌레들과 함께 살기란 말처럼 쉽지 않습니다.

살아 보니 사람이 풀들의 영역을 침범하려 하지 않는다 해서 풀들도 사람의 경계를 지켜 주지는 않습니다. 벌레나 나무도 마찬가집니다. 풀이 무성하여 안마당까지 들어오면 모기, 쐐기, 들쥐, 개구리를 비롯한 온갖 벌레며 곤충, 동물들이 따라 들어오고 심지어 독사나 살무사까지도 제 집처럼 드나듭니다. 먹이를 따라 이동해 오는 것이겠지요.

대나무만 해도 그렇습니다. 담장 밖에 있던 녀석들이 슬그머니 담을 넘는가 싶더니 어느새 안방 근처까지 뻗어와 있습니다. 그대로 두면 곧 구들까지 파고들 것입니다. 어쨌거나 나는 그동안 풀이나, 벌레나, 들쥐나, 뱀이나, 대나무에게 서로의 영역은 침범하지 말자고 자주 당부했습니다. 내가 사는 집이 아니라도 이 섬에는 그들이 살 만한 숲과 들이 널려 있으니 그리로 가서 살라고 했지요. 하지만 그들이 다 내 마음을 알아주지는 않더군요. 더구나 나무들을 뒤덮은 깔깔이풀처럼 다른 풀들을 닥치는 대로 죽이고 자신만 무한대로 번식하는 나쁜 풀에게는 말이 필요가 없다는 사실을 깨달았습니다.

깔깔이풀을 사정없이 걷어내고, 뿌리가 박히고 씨앗이 떨어진 자리에 농약을 칩니다. 그라목손, 이곳 사람들이 흔히 불약이라 부르는 제초제. 불에 탄 것처럼 식물들을 태워 죽여 버린다 해서 불약이라 하는 걸까요. 병 겉면에는 비선택성 제초제, 식물전멸 제초제라 씌어 있습니다.

농약이 뿌려지자 그 독한 냄새로 인해 숨쉬기조차 어렵습니다. 마스크를 쓰고 장갑을 끼었는데도 그렇습니다. 문득 이곳의 노인들이 마스크도 없이 태연스럽게 농약을 뿌리던 모습이 떠오릅니다. 그때는 무심히 봤지만 지금 생각하니 아찔합니다.

농약이라고는 처음 뿌려 보면서 별 엄살을 다 떤다고 생각할 수도 있겠지요. 그러나 결코 그렇지 않습니다. 저 치명적인 농약을 뿌리면서도 아무런 저항감이 없다면 그것이 오히려 이상한 일일 테지요. 많은 농민들이 그렇게 농약에 면역이 돼 무심히 농약을 뿌리다 중독돼 병을 얻기도 하고, 그 자리에 쓰러져 실려 가기도 하지 않던가요.

나는 반 병 정도의 농약을 뿌리고는 더 이상 뿌릴 수가 없습니다. 기분이 나쁘고 왠지 두려움이 밀려옵니다. 농약 병의 글귀가 숨을 막히게 합니다. '이 농약은 한 모금이라도 마시면 매우 고통스럽게 죽을 수 있으므로 잘못하여 마셨을 때에는 즉시 의사의 치료를 받으십시오.'

농약이 풀들만이 아니라 사람 또한 죽일 수 있다는 이야기지요. 모든 식물을 전멸시키는 제초제인 그라목손이야 과수농장이나 씨앗을 뿌리기 한참 전 잡풀들을 죽이기 위해 뿌리는 농약이므로 직접 농작물에 뿌려지는 일은 없습니다.

하지만 농사를 짓는 데 그라목손만 뿌려지는 것이 아니지요. 다른 많은 종류의 농약들이 무시로 뿌려지겠지요. 정도의 차이는 있지만 그것들이 풀이나 벌레를 죽이는 독약이라는 사실에는 별 차이가 없습니다. 그런 농약이 우리가 일상적으로 먹는 쌀과 밀과 콩과 참깨와 배추와 무, 마늘 밭에 때 없이 뿌려집니다. 사과와 배, 밀감과 유자를 비롯한 과일들 위에도 뿌려집니다. 부족한 일손으로 농사를 짓는 사람들이 농약을 뿌리지 않을 수 없는 어려움이야 농촌의 현실을 들여다보면 쉽게 이해할 수 있습니다. 그럼에도 죽음보다 짙은 농약 냄새를 직접 맡아보고, 소름끼치는 농약의 빛깔을 보고, 농약을 뿌려 보니 농약을 뒤집어쓴 곡식과 채소, 과일들을 먹기가 무서워집니다.

내가 텃밭의 배추와 무, 상치와 치커리, 마늘과 시금치, 당근, 토마토 들에게 살충제나 제초제를 뿌리지 않은 것은 얼마나 다행인지요. 힘들고 귀찮지만 호미로 풀을 매주고 손으로 벌레를 잡아준 것은 또 얼마나 잘한 일인지요. 그래도 내 먹거리는 직접 가꿀 수 있으니 농약 범벅이 된 농작물을 사먹어야 하는 사람들에 비해 나는 얼마나 행복한지요. 생명을 이어가기 위해 독이 든 먹거리를 먹어야 하는 시대가 정직한 시대일 수는 없습니다. 생명을 살리기 위해 키우는 먹거리에 생명을 죽이는 농약이 뿌려진다는 사실은 얼마나 터무니없는 역설입니까.

농작물이 자본의 순환 고리에 걸려 상품이 되고, 이윤을 남겨야 하는 시대가 계속되는 한 그러한 역설은 계속되겠지요. 이제 나는 제 아무리 풀들이 극성을 떨고, 새로 심은 과일나무들을 뒤덮어도, 벌레들이 배추와 콩들을 뜯어먹어도 다시 약을 뿌리지는 않을 작정입니다. 농부들이 농약이라는 독극물을 머리맡에 두지 않아도 편안히 잠들 수 있는 날은 언제쯤일까요. 농작물이 상품이 아니라 '생명'이라는 본연의 가치를 되찾을 날은 대체 언제쯤일까요.

제각에서
쓰는 편지

"오늘 제각 청소한단다. 아곱 씨까지 나온나."

이른 아침, 청별 사시는 집안 어른신에게서 전화가 왔습니다. 벌써 그렇게 됐나. 이즈음부터 보길도는 문중들마다 시제 준비로 분주합니다. 강씨, 김씨, 이씨, 박씨, 조씨, 전씨, 윤씨…. 마을별로 집성촌을 이룬 각각의 성씨들이 공동의 조상들에 대한 제사를 지내는 철이지요.

어르신의 전화를 받고 얼결에 "알았소잉." 하고 대답했지만, 나는 여전히 망설입니다. 올해부터는 시제에 참석하지 않을 생각이었기 때문입니다. 보길도에 사는 강씨들 중에도 젊은 사람들이 더러 있지만 어쩐 일인지 시제에는 누구도 나오지 않습니다. 시제에 가면 노인들뿐이고 거기에 젊은 사람이라고는 오직 나 혼자니, 그 마음의 불편함이 어떻겠습니까.

갈까 말까 한참을 망설이다 결국 집을 나섭니다. 날도 추운데 나라도 가지 않으면 노인네들이 얼마나 큰 고생을 할까. 벌초를 하지 않으려다 하러 갔던 것과 같은 생각이었지요. 벌써 제각 마당은 노인들의 움직임으로 분주합니다. 한 해 동안 닫혀 있던 제각 문을 열고, 낡은 건물을 청소합니다. 제각 방안을 쓸고 닦고, 솥과 냄비와 제기들을 꺼내서 씻고, 제각 주변의 낙엽들을 걷어냅니다.

제각에는 나를 제외한 남자의 모습이 보이지 않습니다. 각각의 집안에서처럼 여자 노인들만 분주합니다. 위패에 모셔진 진주 강씨의 후손들은 없고, 강씨의 피 한 방울 섞이지 않은 여자들만 청소를 합니다.

남자들은 여자들이 음식을 다 장만해 놓고 기다린 뒤에야 나타나서 제물을 올리고, 절하고, 먹고, 마시고, 떠들다 취해서들 돌아가겠지요. 여자들은 또 뒤에 남아 설거지하고 청소까지 마쳐야만 집으로 돌아갈 수 있겠지요. 그런 모습은 보길도 진주 강씨 시제에서만 목격되는 풍경은 아닐 것입니다.

노인들이 청소하고 설거지하는 동안, 나는 음식 만들 땔감을 마련합니다. 장작불을 때서 음식을 장만해야 하기 때문이지요.

"힘든데 그만해라."

"머 힘들다우. 조금만 더하고 그만 할라우. 함마이들이나 쉬엄쉬엄 하씨요."

노인들은 청소가 끝나면 돌아갔다가 내일 다시 나와 이른 아침부터 생선을 굽고, 나물을 무치고, 고기를 삶고, 탕을 끓이고, 전을 부치고, 종일 제사 음식 장만을 하겠지요. 남편과 자식들을 위해 평생 그래왔던 것처럼 자식들과 남편의 조상을 위해 그러하겠지요. 저 늙은 여인들이 시집온 뒤로 일생 동안 단 한번이라도 자기 조상들의 시제에 참석해 본 적이 있었을까요.

바쁜 일이 있다고 더러 먼저들 돌아가고, 몇 분의 노인만 끝까지 남아 그릇을 닦습니다. 남자들도 없는데 남자들 들으란 소린지, 제각에 모셔진 강씨 조상님들 들으란 소린지, 늙은 여인들 중얼거리는 소리가 들려옵니다.

"우리는 이날 입때꺼정 맨날 종노릇만 해."

제각 담장 밖 숲에서 땔감을 자르다 말고 나는 그만 먹먹해집니다. 저렇게 말은 해도 내년까지 살아남을 수만 있다면 노인들은 평생을 그래왔던 것처럼 또 다시 이곳으로 와 같은 일을 되풀이하겠지요. 나는 그만 아득해져서 숲 밖으로 나가지 못하고 톱을 쥔 채 저물도록 숲 속에 서 있습니다.

"이제 우리도
청 산 가 리 를 준 비 해 야
쓰 것 네"

연 이틀 거센 비바람이 불고 천둥 번개가 칩니다. 그곳에도 바람
불고 비가 오는지요. 심야 전기보일러의 전원을 차단하고, 컴퓨
터와 전기밥통을 비롯한 집안 구석구석의 전기 코드를 빼고, 배수로를 점
검하고 들어왔습니다. 이곳은 번개 치는 날이면 으레 컴퓨터나 텔레비
전, 보일러 등 전기를 쓰는 물건이 피해를 입는 일이 잦습니다. 심지어 전
기 코드를 뽑아 놓았다고 안심했다가 낙뢰를 맞아 컴퓨터를 못쓰게 되는
낭패를 당한 적도 있습니다.

천둥소리가 무서운지 봉순이와 어영이는 마루 밑으로 쏙 들어가 나올 엄
두를 못 내고, 부용이와 꺽정이, 길동이도 집에 처박혀 근심스럽게 연신
바깥을 내다봅니다. 나 또한 전기가 나가지 않을까 조바심치며 자주 문을
열었다 닫습니다. 기어코 전기가 나가고 맙니다. 전기가 나가고 나니 오
히려 마음이 편안해집니다. 언제 나갈지 모르는 불안을 떨쳐버린 때문이

겠지요.

그래도 나나 봉순이네들은 비 피할 집이라도 있어 다행입니다. 길 건너 풀밭에는 집 없는 염소들, 비바람 속에 석고상처럼 굳어 있습니다. 묶인 어미 염소 곁을 떠나지 못하는 아기 염소들의 울음소리, 서럽고 애잔합니다. 난폭한 비바람, 한바탕 세상 모든 것들을 울리고 갑니다. 아기 염소 울음을 받아 삼키는 어미 염소들의 속울음 소리, 대숲 울음소리, 큰길가 미류나무 울음소리, 동천다려 문풍지 울음소리, 추녀 끝의 풍경 우는 소리, 동백꽃 지며 우는 소리, 소리. 누구나 혼자 무방비로 맞서야 하는 저 무자비한 생애의 폭풍우, 서러울 것 없는 나도 울컥 울음이 치밀어 오릅니다.

어머니 병간호를 위해 보길도를 떠났다가 한 달 만에 돌아왔습니다. 그 사이에 섬의 노인 세 분이 이승을 떠났습니다. 올해만 해도 벌써 몇 번째 인가. 섬처럼 생사의 들고남이 분명한 곳도 드물 것입니다. 나이 들어 늙고 병들어 죽는 것은 자연스런 과정이겠지만, 놀랍게도 섬의 노인들은 자연사보다는 자살이 많습니다. 노인들은 늘 자신의 고통 때문이 아니라 자신 때문에 고통당할 자녀들, 이웃들을 위해 스스로 목숨을 끊습니다. 육십이 넘게 되면 이 섬의 노인들은 서로 간에 확인하고 다짐을 줍니다.

"이제 우리도 시안을 준비해야 쓰것네."

시안. 단지 0.15g만으로도 사람을 죽이는 맹독의 청산가리를 여기서는 시안이라고들 합니다. 시안뿐 아니지요. 언제든지 마시고 죽을 수 있는 불약 따위의 농약 한두 병 숨겨 두고 있지 않은 노인이란 없습니다. 노인들은 스스로 밥 끓여 먹을 노동력 상실의 순간을 위해 약을 준비합니다. 도시에 나가 어렵게 사는 자녀들이나 똑같이 힘든 이웃의 노인들에게 부담을 주지 않기 위해 자살을 택하는 것이지요.

하지만 이런 노인들의 죽음에 이 나라는 그저 무대책으로 일관합니다. 이 나라 정부는 사후에 사망신고나 받아 주고 호적 정리나 해 주는 것으로 의무를 다했다고 생각하는 모양입니다. 그러나 노인들이 스스로 죽음을 택했다 해서 그것이 자살일 수는 없습니다. 그것은 사회적 타살이며 그 죽음은 억울한 죽음입니다. 더 지속될 수 있는 노인들의 생명 줄을 끊어 버린 것은 다름 아닌 이 사회체제와 정부이기 때문입니다.

노인들의 죽음을 막을 수 있는 방법이 아주 없는 것일까요. 아닐 것입니다. 사회적 약자인 노인들의 건강을 지속적으로 챙기고 혼자 사는 노인들이 병들거나 움직일 수 없게 됐을 때 그들을 돌보고 외로움과 절망감을 덜어줄 복지 시설이 적어도 한 읍, 면에 하나씩만이라도 있다면, 노인들은 결코 그 쓰디쓴 약을 삼키지는 않을 것입니다. 평생 노동으로 고통스럽게 살아온 노인들, 노동력을 잃고 잠시 쉴 만해지니까 찾아오는 병마. 기다리지 않아도 성큼성큼 다가오는 죽음. 노인이라 해서 죽음이 반갑겠습니까. 늙었다 해서, 병들었다 해서 생애의 아침 햇살이 눈부시지 않겠습니까. 도시에 나가 노인들을 돌보지 않는 자녀들만 책망할 게 아닙니다. 그들 또한 자기 한 목숨 부지하기도 쉽지 않은 것을.

억울하게 죽어 가는 생목숨을 살리기 위해 이 나라 섬과 농어촌에서 가장 시급한 것이 노인복지시설입니다. 특히 독거노인이나 노인들만 사는 가계를 지속적으로 돌볼 시설이 필요합니다. 이름뿐인 노인회관 말고, 지속적이고 체계적으로 노인들의 건강과 생명을 책임질 노인 복지시설. 사람들의 온정이나 종교단체의 봉사활동에 떠넘기지 않고 나라가 직접 나서서 운영하는 복지시설. 정부가 나서지 않는다면 노인들 자살의 행렬은 결코 멈추지 않을 것입니다. 그저 예산과 인력만을 탓할 일이 아닙니다. 적절하게 이용하지 못해서 그럴 뿐이지 둘러보면 이미 시설과 인력은 갖추어져 있습니다. 읍, 면사무소의 폐지를 논할 것이 아니라 그것들을 차츰 노인들과 주민 전체를 위한 종합복지시설로 바꾸어 나가는 것도 좋은 방법일 것입니다.

노인들이 떠나간 뒤에도 마을은 여전히 평화롭습니다. 누구나 한번은 왔으니 다들 한번은 가야 할 길. 그렇게들 한번 가면 그만인 것을. 나는 늘 삶이 고통스럽다고 노래 부르면서도 생에 대한 애착을 떨칠 수 없습니다. 있으라, 있으라 누구 하나 붙드는 이 없는데도 결코 놓지 못합니다. 이제 비바람은 잠잠해지고 앞개울과 황원포 바다까지 안개가 짙게 내려앉았습니다. 곧 겨울입니다. 이 비가 아직껏 속이 차지 못한 월동배추와 무들에게는 보약 같은 비였길 바래봅니다.

봄동 김치
담 는 날

아침부터 김치 담그는 일로 부산합니다. 어제 오전에 텃밭에서 뽑아다 절여 놓았던 채소들을 저물녘, 물에 씻어 물기가 빠지게 해두었지요. 아침에 보니 어제는 숨이 죽었던 채소들이 밤새 살아나 다시 밭으로 가겠다고 아우성입니다. 조금 싱겁게 간해졌던가 봅니다. 그렇다고 또 절일 수는 없고 양념을 좀 더 짭짤하게 하면 되겠지요.

겨우내 노지에서 눈서리 맞으며 얼었다 녹기를 반복하며 커온 배추와 무, 갓. 막 동이 올라오기 시작한 봄동 배추는 백김치로 담습니다. 겨우내 밭에 두고 생 배추로 뜯어다 먹고, 나물해 먹고, 더러 겉절이도 해먹었지만 텃밭에는 아직도 몇 십 포기의 배추가 그대로 남아 있습니다. 도시에서는 배추 때문에 난리라는데 몇 포기 뽑아 인천의 부모님께도 보내 드려야겠습니다.

배추는 동이 솟아도 꽃피기 전까지는 먹을 수 있으니 일부는 그대로 밭에

다 두고 수시로 뜯어다 먹고, 또 일부는 살짝 데쳐서 냉동실에 넣어 두었다 여름에 된장국 끓여 먹어야겠습니다. 갓은 재배한 것이 아니라 저절로 씨앗이 날아와 싹트고 자라난 돌갓입니다. 여기 사람들은 돌갓이 조금 뻣뻣하고 독하다 해서 잘 먹지 않습니다. 염소들은 아주 즐겨먹는 채소인데. 지금 들판에는 돌갓이 아니더라도 염소들 먹거리가 넘쳐납니다.

염소들이 막 솟아오른 연하고 달콤한 봄풀들에 눈이 팔려 있는 틈을 타 돌갓을 몇 무더기나 뽑아왔습니다. 포기가 어찌나 큰지 어떤 것들은 한 포기가 그대로 한아름 되는 것도 있습니다. 큰 것들은 추려서 염장을 하고 나머지는 고춧가루 양념에 버무려 김치를 담습니다.

염장할 갓은 숨이 팍 죽도록 소금에 절여 두었지요. 잘 절여진 돌갓을 다시 소금물에 깨끗이 헹굽니다. 찹쌀가루로 묽게 풀국을 쑤었다 식혀 소금 간을 맞춘 뒤 갓이 풀국에 푹 잠기도록 돌로 꾹 눌러 둡니다.

이제 염장 갓김치는 오랜 날들 동안 시간의 전령들이 찾아와 알맞게 익혀 주기만을 기다리면 됩니다. 이렇게 절인 갓은 냉장 보관했다 여름에 꺼내 먹는데 그 시원하면서도 상큼한 맛은 오이피클이나 어떤 절임 채소보다 낫습니다.

겨울을 난 월동 무는 꽃대가 나오기 시작하면 심이 박혀 먹을 수 없게 됩니다. 잘 간해진 월동 무들은 동치미로 담급니다. 재작년에는 한 독 가득 담아 먹었는데 지난 겨울에는 걸렀지요. 살얼음 낀 겨울 동치미만은 못하겠지만 봄 동치미의 맛도 그런대로 괜찮을 듯합니다.

김치 세 가지를 담다 보니 어느새 하루가 갔습니다. 각각 서로 다른 김치들이 담긴 항아리와 김치 통을 보며 괜히 저 혼자 뿌듯해 웃습니다. 저 김치들로 인해 또 많은 날들의 밥상이 풍성해지겠지요. 막 버무린 갓김치 한 접시를 저녁 밥상에 올립니다. 뜨거운 쌀밥 한 그릇, 코를 찌르는 돌갓 김치 향에 행복한 밤이 깃들기 시작합니다.

깍두기

보길도는 겨울답지 않게 포근한 날들이 계속되고 있습니다. 이곳이야 워낙에 따뜻한 지방이라 겨울이라 해도 못 견디게 추운 날은 드문 편이지만 올해는 그 정도가 심합니다. 물론 노숙자들이나 없이 사는 사람들에게는 겨울이 따뜻하다는 것은 크나큰 복이지요. 나 또한 그렇습니다.

하지만 김 등의 겨울 해초를 기르는 양식 어민들에게 따뜻한 날씨는 큰 피해를 주는 재앙이기도 하니 따뜻한 날씨를 마냥 즐거워할 수가 없습니다. 지나치게 따뜻한 겨울은 나에게도 작은 걱정거리를 안겨 주었습니다. 싱겁게 절여서 담근 김장김치가 너무 빨리 익어버리면 어쩌지. 다른 해에는 김장김치가 쉽게 시는 것을 방지하기 위해 좀 짜다 싶게 간을 했었습니다. 이곳은 대부분 그렇게 하지요. 그러면 여름철까지 두고두고 먹을 수 있습니다. 그것을 여기서는 묵은지라고 하는데, 한번이라도 먹어본 사람은 젓갈과 함께 발효된 묵은지의 깊은 맛을 결코 잊지 못합니다.

하지만 두고두고 오래 먹기 위해 너무 짜게 간을 하다 보면 아예 발효를 하지 못하고 그 상태로 절여지고 마는 경우도 흔하지요. 나 또한 김장 경력이 일천하다 보니 번번이 그랬습니다. 그래서 올해는 다른 해보다 싱겁게 간을 했는데, 그것이 화근이 될 줄 누가 알았겠습니까. 김치가 삼삼하여 지금 먹기에는 적당합니다만 여름까지 그대로 두었다가는 시어 꼬부라져서 못 먹게 될 것이 뻔하겠지요. 어쩌지, 어쩌지. 여러 날을 고민하다가 마침내 오늘 아침에는 땅을 파고 항아리에 묻어 뒀던 김치들을 꺼냈습니다. 포기마다 하나하나 굵은 소금을 뿌려 간을 다시 했습니다. 어머니에게 여쭤봤더니 오래 두고 먹을 것은 독간을 하기도 한다더군요. 어른들께 진즉에 물어봤으면 될 것을 모자라는 지혜를 짜내느라 시간만 허비하고 말았습니다.

소금 간을 다시 한 김장김치를 땅에 묻고 난 뒤에는 텃밭의 월동 무를 뽑아다 깍두기를 담았습니다. 이곳은 겨울에도 배추나 무, 당근, 상치 등속의 야채들이 노지에 그대로 남아 있습니다. 더러 눈서리가 내리고 세찬 바람이 불면 얼기도 하지만 햇볕이 나면 이내 스르르 녹고 다시 생기를 되찾습니다. 볏짚으로 대강 덮어 주기만 하면 지상으로 드러난 무도 좀처럼 바람이 들지 않아 봄까지 캐다 먹는데 그 단맛이 배보다 달콤하기도 합니다.

한겨울 텃밭에서 막 뽑아온 무를 숭숭 썰어 담근 깍두기 맛. 이 맛은 도시

사는 사람들이나 북쪽에 사는 사람들은 꿈도 못 꿀 별미입니다. 나는 유달리 무를 좋아합니다. 생 무나, 무나물, 무생채, 총각김치, 동치미 할 것 없이 무로 만든 음식은 무엇이든 나에게는 최고의 별미입니다. 그 중에서 새콤하게 익은 깍두기는 혼자서 몇 사발로도 모자랍니다.

그런데 참, 깍두기를 왜 깍두기라 하는지 아세요. 수필가 윤오영 선생님의 〈깍두기설〉이라는 글에 깍두기의 유래가 나오는데요, 나는 깍두기를 빌어서 수필 문학을 논한 윤오영 선생님의 본뜻보다 깍두기의 유래에 얽힌 이야기가 더 인상 깊었습니다. 윤 선생님에 따르면 깍두기라는 김치는 조선 정종 때 영명위 홍현주라는 사람의 부인이 창안해 냈다고 합니다. 궁중에 경사가 있어서 종친들의 회식이 열렸는데 각 궁에서 한 가지씩 일품요리를 해 올렸다지요. 이때 홍현주의 부인이 만들어 올린 음식이 깍두기였다 합니다.

먹어 보니 그 맛이 기막혀서 이름을 물어보자 이름이 없다고 했다지요. 그저 우연히 무를 깍둑깍둑 썰어서 버무려 봤더니 맛이 그럴듯하기에 이번에는 정성껏 만들어 올렸다고 했다지요. 그러자 왕이 "깍둑 썰어 담갔으니 깍두기라 해라." 했답니다.

어떻든 갖은 양념에 젓갈을 달여서 넣고 고춧가루로 버무린 겨울 깍두기는 익지 않았어도 그 맛이 일품입니다. 오늘 점심은 다른 반찬 없이 막 버무린 깍두기 한 그릇으로 한 사발의 밥을 다 비웠습니다. 따뜻한 남쪽 섬에 살다 보니 한겨울에도 이런 호사를 다 누리며 삽니다.

진묵대사와
보길도

간만에 봉순이를 데리고 산에 가는 길입니다. 부용리 마을 회관
을 지나 낙서재 길로 접어듭니다. 오늘은 적자산을 넘어 뿌리기
에 다녀올 생각입니다. 경사가 급하고 가파르지만 그래도 산이 높지 않으
니 적자산432m까지는 30분이면 족히 오를 수 있습니다. 하지만 봉순이
때문에 자주 쉬느라 발길이 더딥니다. 힘겹게 뒤쫓아 오던 봉순이가 심하
게 헐떡이며 또 쉬었다 가자 합니다. 처음 집을 나설 때는 흥분해서 나를
끌고 가더니 이제는 내 손에 끌려옵니다.

"봉순아, 너도 많이 늙었구나."

여덟 살, 개 나이로는 노년기에 접어든 봉순이에게는 산길을 오르기가 여
간 버겁지 않겠지요. 나이도 나이지만 늘 묶여 있다 갑자기 운동량이 많
아지니 힘에 부칠 만도 합니다. 내가 뿌리기재를 바로 넘지 않고 적자산
쪽으로 방향을 튼 것은 순전히 날씨 탓이었습니다. 하늘이 너무도 푸르고

대기가 맑아 오늘은 한라산을 볼 수 있으리란 기대감 때문이었지요.

적자산 능선을 따라 5분 남짓 걸어가니 누룩바위가 나옵니다. 역시 기대처럼 누룩바위에 오르자 한라산이 거기에 있습니다. 뱃길로 두 시간 남짓, 보길도에서 제주도까지는 그다지 먼 거리가 아닙니다. 예전에는 보길도 사람들도 겨울철이면 제주의 감귤 농장에 계절노동자로 품팔이를 다니곤 했지요.

아무리 맑은 날이라도 한라산은 온전히 제 모습을 다 보여준 적이 없습니다. 오늘도 그렇습니다. 한라산 아래는 안개구름에 쌓여 있고 하늘 섬처럼 구름 한가운데 한라산이 떠 있습니다. 가히 신선들이 살 만한 산처럼 보입니다.

더 있으라고 발길을 사로잡는 누룩바위를 벗어나 왔던 길을 되돌아갑니다. 뽀리기재를 넘어 보옥리 옥산의 암자터에 갈 참입니다. 백년암. 오늘 내가 찾아가는 암자 터는 조선 명종 때의 고승 진묵대사의 토굴 터로 알려진 곳입니다. 진묵대사가 보길도에 토굴을 짓고 살았다는 이야기를 처음 들은 것은 몇 년 전 실상사의 도법스님에게서였습니다.

아니지요. 진묵대사 토굴 터 이야기를 처음 들은 것은 벌써 30년도 전입니다. 내가 까마득히 잊고 있던 사실을 도법스님이 상기시켜준 것이었지요. 진묵스님에 관한 전설을 처음 들었던 것은 나의 조부님에게서였습니다.

내 조부님은 지관이었습니다. 조부님은 집안 일 팽개치고 평생을 구름처럼 떠돌았지요. 완도 지방에서 제법 이름난 지관이자 풍수가였던 조부님을 따라 나도 완도 인근의 여러 섬을 다녀봤고, 보길도, 노화도, 넙도, 소안도 구석구석 안 가 본 곳이 없었습니다. 나침반 하나 들고 조부님은 집터며 묏자리며 명당을 찾아 다녔고, 지금 넘는 뽀리기재도 무시로 넘어 다녔습니다. 조부님을 따라 뽀리기재를 넘으면서 진묵대사 이야기를 처음 들었습니다.

"진묵스님이 살던 절터가 저기란다."

조부님이 말씀하셨지만 나는 누가 누군지 구분할 수 없었습니다. 조부님이 늘 이야기해 주시던 고산 윤선도나, 서산대사나 사명당스님의 신화 같은 이야기가 어린 나에게는 모두 같은 이야기였습니다. 같은 도인들이었습니다. 꿈같은 이야기들. 구름을 타고, 바람을 부리고, 용을 낚고, 왜군들을 물리친 이야기들.

내가 어릴 적 조부님께 늘 듣던 '이웃 마을 할아버지' 고산을 뒤늦게 다시 알았던 것처럼 진묵스님을 새롭게 알게 된 것도 어른이 된 뒤였습니다. 역사상 수많은 고승 대덕이 있었고, 도력 높은 큰스님들이 많았다지만 내가 가장 큰 매력을 느낀 스님은 원효도, 의상도, 만해도, 만공도, 성철도 아니었고, 혜능도, 마조도, 임제도, 백장도 아니었습니다. 진묵스님이었습니다.

그 진묵스님이 보길도에까지 들어와서 수행했다는 사실은 나를 늘 가슴 뛰게 합니다. 나에게 보길도가 소중한 땅인 것은 고산 윤선도가 놀던 곳이기 때문이 아니라 진묵스님이 수행했던 땅이기 때문입니다. 잘 알려지지 않아 그렇지 진묵스님 이후로도 백년암은 여러 고승들의 수도처였습니다. 암자 터에는 시대를 달리하여 지었다 허문 집터의 흔적들이 겹겹으로 남아 있습니다.

최근 법주사 주지 석지명스님이 어떤 신문에다, 지명스님의 할아버지 스님이자 근대 한국 불교계의 큰 스승인 금오대선사1895~1968가 보길도 바다가 보이는 암자에서 수행했다는 이야기를 들은 적이 있다고 썼더군요. 보길도에 남은 절터 중에 바다가 보이는 절터는 백년암 터뿐이니 금오대선사의 수행 터 또한 백년암 터가 맞을 것입니다.

진묵대사는 한국 불교사상 가장 신비로운 스님으로 알려져 있습니다. 수많은 이적과 불가사의한 신통력을 보였다고 전해지며 석가모니 부처님의 화신으로까지 일컬어지기도 했다 합니다. 진묵스님은 조선 명종17년 1562년 전북 김제군 만경면 불거촌에서 태어나 7세 때 전주 봉서사로 출가했으며 1633년 봉서사에서 열반에 들었습니다. 진묵스님의 행장기는 정리된 것이 없고, 다만 초의선사가 지은 《진묵조사유적고》에 진묵스님의 18가지 이적이 기록되어 있을 뿐입니다. 그 외에 모든 행적들은 민간에 전승되는 것들이지요.

진묵스님의 기이한 행적은 어릴 때부터 드러났다고 전해집니다. 진묵스님이 막 출가했을 때 일이었습니다. 일곱 살 나이로 출가한 진묵스님에게 조석 예불 때 불전에 향과 차를 올리는 소임이 맡겨졌습니다. 그런데 어느 날 봉서사 여러 대중들의 꿈에 일시에 밀적금강신장이 무서운 얼굴로 나타나 호령을 했다고 합니다.

"대중들은 듣거라, 새로 오신 동자스님께 향로다기를 들려서 신중단에 나오시지 못하게 하라. 우리는 불보살님을 모시고 받드는 신장인데 어찌 석가모니 부처님의 화신인 동자스님께 향다를 올리게 하느냐. 우리가 송구스러워서 몸 둘 바를 모르겠으니 아침저녁으로 우리를 편안케 해 달라."

절에서는 그 후 어린 진묵스님에게 향다 올리는 일을 시키지 않았다고 합니다. 전주 봉서사에 있던 스님이 어느 해에는 상추를 씻다가 멀리 합천 해인사에 불이 난 것을 껐다는 전설도 있습니다. 어느 날 점심 공양할 상추를 씻고 있던 진묵스님이 갑자기 상추로 물을 떠서 공중에 뿌리기 시작했습니다. 그러자 다른 스님이 다들 상추를 기다리느라 공양을 들지 못하고 있는데 상추를 가지고 왠 장난이냐고 타박했겠지요.

그러자 진묵스님은 '지금 해인사 장경각에 불이 나서 *끄는 중*'이라 말했다지요. 다른 스님은 어이가 없어서 웃고 말았는데 그로부터 한 달 후 해인사의 한 스님이 봉서사로 찾아왔다지요. 이야기를 하다 보니 해인사 화재 사건이 나오고 장경각에 불이 나 다들 어찌할 바를 모르고 우왕좌왕하고 있었는데 갑자기 서쪽에서 비바람이 몰려와 불이 꺼졌다 했겠지요. 불이 꺼진 후 살펴보니 상추 부스러기들이 떨어져 있었다지요. 그렇게 진묵스님의 이적이 확인됐다고 합니다.

믿기 어려운 일화들이지요. 하지만 전설이란 그저 전설일 뿐 사실 여부를 따질 것은 못됩니다. 진묵스님이 보였다고 하는 이적들이란 것도 기실 진묵스님을 존경하고 추앙하던 당대나 후세 사람들이 지어내고 부풀린 것일 가능성이 큽니다. 스님은 오히려 종교가 신통력 따위를 내세워 혹세무민하는 것을 경계했습니다. 초인적, 신비적 능력과 진리는 관계없다고 단언하기도 했지요. 전주 청량산 목부암의 나한들과 관련된 스님의 설화가 그것을 증명합니다.

어느 때 동자승으로 변한 나한들이 진묵스님을 골려 먹을 심산으로 깊은 시냇물을 건너면서 물이 얕다고 속여 진묵스님을 물속에 빠뜨린 일이 있었다고 합니다. 그때 진묵스님은 물속에서 허우적거리면서 나한들에게 일갈했답니다.

"너희 영산 16나한들에게 말하니 신통과 묘용은 내 비록 너희에게 미치지 못하나 대도는 마땅히 나 진묵에게 물어야 하리라."

스님이 변산 월명암에 있을 때는 이런 일도 있었습니다. 다른 스님들이 모두 출타한 뒤 진묵스님은 홀로 《능엄경》을 읽고 있었습니다. 며칠 후 탁발 갔던 스님들이 돌아와 깜짝 놀랐습니다. 진묵스님은 손가락에 피가 흐르는 것도 모르고 책을 읽던 자세로 삼매에 들어 있었습니다. 문지방에 올려놓았던 손가락이 바람 때문에 열리고 닫히는 문틈에 끼여 피가 난 것도 모른 채 며칠 밤을 보낸 것이지요.

진묵스님은 만년에 전주 봉서사에 주석했습니다. 어느 날 스님이 시자와 함께 개울가를 거닐다가 문득 물가에 서서 물속에 비친 자기의 그림자를 가리키며 말했습니다.

"저것이 바로 석가모니불의 모습이다."

그러자 시자가 답했습니다.

"이것은 큰스님의 그림자입니다."

그러자 스님은 탄식하며 말했습니다.

"너는 다만 나의 거짓 모습만 볼 줄 알았지 석가의 참모습은 모르는구나."

사람은 누구나 부처의 본성을 가지고 있다는 스님의 말씀을 시자는 이해하지 못했던 것이지요. 또 스님은 출가자의 몸이었지만 어머니를 평생 절 근처에 모시며 지극히 봉양했다고 합니다. 출가의 근본이 무엇인지를 몸소 보여주신 것이지요. 출가가 삶을 버리고 인간을 버리는 행위가 아님을 몸소 증명하신 것이지요. 어머니가 돌아가셨을 때 바친 제문에는 스님이 얼마나 삶을 소중히 했고 효성이 지극했는지를 절절히 드러납니다.

"열 달 동안 태중에서 길러 주신 은혜를 어찌 갚사오리까? 슬하에서 삼 년을 키워 주신 은혜를 잊을 수가 없나이다. 만세를 사시고 다시 만세를 더 사신다 해도 자식의 마음은 오히려 만족하지 못할 일이온데 백년도 채우지 못하시니 어머니 수명이 어찌 그리도 짧으시옵니까? 표주박 한 개로 노상에서 걸식하며 사는 이 중은 이미 그러하거니와, 비녀를 꽂고 규중에 처하여 아직 시집가지 못한 누이동생이 어찌 슬프지 않겠습니까? 상단공양도 마치고 중들은 각기 방으로 돌아갔으며 앞산은 첩첩하고 뒷산은 겹겹이온데 어머님의 혼신은 어디로 가셨습니까? 아, 슬프고 슬프도다!"

어머니에 대한 효성뿐만 아니라 누이동생을 소중히 아낀 일이나, 나한전에서 아들을 낳게 해달라고 기도하는 청신녀의 소망을 들어달라고 나한들의 뺨을 때린 일화들 또한 스님이 결코 탈속한 척하거나, 신비적인 해

탈만을 추구하며 세속의 일들, 민중들의 아픔과 고통을 외면하지 않았다는 반증일 테지요.

진묵스님은 계율에 얽매이는 것을 무엇보다 싫어했는데, 요즈음 우리가 흔히 술을 달리 부를 때 쓰는 곡차나 굴을 달리 부르는 석화라는 말이 모두 진묵스님으로부터 유래됐습니다. 스님은 술을 유달리 좋아했는데 술이라고 하면 절대 마시지 않았고 곡차라 해야만 마셨다고 합니다. 스님이 술 마시는 것을 타박하는 사람들에게 스님은 쌀과 누룩으로 만들었으니 곡차지 왜 술이냐 했다지요. 세속인들은 취하기 위해 마시니 술이겠지만 나는 그것을 마시면 피로도 풀리고 기분도 상쾌해지니 곡차라 했다지요. 어느 때인가 곡차를 동이째 마시고 읊었다는 게송이 지금껏 전해집니다.

하늘을 이불 삼고 땅을 자리 삼고 산을 벼개 삼아
달을 촛불 삼고 구름을 병풍 삼고 바다를 잔을 삼아
크게 취하여 일어나 춤을 추니
긴소매 곤륜산에 걸릴까 걱정이네.

스님이 김제 망해사에 계실 때는 바닷가 근처라 해산물을 잘 드셨던 모양입니다. 하루는 굴을 따서 드시는데 지나가던 사람이 왜 스님이 육식을 하느냐며 시비를 걸었다지요. 그러자 스님은 이것은 굴이 아니라 석화다 그랬다지요. 굴이 돌에 붙은 모습은 영락없이 돌에 핀 꽃과 같습니다.

본디 부처님이 육식자체를 금한 것은 아니었다고 합니다. 부처님도 걸식을 하셨는데 걸식을 하면서 고기는 빼고 또 무엇은 빼고 달라고 할 수 없었을 테니 말이지요. 그저 시주하는 사람이 주면 주는 대로 고맙게 받아먹었겠지요. 음식이란 단지 생명을 이어가는 약과 같은 것이니 무엇을 먹느냐가 중요한 것이 아니라 어떤 마음으로 먹느냐가 중요한 것이겠지요. 진묵스님이 굴을 석화라고 한 것은 그런 뜻에서였을 테지요. 석가모니 부처님의 현신이라 불리던 진묵스님다운 일화들입니다.

진묵스님이 출가자로서 계율에 얽매이지 않은 모습은 예수님과도 닮았습니다. 율법에 매달려 안식일에는 사람이 죽어가도 치료를 해주지 않던 예수님 당대의 유대교 랍비들에게 예수님은 "안식일이 사람을 위해 있는 것이지, 사람이 안식일을 위해 있느냐."고 크게 호통치셨지요.

뽀리기재를 넘어 20분쯤 내려가자 백년암 터로 가는 갈래 길이 나타납니다. 자주 이곳을 찾았지만 나는 늘 차를 타고 먼 길을 돌아왔습니다. 오늘은 모처럼 어린 날 내 조부님과 함께 걷던 고갯길을 넘어 진묵스님 토굴 터에 갑니다.

내리막길이라 봉순이도 그다지 힘들어하지 않습니다. 암자는 오래된 기왓장과 시커멓게 그을린 구들돌, 석축의 흔적들만 남기고 폐허가 된 지 오래입니다. 가뭄에도 마르지 않고 늘 솟아나는 샘물만이 진묵스님의 법어인 듯 나그네의 갈증을 풀어줍니다.

이 곳 백년암 터 또한 진묵스님이 수행했던 서해안의 여러 수행지들처럼 낙조가 아름다운 곳입니다. 진묵스님은 유난히도 낙조를 좋아했다지요. 스님이 계시던 김제 망해사나 변산 월명암이 모두 유달리 낙조가 아름다운 곳입니다. 해가 지는 저물녘, 스님의 마음은 어떠했을까요. 해가 떨어질 때마다 스님의 한 생도 저물어 그 숲 속의 많은 나날들 동안 스님은 수백 수천 생의 바다를 건너갔다 왔던 것일까요. 해가 집니다. 오늘도 나는 불타는 낙조 속으로 걸어 들어가지 못합니다. 한 생의 바다도 건너지 못한 채 서둘러 산길을 넘어가는 중생의 발걸음이 무겁습니다.

"사람으로 살기
참으로 어렵구나"

북상하던 태풍이 소멸하고 추적추적 보슬비 오는 밤, 마을 형님 댁으로 밤 마실을 다녀오는 길입니다. 가까운 목포만 해도 물난리가 났는데 이번 태풍에 보길도는 무사했습니다. 비를 핑계로 술이나 한 잔 할 요량으로 마실을 갔었지요. 집으로 돌아오는 길, 갑자기 비바람이 거세집니다.

우산도 없이 비바람을 뚫고 집에 다 와 가는데 어둠 속에서 애절한 염소 울음소리가 들립니다. 그냥 지나칠 수가 없군요. 염소는 거세게 퍼붓는 비를 다 맞고 떨며 서럽게 울고 있습니다. 마침 인기척이 나니 구원을 요청했겠지요. 평소 같으면 제 곁으로 가려고만 해도 도망가고 피하던 녀석이 다가가 등을 어루만져도 가만히 있군요. 어디다 옮겨 매지. 한참을 두리번거리며 끌고 다녀도 녀석은 묵묵히 따라오는군요. 마침 얼마 전에 이사 간 빈집 헛간이 생각납니다.

녀석을 매 주고 나오면서 흠뻑 젖은 등을 쓰다듬어 줍니다. 그런데 녀석이 뒤따라 나오면서 메에거리는군요. 고맙다고 인사하는 걸까. 녀석은 한참을 그렇게 빗속에 서 있다가 들어갑니다. 사람이라 해서 다 유정하고 사람 아닌 동물이라 해서 무정하기만 한 것은 아닐 것입니다. 빗줄기가 잦아들지 않습니다.

오늘처럼 비가 오거나 바람이 심하게 부는 날이면 문득문득 떠오르는 이야기가 하나 있습니다. 그보다 더한 일도 흔한데 참 이상도 하지요. 마음 한구석에 늘 남아 있다니요.

낙창공주.

국학자료원에서 간행한 중국의 설화집 《태평광기》에 낙창공주 이야기가 있습니다. 중국 남북조시대 남조의 마지막 왕조인 진이 망하게 되었을 때 낙창공주는 나라 태자사인* 서덕언의 아내였습니다. 진나라 마지막 황제였던 후주의 누이 동생인 낙창공주는 재주와 미모가 당대 제일이었다 합니다.

한치 앞을 내다보기 어려운 혼란의 시대, 서덕언은 그의 아내와 헤어질 것을 늘 염려했습니다. 진나라가 망하게 되면 빼어난 미모로 인해 그의 아내는 필시 권력자의 손으로 넘어갈 것을 두려워했습니다. 서덕언은 거울을 반으로 잘라 아내와 나누어 가졌고 후일 반드시 다시 만날 것을 예견했습니다.

"다른 날 반드시 정월 보름 도읍의 시장에 내다 팔 것이다. 곧 이날로 사람을 찾는다."

파경, 오늘날 부부가 헤어지는 것을 일컫는 파경이라는 말도 이 설화에서 유래됐다고 합니다. 낙창공주와 서덕언은 거울을 다시 붙이기 위해 거울을 깨뜨렸는데 요즈음의 우리는 버리기 위해 거울을 깨뜨리는 것이 다를 뿐이지요.

결국 수나라에 의해 진나라가 망하자 그의 아내는 수문제의 오른팔로 수나라 건국 제일공신인 월국공 양소의 손으로 들어갔습니다. 양소 또한 낙창공주에 대한 총애가 지극했습니다. 오랜 방황 끝에 서덕언은 도읍으로 돌아올 수 있었습니다.

때마침 정월 보름날 시장을 찾아갔습니다. 그곳에는 반쪽짜리 거울을 파는 하인이 있었습니다. 하인은 거울 가격을 지나치게 비싸게 매겨 팔았으니 사람마다 비웃었습니다. 서덕언은 하인의 손을 붙들고 저간의 사정을 모두 털어놨습니다. 스스로 반쪽짜리 거울을 꺼내 합치며 시를 지었습니다.

거울이 사람과 함께 떠나더니,
거울은 돌아오되 사람은 못 돌아오는구나.
더 이상 항아의 그림자 간 곳 없고,
속절없이 밝은 달빛만 머무는구나.

낙창공주가 이 시를 보고 울며 식음을 전폐했습니다. 양소가 사정을 듣고 슬퍼하며 서덕언을 불러 그의 아내를 되돌려주며 재물까지 주었습니다.

이에 서덕언과 그의 아내 낙창공주가 함께 술을 마셨고, 공주가 시를 썼습니다.

오늘은 어디로 옮겼나.
신관이 구관을 마주 대하였도다.
웃으며 감히 울지 못하니,
비로소 사람 되기 어려운 줄 알았다.

비로소 사람 되기 어려운 줄 알았다. 사람으로 살기 참으로 어렵다. 이한 마디가 오랫동안 가슴에 맺혀 있습니다. 애틋하고 서러운 이야기지요. 사람 되기 참으로 어렵습니다. 이 세상이란 사람 노릇하며 살기 참으로 어려운 곳이 아닌가요. 비가 그칠 기미가 보이지 않습니다. 밤새 비가 오고 나면 빗물에 씻겨 사람의 세상도 한번쯤은 새 세상으로 변할 수도 있는 걸까요.

* 태자사인(太子舍人) : 태자를 가까이 모시는 시관 (편집자 주)

우리는 결코
무 인 도 에 갈 수 없 다

세상이 싫어 백이, 숙제는 수양산에 들어가

고사리를 뜯어먹다 죽었다

나도 아주 세상을 등지고 산으로 가고자 하나

나는 이제 산으로 갈 수가 없다

산나물이나 뜯고, 버섯이나 따고, 산 과실이나 따먹으며

산에 살고자 하나 나는 결코 산으로 갈 수가 없다

산마다 주인이 있어, 누가 뿌리지 않아도 저절로 돋아나는 나물 한 포기

버섯 하나마다 주인이 있어 나는 그것들을 뜯어먹고 살 수도 없다

이제 나에게는 먹다 죽을 고사리도 없다

나는 아주 세상을 등지고 바다로 가 살고자 했다

무인도에 들어가 해초나 뜯으며 살다 가고자 했다

하지만 나는 결코 바다로 갈 수가 없다

무인도에 들어가 살 수도 없다

무인도에도 주인이 있어, 바다에도 주인이 있어

저절로 갯바위에 붙어 자라는 미역이나 다시마, 톳에도 주인이 있어,

나는 그것들을 따먹고 살 수도 없다

나는 무인도의 미역을 뜯어먹으려다

그것을 독점해 이득을 챙기는 자들에게 쫓겨났다

나는 무인도의 톳을 뜯어 목숨을 연명하려다 섬 밖으로 내팽개쳐졌다

나는 무인도에서 목숨을 이어갈 수가 없다

이제 우리는 다시 무인도로 갈 수 없다

우리는 결코 무인도에 갈 수가 없다

진실로 이 땅에는 숨어살 곳이 없다

진실로 이 땅에는 돌아갈 곳이 없다

돈이 싫어 가난하게 살고자 하나 돈 없이는 가난하게 살 자유조차 없다

겨울 섬
노 인 당

바람 불고 바다일 없는 날
집집마다 면세유 펑펑 땐 따순 방에 젊은이들 술판을 벌이고
비싼 기름 값, 보일러도 끄고 잔 노인들
밤새 미지근한 전기장판에 찌부러진 몸 풀러 노인당을 찾는다.
골고루 뜨끈한 노인당, 삶은 돼지 몇 점에 낮술이 한 순배 돌면
선창몰 할머니 말씀이 걸어진다.
"좃 달린 놈들은 평생 철이 없어.
씨발 것들, 젊으나 늙으나 함부로 산당께."
열에 아홉은 영감이 먼저 세상 뜬 지 오래다.
벌써 10년, 20년, 청상도 몇몇
"여자들은 시집가면 철드는 디 사내놈들은 철들면 죽어뿌러."
선창몰 할머니 말씀 사이로 응달짝 할머니 끼어든다.

"그러게 말이요잉.

우리 영감이 그렇게 철이 없어서, 고생도 고생도 징하게 시키쌓더니

이노므 영감이 늘그막에 이제 좀 철이 드나 싶으니

덜컥 죽어버립디다, 글쎄."

"우리 영감도 그럽디다."

"참말 그럽디다. 사내놈들은 철들면 죽는단 말이 딱 맞어라우."

모진 세월 구구절절 말은 안 해도 노인당 할머니들 맘이 다 같다.

원수 같은 영감탱이들.

사재 넋이 같은 영감탱구들.

겨울 노인당, 영감들 먼저 보내고 할머니들 비로소 즐겁다.

나는 다시
장례식에는
가지 않을 것이다

오늘 또 한 분의 동네 노인이 이승을 떠났습니다. 벌써 몇 번째인
가! 줄초상입니다. 한 달 새 이 작은 마을에서만 세 분의 노인이
정든 마을 길과, 산과, 바다와 개울과 이웃들과, 자녀와 자녀보다 가깝게
지내던 호미와 청보리와 마늘과, 풀들과 풀 베던 낫과 괭이와 따사로운
봄 햇살과 작별했습니다.

초상집에서는 오래된 풍습대로 마을의 여인네들이 부지런히 음식을 만
들고 날라댈 것입니다. 이제부터 사흘 밤낮. 남정네들은 여인네들이 '어
른' 들을 위해 차려다 바치는 술과 음식을 먹고, 마시고, 떠들며 윷놀이에
열중할 것입니다. '어른' 들은 입장료처럼 몇만 원의 조의금을 내고, 덕석
위에서 펼쳐지는 한판의 윷놀이에 누구는 몇십만 원을 따고 또 누구는 그
보다 많은 돈을 쉽게 잃을 것입니다. 사흘 밤낮을.

윷이나 모라도 나왔는가. 밤의 적막을 뚫고 와, 하는 함성이 터져 날아옵니다. 장례식은 정말 축제여야 하는가. 상주는 시신을 지키고, 여인들은 쉴새없이 노동하고, 남자들은 술에 취해 윷놀이하며, 웃고 떠들고 노는 저런 축제여야만 하는가.

상가 어디에도 한 목숨이 생을 살다간 의미를 물을 곳은 없습니다. 한 인간의 목숨이 저토록 가볍게 취급되어도 좋은지요. 상주를 제외하고는 누구에게도, 어디에도 슬픔은 없습니다.

한 생명의 무게는 우주의 무게와 동일하다던 말씀은 그저 듣기 좋은, 입에 발린 헛소리에 불과한 것인지요. 죽음을 맞이하는 의례가 지나치게 경건하거나 비통해야 한다고는 생각하지 않습니다. 하지만 나는 목숨에 대한 최소한의 연민도 배제된 이 섬의 장례 풍습에 동의가 되지 않습니다. 죽음을 대하는 태도는 삶을 대하는 태도의 반영이기에 더더욱 그렇습니다. 귀향 이후 섬의 많은 장례식에 다녀왔으나 이제 다시 장례식에는 가지 않을 것입니다.

오늘 나는 상가를 찾는 대신 서쪽 하늘을 보며 망자가 된 노인을 추모했습니다. 얼마 전 심은 매화나무와 밤나무, 자두나무와 체리나무, 산수유나무, 대추나무들에게 물을 주었습니다. 마당까지 뻗어온 대나무 뿌리를 파다가 삽 한 자루를 부러뜨렸습니다. 돌갓을 뜯어다 염장 김치를 담갔습니다. 얻어온 다시마를 말렸고, 메주를 건져 된장을 담그고, 간장을 달였습니다. 노인도 평생을 그렇게 살다 갔을 것입니다.

개똥
한 무더기

오늘도 된장국을 끓였습니다. 밥상을 차려 안방으로 들여오자 마루 밑에 웅크리고 있던 봉순이가 마루로 풀쩍 뛰어오르며 앙, 하고 짖습니다. 컹컹 짖는 것도 아니고, 앙앙거리는 것은 봉순이가 저도 배고프다는 것을 알아달라는 애교입니다. 벌써 아홉 살, 개 나이로는 노년기에 접어든 봉순이가 갈수록 자제력이 떨어지는 것 같아 안쓰럽습니다. 어려서는 옆에서 고기를 구워도 눈 하나 깜짝 안하고 초연하던 봉순이가 이제는 달그락 숟가락 놓는 소리만 들려도 참지 못하고 칭얼댑니다. 늙어갈수록 아이가 되는 마음자리는 사람과 개가 다를 바 없는 듯합니다. 사람이나 짐승이나 늙을수록 서러움만 커지는 까닭이겠지요.

멸치와 다시마, 무를 넣고 끓인 된장국이 어찌나 달고 구수한지, 된장국에 김치 한 사발뿐이어도 밥상은 풍성하기만 합니다. 전에는 된장국 하나를 끓여도 이것저것 넣는 재료가 많았는데 요즈음은 단순하고 가볍게 끓이는 것이 버릇이 됐습니다. 음식이란 게 꼭 모든 재료를 갖춰서 만들어 먹으란 법이 없더군요. 어떤 음식이든지 입맛 길들이기 나름이지 어떤 음식에는 꼭 무슨 양념, 무슨 재료를 넣어야 된다는 법칙은 없는 듯합니다. 된장국에도 마늘을 안 넣으면 맛이 모자랄 것 같지만 그렇지 않습니다. 대파나 풋고추가 안 들어가도 맛이 부족하지 않습니다.

다른 재료를 첨가하는 것은 다른 맛을 추구하는 것이지 결코 더 나은 맛의 추구일 까닭이 없습니다. 양파를 넣으면 들큰해지고, 풋고추를 넣으면 매콤한 맛이 생기는 반면에 된장 고유의 맛은 반감됩니다. 각자 추구하는 맛이 다르니 어떤 조리법이 정석이랄 수는 없을 터이지만 나의 경우 음식 만들기의 관록이 쌓여 갈수록 조리법은 간단해져 갑니다. 세상 많은 이치처럼 나에게는 음식 또한 가장 단순한 조리법이 가장 좋은 조리법입니다.

아침 식사 후에는 봉순이네 식구들의 똥과 음식물 찌꺼기를 섞어 발효시킨 퇴비를 냈습니다. 사다 심은 지 벌써 7년째, 이제 제법 밑동이 굵어진 과일나무들에게 뿌려줬습니다. 얼마 안 되지만 작년부터 매실, 자두, 배, 감, 비파나무들이 열매 맺기 시작했습니다. 속성수인 무화과는 제법 많이 열렸습니다. 무화과 열매는 개미나, 벌, 나비, 파리, 새들에게 빼앗긴 것이 더 많았지만 그래도 먹을 만큼 충분히 따먹을 수 있었습니다. 내가 심은 나무의 열매를 수확하기 시작하면서 왜 진즉에 과실나무들을 더 많이 심지 않았던가 많이 후회했습니다. 진즉에 나무 심는 일의 소중함을 알았더라면 지금쯤 집 둘레가 온통 과수원이 됐을 텐데 말이지요. 어리석게도 나는 늘 남들보다 한발씩 늦게 깨닫곤 합니다.

그래서 올 봄에는 여러 종류의 과일 나무 묘목을 더 사다 심었습니다. 과일나무가 아니라도 해가 갈수록 사람이 땅을 빌려 살면서 할 수 있는 가장 귀한 일이 나무 심는 일이라는 확신이 커져갑니다. 처음 이 집에 들어왔을 때는 여름이면 너무 더워서 마루고, 방이고 앉아 있을 수가 없었습니다. 특히 오후가 되면 그 정도가 극심했습니다. 정서향이라, 해가 질 때까지 그 뜨거운 여름 볕을 고스란히 다 받아야 했습니다. 해가 지고 한밤중이 되서도 달궈진 열기로 방에 있을 수가 없었습니다. 흙집인데도 말이지요.

그런데 이제는 여름에도 걱정이 없어졌습니다. 8년 전 내가 이 집에 처음 둥지를 틀 때 내 무릎 높이에 불과했던 나무들이 훌쩍 자라나 이제는 내 키의 두 배쯤 됩니다. 그 우람한 나무들이 한여름의 뙤약볕도 너끈히 막아 주니 더위를 모르게 됐습니다. 비바람도 막아 주고, 추위도 막아 줍니다. 다만 한 가지, 큰 사람 덕은 봐도 큰 나무 덕은 못 본다는 옛 어른들 말씀처럼, 나무의 키가 너무 크게 자라지 않게 잘 가꾸어 줄 일만 남았습니다. 더는 위로 뻗지 않고 옆으로 굵어지게 하면 될 터이지요.

집에 개를 넷씩이나 기르면서도 내가 개똥과 음식물 쓰레기를 발효시켜 퇴비를 만든 것은 이번이 처음입니다. 그동안 개똥은 그저 땅을 파고 묻어 버리거나, 호박 구덩이에 넣어 준 것이 전부였습니다. 하지만 땅을 파고 묻는 일도 한계가 있어서 매일같이 큰 개 네 마리가 한 무더기씩 싸대는 똥을 치우기란 여간 버거운 일이 아닙니다. 내 욕심에 개들을 기르기 시작했으면서도 나는 개똥을 치울 때마다 개들에게 짜증을 내고는 했지요. "이놈들, 하는 일도 없이 먹기는 왜 그렇게 많이 먹고, 싸기는 왜 그렇게 많이도 싸냐." "내가 미쳤다! 너희 놈들 먹이고 기를 비용과 정성이면 아프리카에서 굶어 죽어 가는 사람 몇을 살릴 텐데."

개들을 두고 별 생각을 다 했습니다. 참 어이없는 타박이고 핑계였지요. 개들이 나에게 길러 달라고 사정해서 기르기 시작한 것도 아니고 또 내가 노숙자나 기아로 죽어 가는 가난한 나라 아이들을 돕지 않는 것은 내 관심과 정성이 부족하고 자비심이 부족해서지 개들 탓일 리가 없는데도 말이지요.

오늘 개똥으로 만든 퇴비를 내면서 알았습니다. 그동안 나는 개똥을 버려야 할 쓰레기로만 생각하고 있었습니다. 그러니 얼마나 귀찮고 개들이 미웠겠습니까. 하지만 오늘 나는 쓰레기를 치우는 것이 아니라 퇴비 만들 재료를 모으고 있다는 사실을 깨닫습니다. 얼마나 고마운 일입니까. 저 개똥이 퇴비가 되고, 퇴비가 과실나무에 양분을 주고, 가을이면 맛난 과일들을 가득 안겨 줄 것이니 말입니다. 바꾸기가 어려워서 그렇지 우리가 생각만 바꾸면 마음의 평화를 찾을 수 있는 일이 한두 가지가 아닐 것입니다. 개똥 한 무더기 속에도 평화가 있습니다.

반복의
즐 거 움

풀을 매고 돌아서기 무섭게 바로 다시 자라나는 풀들의 소리를 들어본 적이 있으신지. 공포의 소리란 그런 것입니다. 이제 바야흐로 필사적으로 살아남으려는 풀들과 뽑아 없애 버리려는 인간 사이의 전투가 시작됐습니다. 봄부터 여름까지 들판은 온통 병장기를 든 인간과 무기도 없이 맞서는 여린 풀들의 전쟁터입니다. 무기를 든 자가 전투에서 유리할 것인가. 얼핏 그래 보입니다. 하지만 호미를 들고 뒤돌아서는 발소리만 들려도 싹틔우기 시작하는 풀들, 저 초해전술草海戰術로 밀고 들어오는 풀들의 진격 앞에 재래식 병장기를 든 인간은 무기력하기만 합니다. 그러나 방법이 아주 없지는 않습니다. 화학무기가 있지 않은가요.

그라목손, 알라 유제, 시마네 입제, 메토프 유제, 론스타, 솔네트, 푸로미, 논다매, 그만매, 살초왕, 김안매, 풀그만…. 저 헤아릴 수 없이 많은 화학무기들. 화학전이 벌어지면 방공호도 방독면도 없는 풀들은 저항할 틈도 없이 전멸입니다. 한때는 농민들이 화학무기를 가차없이 사용해서 재미를 봤던 적도 있었습니다. 그러나 문제가 생기기 시작했습니다. 화학무기는 풀들만이 아니라 땅도 죽이기 시작했지요. 땅에다 작물을 키워 먹어야 하는 인간들에게 땅의 죽음보다 치명적인 일이 있겠습니까. 진퇴양난. 빈대 잡기 위해 초간 삼간 태우는 우를 범할 것인가. 진즉에 망해 없어질 만한 어리석음을 수도 없이 범한 인류가 지구상에서 아직 멸종하지 않고 있는 이유는 그래도 모든 인간이 다 바보는 아니라는 사실 때문입니다. 이제 현명한 인간들은 다시 재래식 병장기를 잡고 풀들과 맞서기 시작했습니다.

전투에 숙달이 되면 재래식 무기로도 싸움은 해볼 만합니다. 수천 년을 싸워 온 경험이 유전자 속에 기록돼 있으니 숙달되는 것도 시간문제지요. 그렇게 막 재래식 전투에 다시 익숙해지려는 찰나, 복병이 나타났습니다. 반복의 지겨움. 밭 갈고, 씨 뿌리고, 풀 매고, 수확하고, 늘 변함없이 해마다 되풀이되는 반복의 지겨움. 견딜 것인가. 고통스럽습니다. 화학전을 다시 시작할 것인가. 무모합니다. 번민이 없을 수 없지요. 어찌할 것인가. 그렇습니다. 방법이 없지 않지요. 반복되는 놀이는 왜 반복되도 즐거운가요. 삶이 반복이 아닌 것이 어디 있을까요. 들이쉬고 내쉬는 숨쉬기부터 먹고, 싸고, 잠들고, 깨는 것까지, 우리 삶은 온통 반복의 연속이 아닌가요.

반복되기 때문에 숨쉬기가 지겨운가요. 반복 때문에 밥 먹고, 잠자기가 지겨운가요. 그런데 어찌 풀 매는 것만, 농사만, 밥벌이하는 일만 반복되기 때문에 지겹다 할 수 있겠습니까. 반복이 문제는 아닙니다. 반복도 즐거울 수 있는 것입니다. 반복이 아니라 마음이 문제인 것이지요. 반복이란 그저 삶의 자연스런 일부일 뿐인 것을. 지나치게 많이 일하지 않기. 욕심 부리지 않고 먹고 살 만큼만 일하기. 일에 대한 욕망, 성취에 대한 욕망, 재물에 대한 욕망을 절제하기. 결국 '반복' 이 아니라 반복되는 '욕망' 이 문제였습니다.

풀을 맵니다. 돌아서면 다시 풀들 자라는 소리가 들려도 두렵지 않습니다. 어차피 반복되는 전투라면 즐겁게 받아들이자. 이제 가랑비도 내렸습니다. 곡식들에게 단비입니다. 풀들 자라기 좋은 비입니다. 땅 촉촉하여 풀 뽑기도 좋은 비입니다. 점심 먹고, 다시 단잠처럼 반복의 즐거움에 몸 맡기러 가야겠습니다.

개고기에 대한
한 생각

봉순이네 식구들 짖는 소리에 잠이 깼습니다. 이 녀석들이 아침부터 왜 이렇게 짖지. 동네 할머니 한 분이 사립으로 들어섭니다. "야이놈들아 짖지 마라. 네놈들은 왜 그렇게 노인들만 보면 짖고 난리냐." 할머니는 고지서 한 장을 내밀며 무엇인지 모르겠다고 봐달라고 합니다. 한글을 모르는 동네 할머니들이 더러 자식들에게서 온 편지나 세금 고지서 등을 가져오기도 합니다. 할머니는 의료 보험료 고지서를 가지고 왔습니다. 왜 갑자기 안 나오던 고지서가 나왔는지 모르겠으니 알아봐 달라고 합니다. "공단 사람들이 아직 출근 안했을 거구만이라우. 이따가 출근하면 전화로 알아봐 디리께라우." "부탁하네잉."

할머니가 뒤돌아서자 개들이 또 난리를 치며 짖어댑니다. "폴아 버리지, 먼 개들을 저렇게 많이 킨단가. 개끔 졸 때 폴아 버리게." 할머니의 모습이 보이지 않게 되자 봉순이네 식구들은 다시 잠잠해졌습니다. 방금 다녀가신 할머니처럼 대부분의 동네 사람들은 내가 개를 키우는 것을 이해하지 못합니다. 그래서 개들이 동네 사람들만 보면 유독 심하게 짖는지도 모르겠습니다. 동네 분들은 잡아먹을 것도 아니고, 팔아서 돈을 만들 것도 아니면서 왜 개를 넷씩이나 키우는지 모르겠다고 합니다.

예전에는 그러지 않았는데, 어느 사이에 시골에서 개는 그저 돈 되는 식용 가축정도로 전락하고 말았습니다. 집집마다 개들을 키우지만 낯이 익을 만하면 개들은 보이지 않고 어느새 강아지가 묶여져 있고는 하지요. 대부분 개장수에게 식용으로 팔아 버리기 때문입니다. 물론 이곳 사람들도 개고기를 더러 먹지만, 그렇게 즐기는 사람은 많지 않습니다. 이곳의 풍습이 그러했기 때문이겠지요.

내가 어렸을 적만 해도 개는 잡아먹기 위해 키우기보다는 식구처럼 길렀지요. 팔아서 돈을 만들기 위해 키우는 경우도 흔치 않았습니다. 개를 잡아먹는 것은 흉년이 들어 먹을 것이 없을 때나 몸이 아파서 약으로 쓰기 위한 경우가 대부분이었습니다. 그러했으니 일반적으로 집안에서 기르는 개들은 사람들과 생사고락을 함께하다가 제명을 다 채우고 늙거나 병들어 죽어갔습니다. 죽은 뒤에는 개 무덤까지 만들어 주는 경우도 있었습니다. 그런데 지금 이 지방의 개들은 더 이상 사람들과 교감을 나누고 수천 년 동안 한식구처럼 친근하게 지내온 그런 개가 아닙니다. 적당히 키웠다가 값이 좋을 때 얼른 팔아 버려야 하는 상품이 되고 말았지요. 풍습이라는 게 본디 변하는 것이지만 변화치고는 너무 급격한 변화입니다.

수만 년 동안 인간은 개와 함께 살아왔습니다. 일반적으로 유목민들은 개를 잡아먹지 않고, 농경민들은 잡아먹는 풍습이 있다고 합니다. 유목민들에게 개는 소나 양 같은 다른 가축들을 맹수로부터 보호해 주고, 심지어 주인의 재산이나 목숨까지도 지켜 주는 고마운 존재였으니 비상상황이 아니고서는 잡아먹는다는 것은 상상도 하기 어려웠을 것입니다. 하지만 농경민족에게 개는 먹이만 축내는 존재로 여겨지기도 했을 것입니다. 그래서 잡아먹는 풍습이 생기기도 했을 테지요. 더구나 쇠고기나 돼지고기 등을 먹기가 쉽지 않았던 궁핍한 서민들에게 개고기는 아주 좋은 단백질 공급원이기도 했을 것입니다.

요즈음 들어 서양 사람들이 한국의 개고기 먹는 풍습을 야만적이라고 시비 거는 일이 잦습니다. 서양인들이 그들의 잣대로 우리의 풍습을 재단하는 것은 분명 주제넘고 예의 없는 짓입니다. 원숭이 골 요리도 먹는 서양인들이 개고기 먹는 풍습을 비난하는 것은 황당하기까지 합니다. 하지만 개고기를 먹는 일이나 원숭이 골을 먹는 일이나 어느 것도 자랑거리는 못 되지 않겠습니까. 또한 개고기 먹는 것이 전통이라고 강변하는 우리의 태도도 좋아 보이지는 않습니다. 우리 조상들이 지금처럼 기를 쓰고 개고기를 먹었는지에 대해서 의문의 여지가 많기 때문입니다.

분명 우리 조상들은 개고기를 먹었겠지만 요즘처럼 식용견을 우리에 몰아넣고 집단사육하거나 그러지는 않았습니다. 다만 집에서 기르던 개를 잡아먹는 것이 고작이었을 테니, 개고기를 먹는 문화라 해도 지금 같지는 않았을 테지요. 이 섬 지방만의 풍습인지는 모르겠지만 내가 어려서만 해도 개고기를 먹는 것이 흔한 일은 아니었습니다. 먹더라도 약으로 먹었지요. 그때도 자기 집에서 기르는 개를 잡아먹기가 미안스러워 이웃집 개와 바꿔서 잡아먹는 경우가 많았으며 그것 또한 드러내놓고 좋아라 먹는 것은 아니었습니다. 개에게 미안해하고, 가족들에게 미안해하면서 겨우겨우 먹었지요.

우리 민족은 개를 식용으로보다는 한식구처럼 생각하고 키운 듯합니다. 처음부터 잡아먹을 작정을 하고 키우는 경우는 흔치 않았을 것입니다. 식용이 목적이었다면 돼지처럼 따로 가두어 놓고 키우지, 사람들과 정을 주고받고 부대끼며 키우지는 않았겠지요. 《우리 진돗개》란 책을 보면 '우리민족은 백구는 잡귀를 쫓고, 터가 센 집터를 다스린다고 여겼고, 네눈박이흑황구는 잡귀를 쫓아내는 벽사의 기능이 강해서 길렀으며, 황구는 다산과 풍년을 상징하기에 주로 농가에서 많이 길렀다'고 합니다. 심지어 '자손을 보고 싶은 조상이 그 집의 개로 환생해서 살다 가니, 집에서 기르는 개에게 잘 대해 주라'는 민간 설화까지 있을 정도로 우리 민족의 개에 대한 애정이나 친밀감은 남달랐습니다.

그러니 개고기 먹는 것이 무슨 자랑스러운 전통 음식 문화라도 되는 양 목청 높여 가며 먹을 것은 못되지 않을까요. 더구나 고기를 맛있게 먹는다는 빌미로 개를 산 채 밧줄에 매달아 몽둥이로 때려 패서 잡아먹는 짓은 야만적이라고 백 번 비난받아 마땅한 행위겠지요. 이제 바야흐로 개고기를 즐기는 여름이 돌아옵니다. 먹는 음식 가지고 타박하거나 시비 걸 일은 아니지만 제발이지 개고기든 뭐든 게걸스럽게 먹는 풍습만은 바뀌었으면 좋겠습니다.

어촌계 장님의
당 부

아, 아, 중리 어촌계에서 전복 양식 어가 여러분께 한 말씸 디리것
습니다. 진작부터 멧 번을 말씀디랬습니다만 잘 지케지지 않아서
재삼 당부디립니다. 지발 통로 좀 막지 맙씨다. 다시마 줄 한 개라도 더 막
아 볼라고 자꾸 길을 막는데 그래도 배 댕기는 통로는 터놔야 할 거이 아
닙니까. 양심이 있으면 새게들으시기 바랍니다. 저 돈 좀 더 벌자고 남들
배 댕기는 통로마저 막아 버리면 딴 사람덜은 어치코 살란 말씸입니까.
그간 십수 차례 회이도 했고 회이 때마다 그러지 않기로 합이를 봤지만
당최 지케지지 않고 있습니다. 법을 안 지키고 발을 막았다가 나중에 멘
에서 나와 걷어내라면 머라고 할 참입니까. 그때 가서는 할 말이 없게 되
지 않것습니까. 꼼짝없이 뜯어내야 하지 않것습니까. 지발 마을 망신 시
키지 말고 통로에다 발 막으신 분덜은 알아서들 철거해 주시기 바랍니다.
여러분도 아다시피 일전에 뿌리기서 멜치가 좀 든다고 서로 더 잡아 보것

다고 배 다이는 통로에까정 그물을 쳐서 난리가 난 적이 있지 않었습니까. 한 마을 사람덜끼리 해경에다 고발하고 멱살잡이하고 우세도 그런 우세가 없었습니다. 종당에는 말 사람들이 전수 다 그물을 빼내야 했습니다. 쪼깐 더 벌어 보것다고 욕심부리다 다같이 망하지 않었습니까. 우리 말이라고 그러지 말란 법 있습니까. 미리미리 알어서들 조심헙씨다. 그라고 또 이런 의논 땜시 회이를 소집해도, 어떤 분덜은 자기한테 불리한 안건이다 싶으면 아애 회이에도 참석을 안 합니다. 양심 좀 바르게 삽시다. … 아, 아, 전화가 와서 전화 받느라고 잠시 실례했씸니다. 중리 어촌계에서 다시 한번 말씸 디리겠씸니다. 배 다이는 통로는 절대로 막지 맙시다. 멩심해 주십시오. 아울러 통발하시는 어가분들께도 한 말씸 디리겠습니다. 엊그제 밤에 전복 양식장 일하고 늦게 들어오던 주민 분이 큰 사고 날 뻔봤다고 합니다. 통발을 걷는다고 한밤중에 뱃길에다가 배를 대 놓고 있었다고 합니다. 하마터면 배끼리 부닥칠 뻔했다고 합니다. 돈 벌라고 통발하는 것까지야 누가 머라 하것습니까마는 지발 밤에는 불 좀 키 놓고 통발을 거듭씨다. 불 키논다고 기름값 얼마나 더 들어가것습니까. 위험천만한 짓은 제발 좀 삼가며 삽시다. 자기 생각만 말고 놈도 좀 생각 하고 삽시다. 또 봉께 선창머리 배 들어오는 통로에다 양식 가두리를 띄 워논 분이 계십니다. 대체 이거이 사람이 하는 짓거립니까 짐승이 하는 짓거립니까. 그럼 배는 어치코 다니란 말입니까. 얼릉 좀 치워 주시기 바랍니다. 거듭 부탁디립니다. 어지간히 욕심들 부리며 삽시다. 이상은 중리 어촌계에서 말씸 디랬습니다.

섬 맑은 날

자, 눈을 감았다 떴다
꼬리를 살랑살랑 흔드는
아주 싱싱한 목포 먹갈치
생 갈치가 여덟 마리 한 박스에 만 원
자, 눈을 감았다 떴다 하는
갈치, 갈치가 왔어요, 갈치
개 삽니다 개, 큰 개, 작은 개
도사견이나 세파트
염소도 삽니다
자, 개 차가 왔어요, 개
염소 차가 왔습니다, 염소 차
개 파세요, 개

개 삽니다
고양이나 강아지 염소새끼나 염소
큰 개, 작은 개, 도사견이나 세파트
개 삽니다, 개
마을에 개 차가 왔습니다
알 낳는 닭이 세 마리 만 원
닭 사세요, 닭
꼬꼬닭이 세 마리 만 원
토종닭도 있습니다
털을 송송 뽑아 깨끗이 손질해 드립니다.
닭 사세요 닭, 닭 차가 마을 앞을 지나고 있습니다
자, 눈을 감았다 떴다 꼬리를 살랑살랑 흔드는 갈치,
갈치 차가 마을 앞을 지나갑니다
마을에 개 차가 왔습니다
닭 사세요 닭, 닭 차가 마을 앞을 지나고 있습니다.

2

청도 한옥학교에서
보낸 한철

한옥학교
가 는 길

청도는 소읍입니다. 낯선 땅, 합숙소의 밤은 길었습니다. 하지만 기숙사를 읍내 합숙소로 배정받은 것은 행운이었지요. 합숙소에 서 한옥학교까지는 도보로 30분 거리. 아침, 저녁으로 천천히 걸을 수 있 는 행복을 얻었으니까요. 첫 등교의 아침은 설렘으로 가득합니다.

청도읍내 고수리 골목길을 걷습니다. 간판도 없는 옷 수선집, 옆은 대한 민국 예술제 금상 수상의 영광에 빛나는 감로미용실. 올림머리 전문, 고 데 전문. 언제 머리 깎으러 한번 들러야겠습니다. 그 옆은 감로탕, 금일휴 업. 별분식, 경북서점. 늦은 밤 별분식에서 라면 한 그릇 사 먹을 날도 있 을 것입니다. 경북서점에도 내가 찾는 책이 있을까. 참고서와 전과만 가 득한 것은 아니겠지. 한옥학교는 청도 남산 중턱에 위치해 있습니다. 오 르는 길은 포장도로지만 등산로처럼 가파릅니다. 산 계곡에서 이어진 하 천 다리를 건너려는데 바짝 마른 하천 바닥에서 낑낑거리는 소리가 들립니다. 강아지 한 마리가 하천 옹벽에 기대 웅크리고 있습니다.

"왜 그러니, 어디 아픈 거니."

강아지가 애처롭게 바라봅니다. 도와 달라는 것이겠지. 내 키 높이가 넘는 옹벽을 타고 내려갑니다. 애완견일까. 아주 작은 종은 아니고 중간 크기의 애완견입니다. 얼굴에 검은 줄무늬가 새겨진 강아지. 낯선 사람이 다가가는데도 경계의 빛이 전혀 없습니다. 강아지를 안고 옹벽을 탑니다. 대체 몇 날이나 굶은 것일까. 뼈만 앙상합니다. 이제 올라왔으니 집으로 가거라. 강아지를 내려놓고 다시 걷습니다. 녀석이 쭈뼛쭈뼛 쫓아옵니다. 집을 잃은 것이냐. 나는 녀석에게 돌아가라고 부러 쫓을 생각이 없습니다. 기어코 한옥학교까지 따라옵니다. 학교에 와서도 나만 졸졸 쫓아다닙니다.

공동 화장실 휴지통을 버리고 솔을 잡고 변기 청소를 시작합니다. 학비를 면제받는 대신 근로 장학생으로 일하며 한옥 목수 일을 배우기로 했습니다. 변기에 눌러붙은 똥들이 쉽게 닦이지 않는군요. 매일같이 육칠십 명이 사용하는 화장실이니 오죽할까요. 솔로 박박 문질러도 안 닦이는 것은 어쩔 수 없습니다. 내일은 고무장갑을 구해 손으로 닦아내야겠습니다. 화장실 청소를 끝내고 강의실과 합숙소 부근의 쓰레기를 줍고, 쓰레기통에 함부로 뒤섞여 있는 쓰레기들을 분리합니다. 페트병, 비닐, 병 따위는 분리수거함에 넣고, 태울 수 있는 것은 소각장으로 가서 태웁니다.

한옥학교에는 세 마리의 개가 있습니다. 풍산개 보리와 진돗개 진돌이, 진순이. 녀석들을 돌봐 주는 것도 내 몫입니다. 사료를 챙겨 주고 물을 주고, 함께 놀아 주기도 할 것입니다. 보리는 사람을 문 전력이 몇 번 있어서 학교 사람들이 가까이 가지 못합니다. 나와는 첫날부터 친해졌지만, 녀석이 함께 장난 놀다가 사람을 물었다 하니 절대 안심할 수가 없습니다. 진순이는 사람을 두려워합니다. 전혀 곁을 주려 하지 않습니다. 어제 벌써 친해 보고자 하는 나를 물었습니다. 다행히도 옷자락을 물어서 괜찮았습니다. 녀석은 어려서 사람들에게 걷어차이거나 그랬는지 사람에 대한 두려움과 경계심이 큽니다. 어릴 때 상처가 평생을 갑니다. 그래도 무표정한 보리에 비하면 녀석은 위험성이 적습니다. 진순이 같은 녀석들은 방어적으로 공격할 뿐 저보다 강한 상대에게 덤비지는 못합니다. 하지만 녀석도 풀려서 강아지 한 마리를 물어 죽인 경력이 있다 하니 아주 안심할 수는 없습니다.

그중 가장 사교성이 좋은 녀석이 진돌이입니다. 처음부터 꼬리치고 반깁니다. 녀석 또한 사람에게나 그렇겠지. 다른 동물들에게는 위협적일 것입니다. "저리가 이 녀석." 풍산개 보리에게 물을 떠다 주는데, 강아지가 거기까지 쫓아옵니다. 안 되겠네요. 위험합니다. 하는 수 없이 강아지를 묶어둡니다. 크게 저항하지 않습니다. 기운이 없어서도 그러겠지만 참 성격이 순한 녀석입니다. 사료를 주니 허겁지겁 먹습니다. 저 어린것이 대체 얼마 동안이나 그 하천 옹벽에 갇혀 굶주림과 공포에 떨었던 것일까. 물도 좀 마셔라. 녀석을 쓰다듬어 주니 응석을 부리며 내 다리를 붙들고 늘어집니다.

"나도 이제 공부해야지. 조금만 참고 있어. 주인을 찾아 줄 테니까."

2006년 봄 학기, 한옥학교의 수업은 8시 30분부터 시작됩니다. 30분 동안은 교장 선생님 지도로 명상과 요가, 간단한 체조. 오전 9시부터 오후 5시 30분까지는 이론과 실습이 병행됩니다. 점심 먹고 남은 잔반을 가져다 주니 강아지는 그것을 단숨에 먹어치웁니다. 좀 천천히 먹어라 인석아. 녀석의 몸 이곳저곳의 털들이 한 움큼씩 뽑혀져 나가고 없습니다. 부스럼 자국이 있는 것을 보니 피부병에 걸렸던 듯합니다. 연고를 발라 줍니다. 유기견이 분명합니다. 어찌해야 할까. 대구의 유기견센터에 연락해 보니 더 이상 받을 수가 없다 합니다. 거기서 버려지는 개들도 다 감당하지 못한다니 어쩌겠습니까. 한옥학교 교장 변숙현 선생님과 의논해서 맡길 만한 곳을 알아봅니다. 마땅치가 않습니다. 남겨서 녀석에게 먹일 요량으로 식판에 저녁밥을 가득 담았습니다. 녀석을 어쩌나, 걱정스러워 밥을 넘기지 못하고 있는데 교장 선생님이 뛰어들어 옵니다.

"됐어요. 맡아 줄 사람이 있습니다."

"다행이군요. 잘 됐습니다. 잘 됐어!"

"지금 데려간답니다."

나는 밥을 뜨다 말고 교장 선생님을 쫓아 나갑니다. 하루도 채 안 되는 짧은 시간인데, 벌써 정이 들었습니다. 가슴이 울컥합니다.

"잘 살아야 해. 이번에는 버림받지 말고."

녀석은 내 다리를 붙들고 늘어지며 새 주인을 따라가려 들지 않습니다.

"안고 가세요. 녀석이 묶여 있는데 익숙한 것 같지 않거든요. 잘 좀 키워 주십시오."

"걱정 마세요, 저도 집에 두 마리나 키우고 있습니다."

"잘 좀 부탁합니다."

거듭 인사하자 새 주인도 고맙다고 인사하며 데려갑니다. 벌써 녀석이 보고 싶습니다. 전국 각지에 흩어져 있는 우리 개들, 봉순이, 꺽정이, 길동이, 어영이도 그립습니다. 보길도를 떠나오면서 오랫동안 함께 살던 개들을 전국의 지인들에게 맡겼더랬습니다. 5년이 될지 10년이 될지 모르지만 내가 다시 정주의 삶을 살게 된다면 데려갈 터이니 잘 돌봐 달라고 신신당부를 했었지요. 사람이든 짐승이든 헤어져 있는 시간은 애달픕니다. 청도 남산에 어둠이 깃들기 시작합니다.

인연

어제 새 주인을 따라갔던 강아지가 다시 돌아왔습니다. 아침에
한옥학교에 가니 녀석이 어제 묶여 있던 그 자리에 다시 묶여 있
었습니다. 피부염 치료 연고가 든 비닐 봉투와 함께. 피부병을 앓는 강아
지가 부담스러웠던 모양입니다. 거의 다 나아서 전염의 염려는 없지만 이
해가 안 되는 것은 아닙니다. 그래도 약까지 사 주고 갔으니 그 마음씀이
고맙습니다. 녀석과 나의 인연이 더 길어지려는 모양입니다. 녀석이 어
제보다 더 애절하게 매달립니다. 어쩔 것인가.
"그래, 잘 먹고 어서 피부병도 말끔히 나아야지. 그러면 너를 데려가려는
사람들이 줄을 서지 않겠니."
아침 수업에 들어가기 전 30분 동안 교장 선생님의 지도 하에 명상과 요
가, 체조 등으로 몸을 풉니다. 체조는 몸의 균형과 목수 일을 하다 보면 생
길지도 모르는 사고를 미리 막기 위한 것입니다. 무거운 나무나 연장 따

위를 들 때 생길 수도 있는 늑막염이나 허리 부상 따위를 방지하기 위한 동작들. 무거운 목재를 들어올릴 때 허리를 다치지 않기 위해서는 허벅지 힘을 길러 주는 것이 필수적입니다. 그 방법의 하나로 '말뚝 뽑기' 훈련을 합니다. 실제로 땅에 박힌 말뚝을 뽑는 것이 아니라 쪼그려 앉아 항문으로 가상의 말뚝을 뽑는 연습이지요.

먼저 열중쉬어 자세로 서서 무릎을 모읍니다. 숨을 내쉬며 무릎을 구부리고 앉습니다. 바닥에 닿을락말락할 정도로 쪼그려 앉으며 숨을 멈추고 가상의 말뚝을 괄약근으로 꽉 조입니다. 숨을 들이쉬며 말뚝을 힘껏 뽑아 올립니다. 같은 동작을 반복합니다. 첫날은 열 번, 다음 날부터 매일 다섯 번씩 늘려갑니다. 하루에 오십 번씩 거뜬히 할 수 있을 정도만 되면 상당한 효과를 볼 수 있다 합니다. 앞서 한옥학교를 거쳐 간 졸업생들도 목수일 하는 데 큰 도움을 받고 있다는군요. 실제로 말뚝 뽑기를 해 보니 뱃심과 허벅지 강화에 큰 운동이 되는 것도 같습니다.

말뚝 뽑기가 끝난 후 나이 지긋한 학생 한 분이 이의를 제기합니다. 숨을 들이쉬며 앉고, 내쉬며 일어서는 것이 맞지 않느냐는 것입니다. 운동에 어디 정석이 있겠습니까. 가르치는 사람마다 다르고 배우는 사람도 효과는 제각각이 아니겠습니까. 하지만 내 생각에도 말뚝 뽑기는 교장 선생님의 방법이 옳은 것 같습니다. 말뚝을 뽑아 올리는 것은 무거운 물건을 드는 것과 같은데, 숨을 내쉬며 들어 올리는 것보다 숨을 들이키며 들어 올리는 것이 더 쉽지 않겠습니까. 잠깐의 이론 수업 후 종일 자신이 사용할 끌 자루를 직접 만드는 작업을 합니다. 그렇게 하루가 갑니다.

소싸움,
황소들의 이종 격투기

청도의 저녁 바람이 맵습니다. 꽃 소식은 아직 도착할 기미도 보이지 않는데 꽃샘추위부터 찾아왔습니다. 바람이야 꽃을 시샘할 까닭이 무엇이 있겠습니까. 꽃을 시샘하는 것은 사람의 마음이겠지요. 한번 피었다 시들면 다시 필 수 없는 사람에게 해마다 부활하는 꽃의 생리는 분명 경이롭고 시샘나는 일이 아니겠습니까. 재생 불가능한 운명을 타고난 사람이 죽음의 땅에서 부활하는 풀들, 나무들, 꽃들의 모습을 지켜보는 일은 고통스럽습니다.

전 국토가 황사와 꽃샘추위에 떨고 있는 지금, 산속 마을 청도는 소싸움이 한창입니다. '청도 국제 소싸움 축제'. 싸움마저 축제로 만들어 버리는 인간의 야만적 본능을 나는 청도에 와서 다시금 확인합니다. 소싸움은 줄다리기와 함께 논농사를 짓는 지역의 전형적인 민속입니다. 중국 남부, 일본, 인도네시아, 태국 등지에서 성행했으며 본래는 신에게 제물로 바칠 소를 고르기 위해서 벌였다고 합니다.

하지만 근자의 소싸움은 토착신의 자리를 대신한 '관광신'에게 바쳐지는 제물이 되었습니다. 어제만 해도 10만여 명의 관광객들이 소싸움 장으로 몰려들었습니다. 누군가 건네준 표가 있었으나 나는 소싸움 장에는 가지 않았습니다. 전통 민속이라 해서 다 소중한 것은 아니라고 생각합니다.

사람은 자신들끼리 날마다 싸우는 것만으로는 모자라 다툴 이유 없는 소들에게 싸움을 붙여놓고 즐깁니다. 힘에 대한 숭배. 이 또한 물신 숭배만큼이나 추악한 일이 아니겠습니까. 황소들의 이종 격투기. '소싸움'은 이종 격투기 경기장의 사람 선수들 또한 한낱 싸움소에 지나지 않는다는 사실을 뚜렷이 증명해 주는 물증에 다름 아닙니다.

일요일, 저녁이 갑니다. 바람이 산등성이를 걸어 내려오는 유랑자의 얼굴을 때립니다. 목덜미와 귓등을 사납게 할큅니다. 보이지 않으나 실재하는 것들. 보이지 않으나 존재하는 바람. 어느 때나 손으로 만질 수 있고, 얼굴을 부빌 수 있고, 안고 뒹굴 수 있고, 입 맞출 수 있는 것. 눈에 보이는 존재만을 믿고 사는 나를 야유하고 가는 것일까, 저 바람이. 바람의 손톱이 남기고 간 상처가 아립니다. 대체 존재의 실상은 무엇일까요.

관청이란
무엇인가

아침마다 청도군청 앞을 지나갑니다. 어느 곳이나 시골에서 가장 눈에 띄는 건물은 대개 관공서 건물입니다. 군청이나, 읍사무소, 면사무소, 우체국, 농·수·축협 건물들. 관공서 건물들은 겉보기에도 산뜻한 현대식 외관을 갖추었지만 실내 공간 또한 나무랄 곳 없이 깨끗하고 모던합니다. 겨울에도 더울 정도로 난방이 잘되고 여름에는 에어컨이 지나치게 돌아가 추울 정도지요. 말단 행정 기관인 면사무소 건물들도 최첨단입니다. 그뿐이겠습니까. 시청, 도청, 중앙 부처, 청와대 할 것 없이 우리나라 관공서는 하나같이 냉난방이 완비된 초현대식 시설을 갖추고 있습니다.

날이 많이 풀렸지만 아직도 아침 바람이 차갑습니다. 며칠 연달아 칼바람 맞으며 대패질을 했더니 얼굴이 화끈거립니다. 한옥학교 주변은 온통 과일나무 밭입니다. 오늘도 복숭아 밭에는 농민들이 나와서 일하고 있습니다. 나는 군청 앞을 지나며 갑자기 부끄러워 고개를 들 수가 없습니다. 농민들이 찬바람에 떨며 노동할 때 따뜻한 실내, 안락의자에 편히 앉아 일하는 공무원들이 부끄럽습니다. 군청이 부끄럽고, 도청이 부끄럽고, 청와대가 부끄럽습니다. 공복, 백성의 종들. 종들이 주인처럼 군림하는 이 나라가 한없이 부끄럽습니다.

싸움 권하는
사 회

봄날 내내 청도는 싸움의 열정으로 들떠 있습니다. 소싸움 대회를 알리는 포스터가 거리에 넘쳐납니다. 인간의 잔혹은 바닥이 없는 것일까요. 잡아먹는 것만으로도 모자라 싸움질을 시키고 즐깁니다. 어떤 싸움이든 싸움을 상품화하는 것은 인간성 타락의 증거에 지나지 않습니다. 이미 2백 년도 전에 연암은 그의 소설 《호질》에서 인간의 야만을 통렬히 야유한 적이 있지요.

"너희들은 저 마소의 태워 주고 일해 주는 공로도, 따르고 충성하는 생각도 다 저버리고 다만 날마다 푸줏간이 미어지도록 이들을 죽이고 심지어는 그 뿔과 갈기까지 남기지 않는다."

하지만 그때나 지금이나 사람들의 심성은 변함이 없습니다. 이제는 오히려 매일 도살하는 것으로도 부족해 억지 싸움을 시켜 구경거리로 전락시키고도 오히려 자랑스러워하기까지 합니다. 연암이 살아 돌아온다면 또 어떤 야유를 퍼부을까요.

'소싸움의 열정으로 청도는 세계로!'

현수막도 온통 싸움을 부추기는 선동적인 슬로건뿐입니다. 싸움을 조장하는 것도 모자라 열정은 또 엉뚱한 출구로 분출되고 있군요. 작은 고을의 슬로건이 마치 기업체의 생산 촉진 슬로건 같습니다. 지방의 행정이 자꾸 바깥으로만 겉도는 것은 지방자치제도의 취지에 어긋나도 한참을 어긋나는 일입니다. 주민 삶의 공간을 마치 공장이나 기업처럼 운영하자는 것일까요. 자치단체는 주민들을 동원해서 자본의 이익을 남기는 기업체가 아닙니다. 자치단체란 오히려 자본으로부터 소외된 주민들을 보호하고, 주민 삶의 불편을 덜어 주는 심부름센터가 아닌가요. 그런데 자치단체를 기업처럼 운영하고 단체장이 기업주처럼 구는 것은 본분을 망각한 행위입니다.

청도뿐이겠습니까. 어느 지방을 가도 다들 세계화를 외칩니다. '세계 속의 한국' 따위의 구호가 이제는 '세계 속의 시, 군'으로 바뀌고 말았습니다. 주민 속으로 더 가깝게 들어가라고 지방 정부에 권력을 이양했더니 본분을 까먹고 세계로 나가겠다고 안달을 합니다. 안을 살피라 했더니 바깥으로만 떠돕니다. 지방 정부들의 슬로건은 '세계 속의 시, 군'이 아니라 다시 한번 '주민 속의 시, 군'으로 바뀌어야 마땅하지 않을까요.

구들,
오 천 년 명 품

한옥학교, 민가 2 합숙소 방장님은 물리학을 전공했습니다. 방장님, 하루도 술을 거르는 날이 없습니다. 이곳에서 나는 막걸리나 좀 마시고 거의 술을 못하는 사람으로 분류됐습니다. 합숙소 사람들끼리 몇 번의 술자리가 있었지만 나는 그때마다 술을 거의 입에도 대지 않았던 까닭이지요. 술이 당기지 않은 이유도 있지만 과음을 하고 난 다음날은 몸이 견디기가 힘들어서입니다.

어제도 방장님이 순대와 어묵을 사들고 와서 막걸리 몇 병을 나눠 마셨습니다. 청도에서는 동곡 막걸리가 유명합니다. 요즈음 어느 술이나 그렇듯이 조금 단 것이 흠이기는 하지만 내가 마셔 본 막걸리 중 그래도 상급에 속할 정도로 맛이 좋은 편입니다.

동곡 막걸리는 청도군 금천면 동곡리의 작은 양조장에서 만들어집니다. 하지만 생산량이 많지 않아 청도 읍내에도 파는 곳이 몇 곳 안 됩니다. 양조장 주인에게 물으니 자신은 많은 양을 생산하며 같은 맛을 유지할 자신이 없어서 대량생산을 하지 않는다고 했습니다. 900원짜리 막걸리 한 병을 만드는 데도 지켜야 할 양심과 철학이 있습니다.

어제도 몇 군데 상점을 뒤졌으나 결국 동곡 막걸리를 찾지 못하고 청도 막걸리를 마셨습니다. 먹어 보니 청도 막걸리도 마실 만합니다. 한옥을 공부하는 사람들이니 술자리의 화제도 대부분 한옥에 대한 것들입니다. 어제도 그랬지요. 어제의 안주는 구들장. 불교 총림의 방장스님만 한 소식 하는 것이 아닙니다. 우리 숙소 방장님의 일갈. 오천 년은 과장이지만 아무튼 한 소식 했습니다.

"침대가 과학이라니 뭐니 그딴 소리 하지 말라고 그래. 그 무슨 외제 침대가 이백 년 전통의 명품 가구라고 자랑하는데, 웃기는 소리야. 겨우 이백 년이 자랑거리가 된다고 지랄들이지. 우리 온돌은 오천 년 전통이야. 오천 년 전통의 명품. 온돌방에 명품 침대 들여놨다고 폼재는 무식한 중생들 같으니."

침묵의
즐거움

며칠째 사괘맞춤 실습 중입니다. 기둥과 창방, 보아지 등을 대패로 다듬고, 끌로 파서 짜 맞추는 작업이지요. 한옥은 기본적으로 조립식 목조 주택입니다. 목재와 목재를 튼튼하게 결합시키기 위해 짜 맞추는 결구 방법 중 하나가 사괘맞춤입니다. 가장 기초적이면서도 핵심적인 작업인 셈이지요. 물론 작은 모형을 만드는 실습이지만 과정은 실제와 똑같습니다. 까다롭고 힘듭니다. 게다가 처음 하는 일이라 의욕만 앞설 뿐 서투르고 실수투성이지요. 나무가 갈라지고 부서지고 엇나가서 몇 번을 되풀이했습니다.

연장의 중요성을 새삼 절감합니다. 끌을 잘 갈아 쓰는 것이 우선인데도 어서 만들어 보고 싶은 욕심이 앞서 제대로 갈아지지 않은 끌로 끌질을 하니 잘될 턱이 없습니다. 날만 가져다 대도 나뭇결이 벗겨져야 할 텐데 웬걸, 망치로 두드려도 잘 나가지 않습니다. 그래도 막무가내. 우선 한번

완성해 보고 끌을 갈아야겠다고 다짐합니다. 안 드는 끌로 홈을 파느라 생고생했으니, 이 다짐은 반드시 지켜질 테지요.

한옥학교에서는 세 가지 방식으로 사괘맞춤을 하는데 호남식이 가장 쉽고, 서울식이 그 다음입니다. 영남식은 무척 까다롭습니다. 두 가지는 끝냈는데 영남식 사괘 때문에 종일 골머리를 앓았습니다. 도면대로 목재에 그려 놓고서도 이해가 되지 않아 끙끙거렸습니다. 오후 늦게야 납득이 됐지요. 기둥과 보아지는 만들었고, 이제 창방만 만들면 만사형통입니다. 어제였나, 교장 선생님과 이야기 도중 내가 청도에 와서 행복한 것은 막걸리 때문이라고 말했습니다.

4, 9일에 서는 청도 장날, '2대 국밥집'에서 먹는 장국밥과 막걸리의 조합은 가히 일품입니다. 물론 그 국밥집이 장날만 문을 여는 진짜 국밥집이니 장터의 분위기가 한몫했을 수도 있습니다. 그러나 이곳의 막걸리들은 슈퍼에서 사다 먹어도 그 맛이 불변입니다. 하지만 오늘 곰곰이 생각해 보니 어제의 내 말이 틀렸습니다. 정정합니다. 이곳에 와서 행복한 것은 막걸리 때문이 아닙니다. 침묵 때문입니다. 종일 말 한 마디 않고 지나가는 날들도 많습니다. 대부분의 시간을 거의 말없이 지냅니다. 일을 배우느라 수다 떨 시간도 없지만 굳이 말하지 않고 살아도 불편이 없습니다. 부러 말을 걸어오거나 참견하려 드는 사람도 드뭅니다. 오랫동안 나는 너무 많은 말들 속에 살았습니다. 쓸모없는 말들을 지껄이며 사는 데 익숙해져 버렸습니다. 그런 나에게 가장 절실한 것은 침묵의 시간이었습니다.

실상 사람이 살아가는 데 필요한 말은 몇 마디가 되지 않습니다. 대부분은 삶에 불필요한 말들이지요. 불필요할 뿐만 아니라 삶에 해가 되는 말들입니다. 사람의 말이란 대개 평화보다는 갈등과 분열을 가져옵니다. 싸움과 저주의 씨앗을 잉태합니다. 오죽했으면 성서에도 '실언하는 것보다 길바닥에 넘어지는 것이 낫다'고 했겠습니까. 술이 많아지면 취하지 않을 도리가 없듯이 말이 많아지면 실언하지 않을 도리가 없습니다. 침묵의 날들이 오래 계속되기를 바랄 뿐입니다.

견습 목수의
하 루

어제는 술을 제법 마셨는데도 아침 일찍 눈을 떴습니다. 잠을 깨려고 음악을 틀었습니다. 지난주에 운문사의 벗 진광스님에게서 시디플레이어를 얻어왔습니다. 윤선애의 음반 '하산'을 들으며 팔굽혀펴기와 물구나무서기 등으로 몸을 풀고 있는데 옆방 문이 스르륵 열립니다.

"왜 *끄*라는데 안 *끄*는 거야. 기분 나빠 죽겠어."

무슨 소리지?

"몇 번 씩이나 *끄*라고 했는데 왜 사람 말을 안 들어. 아침부터 축축 늘어지는 음악 틀면 어떡해."

"못 들었습니다. *끄*겠습니다."

나나 룸메이트 이 소령이나 당혹스럽습니다. 그런데 다짜고짜 반말로 시비를 걸어오는 사람은 우리 숙소 사람이 아닙니다. 나와는 말 한번 나눠

본 적도 없는 사람입니다. 어제 오후에 한옥학교 체육대회가 있었습니다. 체육대회라고 해 봐야 족구 몇 게임이었지만 다들 즐거웠지요. 체육대회를 핑계로 낮부터 시작된 술이 밤늦도록 이어졌습니다. 출퇴근하는 한옥학교 학생인데 술이 과해 우리 숙소에서 하룻밤 잔 모양입니다. 저 사람이 아직 술이 덜 깼나. 그래도 사람 참 뻔뻔스럽네. 남의 집에 와서 음악이 자기 마음에 안 든다고 성질까지 부리고 참. 상대하기 싫어 음악을 그냥 끄고 말았지만, 기분이 참 뭐 같습니다. 참으로 무례합니다. 언제 한번 이야기 좀 해 봐야겠습니다.

이른 아침부터 한옥학교는 일주문 세우는 작업이 한창입니다. 75세의 현역 목수 김창희 선생과 우리 이전 기수 졸업생들의 합작품입니다. 우리도 4개월 과정이 끝나면 일주문이나 육모정 하나쯤 지을 수 있을까요.

"청도야, 잘 잤니."

주워온 강아지 이름을 청도라 지었습니다. 한옥학교 1층에 세들어 있는 식당 주인 여자는 누룽지라고 부르자 했지만, 내가 거절했습니다. 식당 이름이 '가마솥과 누룽지'니까 여자는 좋은 뜻으로 제안한 것이지만 듣는 사람이야 어디 그렇게만 듣겠습니까.

식당에서 '청도' 밥을 얻어다 주고 약을 발라 줍니다. 전에 털이 빠졌던 자리는 아물어 가는데 가슴 부분에 상처가 새로 생겼습니다. 많이 가려운지 자꾸 긁어댑니다. "긁지 마라, 이 녀석아. 상처 나잖아."

며칠 더 지켜보다 동물 병원에 데려가든지 그래야겠습니다. 교실 앞 쓰레기통을 비웁니다. 분리수거함이 있지만 쓰레기를 거기다 분리해서 버리는 사람은 드뭅니다. 대부분 숙소나 교실 앞 쓰레기통에 마구 섞어서 버립니다. 매일 아침 뒤섞인 쓰레기들을 다시 분리해내는 일이 성가셔 하는 말은 아닙니다. 언제나 그렇습니다. 좋은 습관을 들이기는 어렵습니다. 나쁜 습관 들이기는 쉽습니다. 사실 쓰레기 분리 배출까지는 바라지도 않습니다. 제발 자신이 피운 담배꽁초만이라도 아무 데나 버리지 말았으면 고맙겠습니다.

어젯밤 컨테이너 2숙소에서는 피자를 시켜 먹었는지 포장지가 버려져 있습니다. 3숙소에서는 족발을 먹었나 봅니다. 체육대회가 끝나고 밤 시간에는 교내 숙소 사람들도 교칙을 어기고 다들 술을 더 마셨겠지요. 안동소주병도 보이고 동곡 막걸리병도 여러 개 뒹굽니다.

새로 짓는 학생식당 미장 공사를 하는 인부들이 시멘트와 모래를 섞어서 나르고 있습니다.

"그건 그리하지 마세요. 저리하면 훨씬 편해요."

무슨 일이건 참견하길 즐기는 나이 든 학생 한 분이 그냥 지나칠 리 없습니다. 모래를 나르던 인부는 어이가 없는지 대꾸도 않습니다. 기초과정을 배우는 학생인 저이가 며칠 전에는 일주문 작업을 하던 50년 목수 경력의 대목장 김창희 선생에게도 이래라 저래라 충고하는 걸 봤습니다. 김창희 선생은 아무 말 없이 인상 한번 쓰더니 저이를 옆으로 밀어 버리더군요. 참 재미있는 캐릭터입니다.

소각장에서 종이 쓰레기를 태우고 오니 아침 명상이 시작됐습니다. 좌선 명상이 끝나고 교장 선생님의 지도에 따라 체조를 합니다. 불과 30분이지만 이 시간이 더없이 소중하고 행복합니다. 동작을 하고 호흡을 하는데 옆 사람 입 냄새가 훅 풍겨옵니다. 나는 아침을 먹지 않지만 다들 방금 전 아침 식사를 하고 왔을 터이니 냄새가 좋을 까닭이 없습니다. 억하다! 하지만 나는, 우리는, 우리가 서로들 방금 내뿜은 숨을 다시 들이켜지 않을 도리가 없습니다. 그래야 살 수 있습니다. 같은 공간 안에 존재하는 모든 사람은 하나의 유기체입니다. 한 생명입니다. 같은 숨을 들이쉬고 내쉬니 한 몸이 아니겠습니까. 이건 관념이 아니라 실상입니다. 존재의 실상. 너나 나나 한 몸, 한 생명인 까닭에 좋은 꼴도, 나쁜 꼴도 참고 견디지 않을 도리가 없습니다. 그래서 이 세계를 참아야만 하는 땅, 인토라 하는 것 아닐까요? 견습 목수의 하루가 또 시작됐습니다.

누구나
처음 살아보는 삶

어제는 꽃들이 피는가 싶더니 오늘은 춘설이 내립니다. 제법 많은 눈이 쌓인다 했더니 햇볕이 나자 눈은 또 흔적도 없습니다. 삶 또한 그러합니다. 종일 황사 바람 불고 겨울처럼 춥습니다. 청도에 온 지 한 달, 처음으로 낙대폭포에 다니러 갑니다.

한옥학교에서 불과 10분 거리에 폭포가 있습니다. 청도 팔경 중 하나인 명승이고 많은 사람들이 다니러 가는 것을 지켜보면서도 나는 한번도 폭포에 가 보고 싶다는 생각을 하지 않았지요. 갈수기인 탓에 30미터 높이의 폭포에 실처럼 가는 물줄기만 졸졸 흘러내리고 있습니다. 날이 갑자기 추워진 때문인지 매일 운동 삼아 폭포를 찾던 마을 사람들도 보이지 않습니다. 나는 적막하고 쓸쓸한 폭포가 더 좋습니다.

돌이켜 보면 삶이 내 소망대로 이루어진 적은 거의 없었습니다. 하지만 나는 내 삶이 실패했다고 생각하지 않습니다. 애초부터 삶에는 실패나 성공 따위란 없습니다. 성공한 삶도 없고 실패한 삶도 없습니다. 서로 다른 삶이 있을 뿐이지요. 삶은 비교 대상이 아닙니다. 누구도 삶을 벗어날 수 없는 것을, 산 자들 누가 감히 삶의 판관일 수 있겠습니까. 죽음만이 유일한 삶의 판관입니다. 어제는 어제의 삶을 살았고 오늘은 오늘의 삶을 사는 것뿐입니다. 너는 너의 삶을 살고 나는 나의 삶을 살아갈 뿐입니다. 그것이 전부입니다. 우리는 늘 삶에 대해 서툽니다. 그렇다고 삶이 실수투성이인 것을 책망하거나 탓할 이유는 없습니다. 누구나 처음 살아보는 삶이 아닙니까.

한옥에 대한
단 상

전통 한옥은 서구 건축에 익숙한 현대인의 몸에는 참으로 불편한 구조입니다. 우리는 너무 편안함에 길들어 있어 조금의 불편함도 견디려하지 않습니다. 무엇보다 욕실과 화장실, 세탁실 등이 실내에 있지 않고 겨울에는 실내공기가 따뜻하지 않아서 불편합니다. 하지만 우리는 약간의 편리함을 얻은 대신 아주 많은 것을 잃어 버렸습니다. 밤에 볼일을 보고 천천히 걸어오면서 바라보던 밤하늘 풍경을 잃어 버렸습니다. 은하수와 북두칠성의 전설을 잃어 버렸고, 달빛 아래 고즈넉한 대숲 바람 소리를 잃어 버렸습니다. 하늘의 별들을 보며 우리는 우주와 존재의 시원에 대해 사색했었지요. 이제 우리는 더 이상 그런 것들을 돌아보지 않습니다. 편리함이라는 작은 이득과 맞바꾸기에는 너무 소중하고 큰 것들을 잃어 버렸습니다.

그렇다고 실내에 화장실이 있는 것이 꼭 편한 것만도 아닙니다. 남의 집

212

을 방문해 거실에서 놀 때 변이라도 마려우면 화장실에 앉아 있기가 얼마나 민망합니까. 아주 얇은 문밖에 사람들이 모여 있는데 조심스러워 끙끙, 힘이라도 제대로 줄 수 있겠습니까. 그렇게 전전긍긍하며 변을 보니 변비도 생기는 것이 아니겠습니까. 씻는 곳도 그렇습니다. 수도가 방안까지 들어오면서 우리는 우물을 잃었고, 개울을 잃었습니다. 그 사이에 우물은 메워지거나, 방치되었습니다. 개울은 우리가 버린 것들로 인해 썩어갔습니다. 매일 가서 얼굴을 씻고 목욕을 하고, 빨래를 하는 개울이라면 우리가 그 개울을 함부로 오염시킬 수 있겠습니까.

사람들은 일반적으로 한옥이 춥다고 생각합니다. 과연 그럴까요. 물론 이중 삼중의 창을 달아 추위를 피한 궁궐이나 부자들의 집을 논외로 한다면 일반 민중들이 살던 대부분의 한옥은 분명 따뜻한 집은 아니었습니다. 하지만 그런 한옥에서 우리 조상들은 수천 년을 살아왔습니다. 따뜻하지도 않았지만 그렇다고 사람이 살 수 없을 만큼 춥지도 않았습니다. 그러나 겨울에도 서구식 아파트나 시멘트 건물의 지나치게 따뜻한 난방에 익숙한 사람들에게 한옥이 추운 집으로 느껴질 것은 자명합니다.

하지만 다시 생각해 보십시오. 한옥이 추운 것이 아니라 우리가 지나치게 따뜻하게 살고 있지 않았던가. 비싼 기름 값 낭비하면서 난방을 펑펑 틀어 놓고 지내는 것이 과연 정상인가. 한 겨울에도 반팔 차림으로 지내는 것은 분명 정상이 아닙니다. 그러면서 우리는 늘 비싼 난방비 걱정을 하고 한 푼이라도 더 벌기 위해 기를 씁니다. 옷 하나 더 걸치면 되는 것을 말이지요. 유럽의 양옥에 사는 사람들도 우리처럼 지나치게 따뜻하게 살지는 않습니다. 실내는 여름이고 밖은 빙하시대, 그 공간을 우리는 수시로 드나듭니다. 그런 극심한 온도차를 우리 몸이 그토록 빨리 극복할 수 있을까요.

가수 오세은 선생에게 기타의 조율에 대해 들은 적이 있습니다. 실내외의 온도차가 클 경우 기타가 그 간극을 극복하는 데 보통 두 시간은 걸린다 합니다. 그래서 기타 연주를 할 때는 공연할 장소에 먼저 기타를 가져다 놓고 적응을 시킨다 합니다. 무생물인 악기도 그러할진데 살아 있는 육체를 가진 사람은 더 말할 나위가 없을 테지요. 히말라야 같은 높은 산에 오를 때도 고산병을 피하기 위해 며칠씩 적응기간을 거치지 않습니까. 하지만 우리는 우리 몸이 적응할 여유도 주지 않고 열대와 북극을 수시로 오갑니다. 그러니 감기나 호흡기 질환 등의 질병에도 쉽게 걸리는 것이 아니겠습니까.

한옥은 안팎의 생활공간이 뚜렷이 구분되어 있습니다. 그 때문에 집에 있어도 움직이고 걷는 양이 많습니다. 반면 아파트 등의 건축은 움직임을 최소화합니다. 그러니 사람이 게을러지고 몸은 비대해질 수밖에 없습니다. 기름지게 먹고 움직이지 않는 생활 구조니 살이 찔 수밖에 없지요. 그래놓고 실내 공간에다 온갖 운동 기구를 들여놓고 땀을 뻘뻘 흘리며 살 빼는 데 정력을 쏟습니다. 그런 건축에서의 생활이 편리하다는 말이 맞기는 맞는 것일까요.

건축가 이일훈 선생은 '채 나눔' 건축이 우리 시대에 적합한 건축양식이라고 말합니다. '채 나눔'이란 한 건물에 모든 방과 공간을 몰아넣지 않고 되도록이면 작은 공간들을 분리해서 별도의 건물로 나누는 건축 방법입니다. 이 선생이 '채 나눔' 건축을 주장하는 것은 우리 삶의 방식이 과거와 확연히 달라졌기 때문에 우리의 건축방법도 그에 맞게 변해야 한다는 이유에서입니다. 건축물을 지을 때 과거에는 동선을 최소화하는 것이 선이었습니다. 그도 그럴 것이 옛 시대 사람들은 몸을 많이 움직이는 육체노동이 주된 노동양식이었습니다. 그러니 건축물이란 움직임을 최소화해서 적게 움직이고 보다 많이 쉴 수 있는 건축이어야 했습니다.

하지만 우리 시대 사람들은 육체노동을 하더라도 앉은 자리에서 반복적으로 하는 경우가 많고, 많은 사람들은 육체노동보다 정신노동에 종사합니다. 한마디로 노동을 하면서 움직이는 시간이 거의 없어져 버렸지요. 사정이 이러한데도 집이나 연수원 같은 건물들이 여전히 움직임을 줄이는 통 건축 방식을 답습하는 것은 잘못이라는 것입니다. 그래서 이 선생이 창안한 대안적 양식이 '채 나눔' 건축입니다. 과거 농경 사회의 건축이 동선을 최소화하는 것이 선이었다면 현대 산업사회의 건축은 동선을 늘여 움직임이 많게 만드는 것이 선이라는 주장입니다. 나는 이 선생의 주장에 동감합니다. 이 선생의 채 나눔 건축은 분명 한옥의 정신을 발전적으로 계승한 측면이 있습니다.

그렇지만 나도 한옥이 무조건 좋다고 생각하지는 않습니다. 한옥이 가진 단점들도 적지 않습니다. 가장 큰 단점은 집이 사람을 붙들어 매는 구조라는 것입니다. 나무와 흙으로 이루어진 한옥은 끊임없이 사람의 손길을 요구합니다. 어찌 보면 그 건축 재료들은 숨을 쉬는 것들이니 보살핌을 요구하는 것이 당연할 수도 있습니다. 옛날 대가족 제도 하에서는 적어도 3대가 한 집안에 모여 살았지요. 그러니 그때는 별 문제가 없었습니다. 3대가 다 함께 오래 집을 비울 일은 거의 없었기 때문이지요. 지금은 그렇지 않습니다. 자녀 없이 부부만 살거나, 혼자 사는 세대도 허다합니다. 한옥에 혼자 사는 사람이 여행이나 출장, 파견근무 등으로 장기간 집을 비우기란 쉽지 않습니다. 오래 집을 비우면 집 주인이 바뀌고 맙니다. 온갖 풀들이 마당까지 들어오고 쥐나 벌레들은 안방까지 침투합니다. 단점은 극복되고 개선되어야 마땅하지요. 그러나 한옥은 분명 단점보다는 장점이 더 많은 건축 양식입니다. 수천 년 간 우리 몸에 맞도록 끊임없이 개량되고 발전되어 왔으니 이 땅의 자연환경과 우리 몸에 가장 맞는 집임에 틀림없습니다.

그렇다고 그런 이유들 때문에만 한옥이 가치 있는 것은 아닙니다. 한옥에는 우리가 살아온 수천 년 역사가 고스란히 기록되어 있습니다. 한옥은 한 권의 책입니다. 나무와 흙과 돌과 바람으로 쓰인 역사책. 그 책에는 우리가 잃어버린, 혹은 잊어버린 사람살이의 수천 년 흔적들이 고스란히 기록되어 있습니다. 사람 몸에 대한 기억을 우리의 세포가 기억하고 있듯이 한옥은 사람살이에 대한 기억을 햇빛과 바람이라는 세포를 통해 기억하고 있습니다. 우리의 먹고, 자고, 일하고, 쉬고, 제사 지내고, 손님을 맞이한 기억들이 고스란히 남아 있습니다.

주말이라 다들 집에 다니러 가고 합숙소에는 나만 남아 있습니다. 아침에는 작업복과 이불 빨래를 했습니다. 그런데 아뿔싸, 세탁기에서 빨래를 꺼내 보니 옷이며 이불에 온통 하얀 가루가 묻어 있습니다. 빨래들 사이에서 일회용 화장지 비닐이 나옵니다. 주머니에서 화장지 꺼내는 것을 잊었던 것입니다. 그게 다 가루가 되어 버렸습니다. 빨래를 아니한 것만 못한 꼴이 됐습니다. 그래서 세탁기가 꼭 좋은 것만은 아닙니다. 힘들겠지만 손빨래를 했으면 이런 실수는 없었겠지요. 하지만 빨래할 개울은 더 이상 존재하지 않습니다. 하는 수 없이 세탁기에 넣고 한 번 더 돌립니다. 세탁 후에는 내내 한옥 용어 사전을 읽습니다. 처음에 전혀 못 알아먹겠던 말들을 이제는 조금 알 듯합니다. 그림까지 그려가며 개념 정리를 하니 재미도 있습니다.

창문에는 봉창이란 것이 있습니다. 자다가 봉창 두드린다는 속담은 여기서 나왔겠지요. 열고 닫을 수 없게 벽에다 붙박이로 만들어 놓은 창. 그런 창을 익히 봤지만 그게 봉창인 줄은 몰랐습니다. 열고 닫을 수도 없는 창이니 두드린들 문이 열릴까요. 본질을 모르고 엉뚱한 소리를 하는 사람에게 딱 어울리는 말이요, 창입니다. 받쳐 놓은 나무 작대기를 빼버리면 벼락처럼 닫히는 벼락닫이창도 있습니다. 눈꼽째기창은 옛날 우리 집에도 있었습니다. 문이나 창에 조그맣게 달아 문 전체를 열지 않고도 바깥 동태를 살필 수 있게 만든 창. 열 손실을 방지하기 위한 기능을 하며 눈꼽만큼 작다 해서 붙여진 이름입니다. 이런 것이 삶의 지혜지요. 초석을 놓는 데는 폼 나지 않지만 정감 있는 기초 방법도 있습니다. 덤벙기초. 산에서 주어온 돌을 다듬지 않은 채 덤벙 던져 놓고 기둥도 덤벙 그랭이질해서 덤벙 올려놓은 것일까요. 옛적 우리 시골집도 덤벙기초였습니다.

기둥 맞춤법도 가지가지입니다. 사괘맞춤, 상투걸이맞춤. 서까래를 올리기 위해 기둥 위에 올리는 목재인 도리도 납도리, 굴도리. 대들보가 튼튼해야 한다고 하지만 대들보뿐일까요. 종보, 귓보도 튼튼하면 더 좋을 것입니다. 솟을합장, 접시대공, 보아지甫見只, 이상한 연상하지 마시길. 망아지, 송아지처럼 보의 새끼란 뜻입니다.

지붕 종류도 맞배지붕, 우진각지붕, 팔작지붕, 모임지붕, 까치구멍집, 기와지붕, 초가지붕. 용마루, 내림마루, 추녀마루, 귀마루. 이건 걸터앉는 마루가 아니라 지붕에 있는 마루입니다. 마루는 꼭대기란 뜻이지요, 산마루처럼. 암기와, 숫기와, 암막새, 숫막새. 솟을대문, 사립문, 꽃담, 돌각담, 바자울, 생울, 싸리울. 그리운 것들. 우리가 잃어버린 어린 날의 고향 집에 모두 있던 것들입니다.

지금은 시골에 가도 싸리 울타리나 차나무, 탱자나무 생울타리를 찾기 어렵습니다. 다 잘라내고 시멘트 담을 쌓았습니다. 그게 발전이고 근대화라 믿던 시절의 유산이지요.

우물천장, 연등천장, 귀접이천장, 눈썹천장, 빗천장, 소경반자. 비녀장, 빗장, 돌쩌귀, 문고리, 걸쇠, 꽃살문, 머름, 우물마루, 대청, 툇마루, 쪽마루, 들마루, 누마루, 아궁이, 함실아궁이, 정지, 부뚜막, 구들장, 고래, 개자리, 굴뚝. 아, 아궁이 군불 때는 연기가 굴뚝으로 흘러나오던 내 어린 날의 저녁, 그날들은 다 어디로 갔을까요. 어째서 인간은 돌아갈 수 없는 것들이 그리도 많은 것인지. 어째서 인간은 되돌릴 수 없는 시간 안에서만 살아야 하는 것인지!

평화를
지 겨 워 하 는   자 들

"우리는 평화를 지겨워하는 자들 틈에 너무 오래 살았구나. 평화, 이 말 한마
디만 해도 저들에게는 싸움거리가 되는구나." (성서 '시편' 중에서)

봄볕이 따뜻합니다. 바른생활 공원의 분수대 물소리가 조금은 시끄럽기
도 하지만 기계음보다는 참을 만합니다. 아이들은 세발자전거를 타고,
아이들과 함께 나온 젊은 엄마, 아빠들은 햇살을 즐깁니다. 이제 봄이 아
주 온 것일까. 공원 잔디밭에도 푸른빛이 돕니다. 공원에 꽃나무 한 그루
없는 것은 아쉽습니다. 옮겨다 심은 화분의 꽃들은 싱그럽지 않습니다.
'필승 RSOI/FE (독수리연습) 기간 2006. 3. 25~3.31 (7일간) 청도읍.'
후방지역 군사 훈련기간인가. 청도읍 사무소 입구에 현수막이 걸려 있습
니다. 필승, 반드시 이긴다. 누구를 이긴다는 것일까. 이기는 것이 정말로
이기는 것일까. 같은 민족끼리 전쟁에서 이기는 것이 그렇게도 기쁘기만

한 일일까. 우울한 봄날입니다. 이 땅에서 전쟁이 난다면 대체 누가 이길 수 있는 것일까요. 누가 필승할 수 있는 것일까요. 미국의 군수산업체 말고 누가 이길 수 있다는 것일까요. 이 손바닥만한 땅에서 전쟁이 나면 누가 죽는 것일까요. 북한군뿐일까요. 북한 민중들뿐일까요. 수백, 수천 킬로를 날아다니는 폭탄들, 핵미사일들. 이 국토에서 그 불벼락 아래 안전한 자 누구일까요? 남과 북, 수십, 수백만 아니 수천만 민족이 절멸할 것이 명약관화한데 누가 이길 수 있다는 것일까요. 남과 북 어느 쪽을 막론하고, 저 반생명적인 전쟁 연습은 이제 그만 중단되어야 마땅합니다. 정의로운 전쟁이란 어디에도 존재하지 않습니다. '필요악'인 전쟁도 존재할 수 없습니다. 어떤 전쟁도 '절대 악'입니다.

우리는 이미 반세기 전에 비극적 전쟁의 참상을 겪어보지 않았던가요. 이겨도 이긴 것이 아닌 전쟁, 어느 편도 이길 수 없는 전쟁. 이 따뜻한 봄날. 청매, 홍매, 목련까지 다 피고, 이제 막 복사꽃 살구꽃 피어오르는 청도의 봄날. 이 나라의 전쟁 연습이 나를 슬프게 합니다. 아프게 합니다. 서럽게 합니다. 우리가, 이 나라 군대와 관청이 해야 할 것은 더 이상 전쟁 연습은 아닙니다. 정녕 아닙니다. 전쟁 연습이 아니라 한반도에서 전쟁이 절대로 못 일어나게 막는 연습이어야 합니다. '전쟁 방지 연습'이어야 합니다. 평화를 지키기 위한 '평화 훈련'이어야 합니다. 부끄럽게도 이 땅은 평화를 두려워하는 자들에게 너무도 오래 지배되어 왔습니다. 이제 그만 벗어날 때도 되었습니다.

떡은 난장,
술 은   오 라 이 !

전동 대패와 전동 톱으로 실습을 합니다. 손대패나 수동 톱에 비
해 말할 수 없이 편리합니다. 손 연장은 여전히 유효한 도구지만
요즈음 한옥 짓는 현장에서는 전동 공구가 필수지요. 일의 능률 때문입니
다. 하지만 기계란 이중적이지요. 그래서 나는 기계를 온전히 믿지 않습
니다. 편리할수록, 속도가 빠를수록, 효율성이 높아질수록 그 위험 또한
증대합니다. 손대패와 수동 톱을 사용하면 사고가 날 확률이 적을 뿐 아
니라 사고가 나더라도 살짝 베거나 찢기는 정도에 불과합니다. 하지만 전
동 대패와 전동 톱을 사용하다 사고가 나면 손발이 잘릴 수도 있습니다.
전동 공구뿐이겠습니까. 우리 주변의 모든 물건이 다 그렇습니다.
사고의 위험성은 자동화와 편리함에 비례합니다. 자동차와 비행기 또한
그렇지 않은가요. 자동차 사고로 한두 사람의 사상자가 발생한다면 비행
기는 수백 명이 몰살합니다. 전동 대패로 나무를 깎다가 대팻날을 갑니

다. 종일 작업하려면 몇 번씩은 날을 갈아 주어야 합니다. 숫돌에 패인 곳이 있군요. 날을 갈기 전에 먼저 숫돌부터 갈아야겠습니다. 사포에 숫돌을 갑니다. 숫돌의 평면이 잡혀야 대팻날이 고르게 갈아질 수 있습니다. 날이 고르지 못하면 목재 또한 고르게 깎이지 않습니다. 숫돌에 대팻날을 갈고 끌을 가는 일이 수도하는 일과 다름이 없습니다. 스피노자가 평생 렌즈를 갈았던 일이 그러했을 것입니다. 마음을 가는 일, 마음의 숫돌은 어디에다 수평을 잡아야 하는 걸까요.

저녁에는 다른 숙소에 사는 몇 사람이 찾아왔습니다. 다양한 삶의 이력을 지닌 사람들과 나누는 대화는 즐겁습니다. 오늘의 주인공은 단연 Y씨입니다. 직접 보지는 못했지만 몸에 용문신이 화려하다고 들었습니다. 살아온 내력을 짐작하고도 남겠습니다. 오십 줄을 넘어선 지 한참 지났지만 보기에도 단단하고 야무진 체격입니다. 그런데 이런 분이 술은 입에도 못 댑니다.

"그게 말이여, 다 우리 아부지 땜이여. 아부지 술 때문에 아주 질려 부러서 우리 형제간 아무도 술을 못해. 어느 정도였냐면, 울 아부지가 기차를 타고 장사를 다니셨는디, 돌아와서 부엌에 홍어가 안 걸려 있으면 아주 난리가 나부러. 아부지가 '내가 말이여 홍어에 술 한 잔 마시는 재미로 장사를 댕기는디 홍어가 없어', 이러시면서 집안을 아주 쑥대밭으로 만들어 버리셨거등. 부엌에 집채만한 홍어가 걸려 있으면 그걸 칼로 쭉쭉 찢어서 그냥 술하고 잡숴. 술도 시간이 없어. 밤 열두 시가 넘어도 사오라면 주전자 들고 주조장으로 달려가서 막걸리를 사와야 혀. 그게 맨날이여.

그러니 술이 안 질려. 내 욱으로 누나가 둘이 있었는디 시집가기 전에 누나들을 앉혀 놓고 아부지가 교육을 시켜. '느그들 말이여 친정 올 때, 떡은 난장이고 술은 오라이다잉' 시집 가서 친정 올 때 이바지로 떡 같은 거 해올 생각 말고, 술이나 받아 오라는 소리였지."

떡은 난장이요, 술은 오라이. 그건 나도 그렇습니다.

웰빙은
독 이 다

작업할 통나무들을 옮깁니다. 근처에 낙대폭포가 있어서 낮 시간, 한옥학교 가는 길목은 온통 운동 나온 청도 읍내 주부들 천국입니다. 둘씩, 셋씩 짝을 지어 자외선 차단 마스크까지 쓰고 부지런히도 걷습니다. 함께 통나무를 나르던 이 형이 한마디 합니다.

"저 여자들, 남편 출근 시키고, 애들 학교 보내고, 아침 연속극까지 보고 나오는 길일 거라요. 그래도 저 여자들은 나은 편이라요. 남편이랑 애들 보내고 연속극 보다 뒤비 자는 여자들도 쎄꺼든."

물론 모든 여자들이 다 그렇지는 않을 것입니다. 남편과 아이들 밥해 먹이고, 출근 시키고, 학교 보내고, 자신도 출근해서 종일 일하다 들어와 다시 식구들 치다꺼리하느라 잠깐의 휴식도 얻지 못하고 사는 여자들이 더 많지 않을까요. 저 여자들은 대개 남편이 제법 돈깨나 벌어오는 집 주부들일 것입니다. 언덕을 뒤로 걷는 여자들을 보며 이 형이 한마디 더 거듭니다.

"실컷들 처먹고, 살 빼느라고 생똥을 싸고. 저래 하면 머해요. 땀 빼고 찜질방 가서 놀다가 또 맛있는 것 찾아다닐 긴데."

그게 어디 여자들만의 일이겠습니까. 남자들도 다르지 않지요. 기름진 음식, 맛난 것 전국 방방곡곡 찾아다니며 실컷 먹고, 돈 들여 운동해서 살 빼기 위해 안간힘을 씁니다.

4월 중순부터 청도는 온통 무릉도원입니다. 작업하는 주변으로도 복숭아꽃, 자두꽃, 배꽃 천지입니다. 폭포까지 다녀온 여자들인가. 복숭아 밭에 쪼그리고 앉아 봄나물을 뜯고 있습니다. 어, 저러면 안 되는데. 이 형이 한마디 합니다.

"아주머니들, 그거 뜯지 마세요."

"아니 왜요."

"엊그제 거기 농약 잔뜩 쳤거든요."

"우린 농약 치는 거 못 봤는데요."

"원래 배 밭이나 복숭아 밭에서는 나물 뜯는 것 아녜요."

여자들은 농약을 쳤으니 먹지 말라는 우리의 충고를 무시하고 계속 쑥을 뜯습니다. 쑥이 몸에 좋다니까 농약쯤은 괜찮다는 것인가. 견물생심. 하긴 농약이야 보이지 않지만, 나물이야 보이는 거니까. 그것이 농약을 먹고 자랐든 말았든 알 바 없고 들에서, 자연에서 뜯어먹는 것은 무조건 몸에 좋다고 생각하는 걸까. 아닌 듯합니다. 큰 마대 자루를 가져온 것을 보니 저건 쑥국이나 끓이고, 쑥떡이나 해먹자는 것이 아닙니다. 부업으로 뜯는 것 같습니다. 자기들이 먹는 것이 아니니 농약 범벅이든 말든 상관 없다는 것인가. 저게 다 웰빙 탓이겠지. 웰빙의 유행이 시작된 지 한참 지났지만 여전히 웰빙 바람은 사그라들 줄 모릅니다.

웰빙, 우리말로 풀이하면 참살이쯤 될 테지요. 시장경제 하에서는 아무리 좋은 먹거리도 상품이 되는 순간 독이 됩니다. 웰빙 식품, 웰빙 먹거리가 유행이지만 참 가소로운 일입니다. 저 농약 먹은 쑥뿐일까요. 늙은 호박이 유행인 적이 있었습니다. 의사나 한의사가 TV에 나와 한마디 하면 바로 보약이 됩니다. 늙은 호박이 값이 나가자 도시 근교 농가에서는 그해에 모두들 호박을 심었습니다. 쑥쑥 크게 하기 위해 인분만큼 좋은 거름이 없습니다. 요즘 농촌이라고 어디, 푸세식 변소가 흔한가요. 죄다 수세식이지. 도시에서 똥차를 불러 구덩이를 파고 묻은 다음 삭혔다가 씨앗을 심었습니다. 호박은 예년보다 두 배 세 배 커졌습니다. 도시에서 가져온 오염된 똥을 호박으로 만들어 다시 도시로 보낸 것입니다. 그뿐이겠습니까. 장마철이 지나고 늦게 달리는 호박은 커지기는 해도 노래지지는 않습니다. 그러면 상품 가치가 떨어집니다. 그때 농약을 듬뿍 쳐주면 아주 노랗게 잘 익어 줍니다.

뭍에서 나는 식품만 그럴까요. 바다의 해초는 또 어떤가요. 도시 사람들이 한때 다른 해초가 전혀 섞이지 않은 매끈한 김만을 선호했습니다. 그러자 잡 해초를 제거하기 위해 어민들이 염산을 사용했습니다. 밭에서 잡초를 없애기 위해 농약을 쓰는 것과 같지요. 염산 김에 대한 소문이 퍼지자 도시 주민들이 매끈한 김을 피했습니다. 파래 같은 해초가 든 김이 건강한 먹거리로 각광받기 시작했지요. 그러자 순식간에 파래김이 쏟아져 나와 검은 김보다 높은 가격에 팔렸습니다. 그래서 그 김이 염산을 안 한 웰빙, 친환경 김이냐고요? 천만의 말씀이지요. 어민들이 바본가요.

양식어민들은 김 따로, 파래 따로 재배합니다. 여전히 숲 속이나 폐가 등에 숨겨둔 염산을 듬뿍 칩니다. 그러고 나서 김을 만들 때 둘을 섞어서 뜹니다. 그러면 빛깔 좋고 아주 먹음직스런 파래김이 나옵니다. 그 염산 뿌린 파래김을 도시인들은 웰빙 식품으로 잘도 먹습니다. 자본주의 사회에 사는 한 진정한 웰빙은 없습니다. 물론 자기 손으로 직접 해 먹을 수 있다면 가능하기도 하겠지요. 그런데 말입니다. 설령 내 몸에 좋은 음식 찾아 먹고, 나 혼자만 쾌적한 환경에서 건강하게 사는 것이 가능하다 하더라도 그것이 진정한 웰빙일까요. 참살이일까요?

이별

나는 결코 초월 같은 것은 할 수 없을 것입니다. 덧없음을 알면서도 슬픔을 주체할 수가 없습니다. 수많은 이별을 경험했지만 이별은 여전히 감당하기 어려운 고통입니다. 그것이 사람이든, 동물이든, 사물이든, 정든 존재들과 헤어짐은 서럽습니다. 자꾸 눈물이 납니다. 언젠가는 내 삶과도 작별해야 하는 순간이 올 테지요. 그때도 나는 도인처럼 초연할 수 없을 겁니다. 슬픔에 떨며 울 것입니다. 죽음이 원통해서가 아니라 삶과의 작별이 서러워서 목울음 삼킬 것입니다.

결국 오늘 강아지 청도를 떠나보내기로 했습니다. 청도 읍내 목사님 한분이 맡아 키워주기로 했습니다. 주인에게 버림받았던 기억 때문이었을까, 묶어놨다가 간혹 풀어주기라도 하면 내 뒤만 졸졸 따라 다니고 내 곁을 떠나지 않았습니다. 나는 녀석이 아주 떠나는 모습을 보지 않을 생각입니다. 그 선한 눈망울이 오래 잊히지 않을 듯합니다. 녀석과의 인연은 겨우

두 달에 불과하지만 헤어짐의 고통은 그 이상입니다. 나와 한옥학교 교장 선생님의 보살핌으로 그 사이 청도의 피부병은 씻은 듯이 나았습니다. 상처가 아물자 새 털이 나고 청도도 활기를 되찾았습니다. 그리고 이별입니다. 삶이란 정들었던 것들과 끊임없이 이별해가는 과정입니다. 언제까지 돌봐 줄 처지가 아니니 이쯤에서 보내 주는 것이 옳겠지요. 하지만 어쩌겠습니까. 옳은 일도 때로는 슬픔 투성인 것을. 그동안 청도가 나를 의지한 것이 아니라 내가 청도를 의지했던 것일까요. 청도의 상처를 치유해 주면서 실상은 내가 치유받고 있었던 것은 아닐까요.

옻막걸리

종일 비가 내립니다. 오늘 저녁은 우리 숙소 사람들이 청도읍내 보리밥집에서 저녁을 먹기로 했습니다. 대개는 숙소에서 밥을 해먹지만 이런 날은 비와 바람이 보리밥집으로 등을 떠밉니다. 내가 보리밥집을 자주 찾는 이유는 보리밥 때문이 아닙니다. 나는 보리밥을 좋아하지 않습니다. 어린 날 끼니마다 먹었던 기억 때문인 듯합니다. 보리밥집으로 가는 것은 순전히 옻막걸리 때문입니다.

청도의 명물은 여럿이지만 나는 단연코 옻막걸리를 가장 윗길로 칩니다. 보리밥집에서는 옻 진액을 달인 물로 막걸리를 직접 만듭니다. 청도에는 아직도 식당에서 직접 막걸리를 빚는 집들이 여러 곳입니다. 무엇보다 직접 빚은 막걸리들은 달지 않아서 좋습니다. 그 쌉싸름하고 칼칼한 탁배기의 맛이란 달리 표현할 길이 없습니다. 본디 내가 옻을 잘 타는 체질은 아니지만 왠지 옻을 넣은 음식들은 꺼렸습니다. 옻닭이나 옻오리 따위도 먹지 않았습니다. 아마도 보양식을 즐겨하지 않는 습성 때문이었을 겁니다. 그런데 옻막걸리를 처음 발견한 순간 나는 주저 없이 마셨습니다. 직접 손으로 빚은 막걸리에 대한 유혹을 참을 수 없었기 때문입니다. 몇 되를 마셨으나 다행히 옻이 오르지 않았습니다. 옻이 위장에 좋다는 것을 직접 확인시켜 준 것도 옻막걸리였습니다. 옻막걸리를 마시고 난 뒤 나는 숙취나 속쓰림으로 고생해본 적이 단 한 차례도 없었습니다. 오히려 다른 술을 먹고 난 다음날 옻막걸리를 마시면 속이 편안해지기까지 했습니다. 옻막걸리는 드디어 내가 모시는 많은 주신들 중 가장 윗자리에 올랐습니다. 그토록 치유 능력이 뛰어난 주신을 내가 어찌 진심으로 신앙하지 않을 수 있겠습니까!

옻은 주로 옻칠 공예나 산업용 도료로 사용되고 한방이나 민간에서는 약재로 사용되고 있습니다. 그러나 약효만이 아니라 독성을 함유하고 있어서 상당히 조심스럽게 사용됩니다. 세계적으로 옻나무는 70속 600여 종이 있지만 옻 진액을 사용할 수 있는 옻나무는 많지 않습니다. 이땅에는 옻나무와 개옻나무, 덩굴 옻나무, 붉나무, 검양 옻나무, 산검양 옻나무 등 6종의 옻나무가 자생한다 합니다. 한방에서는 주로 구충, 복통, 변비, 어혈, 월경통과 여성의 생리 불순 치료제로 쓰입니다. 《동의보감》이나 《본초강목》에도 옻의 약효가 기록으로 전합니다. 최근에는 옻칠액의 주성분이며 옻 알레르기를 유발하는 옻산이 강한 항암 효과와 항산화, 항균, 숙취 해소, 위염 억제 효과가 있다고 밝혀졌습니다. 술병이 났을 때 내가 옻막걸리로 치유 효과를 본 것이 우연이 아니었던 것입니다.

늦은 나이에 목수가 되겠다고 한옥학교에 온 사람들, 어느 누구 하나 기막힌 사연 없는 사람은 없습니다. 개중에는 환갑을 바라보는 이도 있습니다. 그래도 술자리는 무겁지 않습니다. 다들 한세월 건너 온 사람들이 아니던가요. 하지만 삶에 단련될 때로 단련된 이들도 때때로 상처 받습니다. 상처는 늘 가까운 사람으로부터 옵니다. 상처를 주는 이들은 대개 목수가 되기 위해 온 사람이 아닙니다. 건축업을 하면서 한옥을 이용할 방법이 없을까 해서 찾아오는 이들입니다. 그들은 한옥학교 합숙소에 들지 않고 읍내에 모텔을 얻어 생활합니다. 서로들 이 사장, 김 사장하며 거들먹거리며 다닙니다.

같은 동기들이지만 목수로 일할 사람들 대부분은 나중에 이들과 사업주와 임노동자로 만날 가능성이 큽니다. 오늘도 우리 숙소 동기 한 분이 그중 한 사람에게 상처를 입었습니다. 우리는 옻막걸리를 마시며 위로합니다. 어쩌면 다들 스스로를 위로하는 자리일 것입니다. 그 '사장'은 입학 초기, 나에게도 모욕을 준 적이 있습니다. 얼마든지 뒤를 봐 줄 테니 자신의 '머슴' 노릇을 해달라고 제안하더군요. 내가 학비마저 낼 형편이 못 되어 근로 장학생으로 화장실 청소를 하는 것이 불쌍해 보였던 탓일 것입니다.

우리는 너나없이 목숨이 소중하다는 것을 잘 압니다. 누구의 목숨도 가볍다고 말하는 사람은 없습니다. 그럼에도 사람은 때때로 남의 삶을 하찮게 여깁니다. 어째서 그런가. 그것은 우리가 자주 목숨과 삶을 분리해서 사고하는 경향이 있기 때문입니다. 삶이란 무엇일까. 하루하루 목숨 이어가는 일이 아니던가요. 어떠한 삶도 목숨 이어주는 삶이 아닌 삶이란 없습니다. 삶이 끝나면 목숨도 끝입니다. 삶의 무게란 목숨의 무게인 것입니다. 목숨과 삶이 둘이 아님을 알게 된다면 누가 감히 타자의 삶을 하찮게 여길 수 있겠습니까?

그러나 불행하게도 우리는 삶이 목숨을 이어주는 끈이라는 사실을 잘 알게 된 후에도 자주 삶을 하찮게 여깁니다. 아는 것과 깨닫는 것은 다르기 때문이지요. 깨달음이란 지식의 축적만으로 이루어지는 것이 아닙니다. 예수나 부처, 노자 등 인류의 큰 스승들은 대개 지금으로부터 2000년도 전의 세상을 살다 간 분들입니다. 2000년이 지난 지금, 지식의 절대량은 그때보다 수만 배 많아졌습니다. 그들은 지금 우리가 아는 지식의 만분의 일도 알지 못했을 것입니다. 그러나 그들은 여전히 우리의 스승이 아닌가요.

깨달으면 부처고 깨닫지 못하면 중생이라 했던가. 오늘 상처 받은 우리도 어제까지 얼마나 많은 상처를 주고 살았던가. 깨달음이란 무엇일까.

옻막걸리에 취해도 우리는 여전히 중생입니다. 그치는가 싶던 비가 다시 거세게 쏟아집니다. 그래도 옻막걸리는 속을 따뜻하게 데워 줍니다. 중생의 삶이 다시 한번 따뜻해져 옵니다.

청도역
풍 경

청도에서 두 달, 가버린 모든 시간은 화살과 같습니다. 남은 두 달은 더 빠르게 지나갈 것입니다. 흘러가는 모든 것들에는 가속도가 붙습니다. 꽃 시절은 짧습니다. 꽃이 피는가 싶더니 어느새 꽃이 지고 바람이 붑니다. 봄이 왔는가 했더니 봄은 간 곳이 없습니다. 삶은 늘 의문으로 가득합니다. 하나의 문제가 풀렸다 싶으면 또 다른 문제가 주어집니다. 문제의 매듭은 새로운 문제의 시작일 뿐. 청도역 대합실에서 서울행 기차를 기다립니다. 청도에서 한옥학교 다음으로 익숙한 장소가 청도역입니다. 버스터미널들의 어수선함이 철도역에는 없습니다. 이별의 장소인데도 역은 단정하고 평온함을 줍니다. 궤도를 벗어나지 않는 레일이 주는 안정감 때문일까요.

모든 욕망은 이중적입니다. 궤도 없는 길을 갈망하는 유랑자가 궤도의 길에서 평온을 얻습니다. 오늘도 매표창구에는 남자 역무원과 여자 역무원

두 사람이 앉아 있습니다. 2교대인가. 나란히 앉은 남녀 역무원의 얼굴이 하루 걸러 바뀝니다. 오늘 근무 중인 남자 역무원을 보면 괜히 웃음부터 나옵니다. 그는 옆 자리의 여자 역무원과 이야기하며 가볍게 웃고 있습니다. 그가 웃는 모습을 처음 봅니다. 그의 오른쪽 눈 밑은 아이섀도를 바른 것처럼 검습니다. 상처가 꽤 오래 가는구나. 눈 두덩이의 멍 자국은 아주 빠진 듯한데 눈 밑의 상처는 깊었던가 봅니다. 벌써 보름쯤은 됐을까. 나는 그가 상처 난 얼굴로 넋을 놓은 채 매표창구에 앉아 있던 모습을 잊을 수 없습니다. 어디에서 다친 것이었을까. 전날 술이 과했던 것일까. 그는 고통을 참으며 매표창구에 앉아 있는 표정이 역력했습니다.

어느 역사처럼, 청도역 대합실에도 매일 출근하는 젊은 사내가 하나 있습니다. 오늘도 대합실 의자에 기대앉아 텔레비전을 보고 있습니다. 대합실 텔레비전의 채널 선택권은 그에게 있습니다. 승객들이 한참 재미있게 보고 있어도 그는 주저 없이 채널을 돌려 버립니다. 그렇다고 그를 타박하는 승객은 없습니다. 승객들은 어차피 떠날 것이고 끝내는 그만 남겨질 것이므로. 거의 씻지 않고 사는지 그 사내 옆에 앉으면 냄새가 지독합니다. 노숙자는 아닌 듯하지만 노숙의 그림자도 얼핏 보입니다. 가끔씩 역무원이 들어와 사내를 내쫓기도 하는데 그때는 순순히 나갑니다. 그리고 소리 없이 다시 돌아와 대합실 주인의 위치를 회복합니다. 역무원도 그를 심하게 구박하는 것 같지는 않습니다.

오늘은 청소하는 노인이 보이지 않습니다. 쉬는 날일까. 언제나처럼 역에는 열차를 기다리는 사람들이 제법 많습니다. 고속열차는 아예 서지 않

고, 새마을호도 거의 들르지 않는 작은 역이지만 여객들이 많은 것은 청
도에 고속버스가 다니지 않기 때문일 것입니다. 청도 버스터미널은 아주
오래된 모습 그대로 낡아갑니다. 시외버스도 드물고, 거의가 군내 버스
뿐입니다. 아, 저기 있었구나. 일흔쯤 돼 보이는 청소부 노인이 파란 플라
스틱 쓰레기통을 들고 계단을 오릅니다. 나는 그가 웃는 것을 단 한 차례
도 본 적이 없습니다. 노인은 늘 찡그린 얼굴로 유리창을 닦거나 바닥에
붙은 껌을 떼어냅니다. 건강이 나쁜 탓일 수도 있겠지요. 노인은 플랫폼
쓰레기통 속의 쓰레기를 꺼내, 들고 온 큰 쓰레기통에 옮겨 담습니다.
청도역 주차장 쪽으로는 차단막이 없습니다. 계단을 올라 개찰구를 통과
하기 싫으면 철길을 무단횡단해 빠져나가기 좋은 구조입니다. 무임승차
후 도주하기도 좋겠지요. 서울행 무궁화호 열차가 들어옵니다. 열차는
온 곳이 있고 갈 곳이 있으나, 나는, 우리는 온 곳을 모르고 갈 곳을 모릅
니다. 존재의 슬픔이 밀려옵니다. 생겨났으니 끝내는 소멸할 수밖에 없
는 존재의 숙명. 무상을 알면 슬플 것도 없고 기쁠 것도 없다고 했던가. 하
지만 존재의 덧없음을 모르기에 슬픈 것이 아닙니다. 존재의 소멸이 슬픈
것이 아닙니다. 덧없음을 알고서도 도무지 어찌해볼 도리가 없는 존재가
슬픈 것이지요. 어디서 와서 어디로 가는지도 모르고 가게 될 존재의 운
명이 슬픈 것이지요.

·

빙벌지가(氷伐之家)

청도군의 소재지는 청도읍이 아닙니다. 화양읍입니다. 청도군 화
양읍 범곡리 133번지에 청도군청이 있습니다. 청도군청 부근을
경계로 청도읍과 화양읍이 맞닿아 있지요. 경계란 단절인 동시에 연결이
기도 한 이중의 공간입니다. 그래서 언제나 경계지점에는 긴장감이 흐릅
니다. 청도 남산 계곡에서 내려오는 물길이 신구 도심인 두 공간을 가릅
니다. 화양읍은 옛부터 청도의 관청이 있던 곳이고 청도읍은 경부선 철도
가 들어서면서 새로 생긴 마을입니다. 화양읍에 주로 청도의 옛 유물들이
흩어져 있습니다. 그 중심에 도주관道州官이 있습니다. '도주'는 청도의
옛 이름입니다. 고려 현종 때인 1012년부터 1018년까지 한동안 경주 도
호부 산하 도주라 불린 데서 유래합니다.

불과 6년 남짓 사용된 이름임에도 불구하고 청도의 또 다른 이름으로 도
주를 칭하는 것은 무슨 까닭일까요. 청도인들이 김사미의 민란1193년에

묵인하고 동조했다는 이유로 한때 청도는 경주군에 속한 부곡으로 격하된 적도 있지만 이를 아는 청도 사람은 드뭅니다. 도주란 이름이 기억되는 것은 자긍심과 관련이 있어 보입니다. 도주는 청도란 이름과 함께 이 지역에서 격이 가장 높은 행정 단위였을 때의 이름입니다. 사람이 그렇듯이 역사의 기억 또한 편파적입니다. 사람들은 대체로 자신에게 유리한 일만을 기억하는 경향이 있습니다. 개인만이 아니라 집단의 기억도 다르지 않습니다.

도주관은 조선시대 청도군의 객사였습니다. 객사란 고려, 조선시대 각 고을마다 두었던 왕명을 받은 관리들의 여관 격입니다. 관사나 객관이라고도 하지요. 조선시대에는 객사의 형태가 표준화되었으며 전국에 360여 개의 객사가 설치되어 있었습니다. 현재는 전국에 10여 곳만이 남아 있습니다. 하지만 객사는 단순한 숙소가 아니었습니다. 지방 관청 중에서 가장 격이 높은 건물이었지요. 왕의 전패를 모신 공간이었기 때문입니다. 지방관으로 부임하는 관리들은 가장 먼저 객사를 찾아 예를 올려야 했습니다.

일반적으로 객사는 중앙에 정청을 두고 좌우에 날개집인 동익사東翼舍와 서익사西翼舍를 두었으며 누각이 딸려 있습니다. 중앙의 정청에는 왕의 전패를 모셔두고 수령이 초하루와 보름에 대궐을 향해 망궐례를 올렸습니다. 대궐의 왕 또한 망궐례를 올렸는데 왕은 중국의 황제가 있는 궁궐을 향해 예를 올렸습니다. 정청의 좌우 건물을 낮춰 지은 것은 정청을 높이기 위한 것이었습니다. 객사 앞에는 홍살문을 두었습니다. 신성한 지역임을 알리는 표시였지요.

지금의 도주관 건물은 조선 헌종 때인 1670년 건립됐으며 정청과 동익사만 남았던 것을 최근에 서익사를 복원했습니다. 도주관은 일제 강점기에는 청도면 사무소로 사용되기도 했습니다. 객사 마당에는 대원군이 세운 척화비가 남아 있습니다. 병인양요1866년와 신미양요1871년를 겪은 뒤 대원군의 명에 의해 전국의 주요 도로 변에 세워진 많은 척화비들 중 하나입니다. 척화비에는 "서양 오랑캐가 침입하는데 싸우지 않으면 화해하는 것이고 화해를 주장하면 나라를 파는 것이다. 이를 자손만대에 경고하노라."라는 경고문이 새겨져 있습니다.

적과 싸우기 위해 개량된 무기를 만들기보다 비석을 세운 것은 대원군이 그다지 유능한 전략가가 아니었음을 보여주는 증표입니다. 실상 대원군에게 중요한 가치는 백성의 안위가 아니었을 겁니다. 부자간에도 나눠 가질 수 없는 권력의 안위. 척화 이데올로기를 권력 유지의 수단으로 삼은 대원군의 모습은 반공 이데올로기를 독재 권력 유지의 수단으로 삼았던 이승만, 박정희, 전두환 등 독재 권력의 행태와 너무도 흡사합니다. 권력의 생리는 시대를 초월합니다.

화양 읍내에는 도주관 외에도 화양 초등학교 운동장 한쪽에 청도 동헌 건물이 남아 있습니다. 조선 시대 청도군 관아 건물이었던 동헌은 한때 도주 학원과 초등학교 교실로 사용되기도 했습니다. 청도 석빙고보물323호 또한 도주관에서 멀지 않은 거리에 위치해 있습니다. 청도에는 신라 때부터 빙고가 있었던 것으로 전해집니다. 청도의 역사를 기록한 현존하는 가장 오래된 청도읍지는 이중경1599~1678의 《오산지鰲山誌》입니다. 오산지에는 빙고가 본래 청도 읍성 북문 밖에 있었다고 기록되어 있습니다. 토굴로 만들어 협소하고 허물어져 쓸 수 없게 되자 조선 숙종 39년1713년, 현재의 석빙고 자리에 다시 축조했다 합니다. 빙고는 석빙고 외에도 토빙고, 목빙고 등이 있으며 주로 겨울철에 자연 얼음을 저장했다가 봄여름에 사용하도록 만든 얼음 저장고입니다. 그런 까닭에 얼음 채취가 용이한 하천 가까운 곳에 위치하지요.

현재까지 남아 있는 석빙고 가운데 가장 규모가 큰 것은 경주 석빙고보물66호입니다. 청도 석빙고는 경주 석빙고 다음으로 큰 규모이며 전국에 보존되고 있는 6기의 석빙고 중 가장 오래된 것입니다. 계단을 통해 아래로 내려갈 수 있게 돼 있습니다. 석빙고 윗부분은 반원형인 홍예를 틀어올리고 잡석으로 벽을 쌓았습니다. 원래는 홍예 위를 두터운 흙으로 다져 보온을 했으나 지금은 골격만 남아 있습니다.

이 땅에서 얼음 저장의 역사는 3세기, 신라 지증왕 때의 기록으로부터 시작되지만 그보다 앞선 시기부터 얼음을 저장해 사용했을 것으로 추정합니다. 대규모 석빙고나 빙고들은 대부분 국가에서 만들어 관리했고, 얼음 또한 왕실이나 관청과 귀족들의 전유물이었습니다. 간혹 대단한 권세를 누린 세도가에서는 직접 얼음 창고를 만들어 쓰기도 했습니다. '강이나 호수에서 얼음을 떼어내는 집안'을 이르는 빙벌지가氷伐之家란 말은 거기서 유래한 것입니다. 하지만 빙고의 관리 유지에는 워낙 많은 비용과 수고가 뒤따르는 까닭에 그런 사설 빙고는 극히 일부에 지나지 않았다 합니다.

석빙고로 가는 길목에 청도 읍성의 흔적인 긴 돌담의 일부가 남아 있습니다. 청도 읍성은 고려 때부터 존재했습니다. 그 당시 성은 돌과 흙을 혼합해서 쌓은 토성이었으며 성 안에는 관아와 객관, 유향소, 군기고 등의 건물과 청덕루, 죽서루 등의 누정이 있었다고 합니다. 현재 읍성의 돌담은 조선 선조 때 청도 군수 이은휘의 지휘로 만들어진 석성의 흔적입니다. 당시 조선정부는 왜란에 대비하기 위해 동래에서 서울로 향하는 주요 도로변의 성곽을 정비했으며 청도 읍성의 수축도 그 일환이었습니다. 읍성은 둘레 1.88km, 높이 1.65m였으며 동, 서, 북 세 개의 문이 있었다는데 임진왜란 때 모두 불타 버리고 석축의 일부만 남았습니다.

전쟁의 흔적은 참담합니다. 오랜 옛날의 전쟁도 이 땅의 모든 곳을 폐허로 만들기에 부족함이 없었습니다. 그럼에도 아직까지 이 나라에는 틈만 나면 전쟁을 부추기는 세력이 있습니다. 그들은 천추에도 씻을 수 없는 죄인입니다. 어떠한 전쟁도 이 땅을, 이 나라 사람들을 흔적도 없이 날려 버릴 것이 자명한 까닭입니다.

운문사,
반 야 용 선 의 포 구

경북 청도, 운문사의 밤은 짧았습니다. 도량석 소리에 잠이 깼습니다. 새벽 세 시도 못 됐을 것입니다. 꿈결인 듯 들려오는 목탁 소리. 사람도, 나무도, 풀도, 길짐승도, 날짐승도, 풀벌레도 일어나라, 일어나라, 어서 일어나 부처님께 새벽 예불 드리러 가자. 놀라지 말고 서서히 잠 깨어라. 목탁 소리가 가까워졌다 멀어집니다. 커졌다 작아지고, 다시 서서히 커지는 목탁 소리. 깨어나라, 깨어나라, 미혹에서 깨어나라. 나는 눈도 못 뜨고 귀만 깨어 목탁 소리를 듣습니다. 소리가 점점 아득해져 갑니다. 끝끝내 미혹에서 깨어나지 못한 중생은 도량석 소리를 자장가 삼아 더 깊은 잠 속으로 빠져듭니다.

호거산 이목소 계곡 바로 옆 요사채, 계향실에서의 잠은 달기만 합니다. 소용돌이치는 용소. 깊이를 알 수 없던 이목소가 바닥을 드러낸 것은 계곡의 제방 공사가 끝난 뒤부터였다 합니다. 지금은 무서운 소가 아니라 계곡의 작은 물웅덩이에 지나지 않습니다. 아쉬움 때문이었을까. 더 이상 용이 사는 소는 없으나 사람들이 이름까지 버리지는 못했습니다. 신라 말 보양선사의 운문사 중건을 도운 용왕의 아들, 이목은 어디로 떠나가 버린 것일까. 용들이 살 수 없는 세계는 더 이상 신비롭지 않습니다.

애초부터 용 따위는 없었는지도 모릅니다. 《삼국유사》에는 보양선사와 이목의 전설이 채록되어 있습니다. 보양선사가 중국에서 불법을 수학하고 신라로 돌아갈 때 서해 용왕이 그를 궁중으로 맞이했습니다. 용왕은 불경을 염송하고 금라가사 한 벌을 보시한 뒤 그의 아들 이목으로 하여금 선사를 따라가 시봉하게 했다지요. 그렇게 이목은 보양선사를 모시고 운문사 계곡 못에 살며 보양선사의 일을 도왔습니다. 그러던 어느 해에 큰 가뭄이 들어 모든 밭의 작물들이 말라죽어 갔습니다. 보양선사가 이목에게 부탁하여 비를 내리게 했습니다. 그렇게 가뭄이 극복됐습니다. 얼마 후 하늘의 사자가 뜰 앞에 와서 선사에게 하늘의 법도를 어긴 이목을 내놓으라 요구했다지요. 보양선사가 뜰 앞의 배나무梨木를 지목하자 사자는 그 나무에 벼락을 치고 하늘로 돌아갔습니다. 참 어수룩한 사자였던가 봅니다.

전설은 상징과 은유로 가득한 암호문입니다. 대체로 용은 왕이나 세력가를 상징합니다. 신라 말 혼란기에 서해의 용은 지방 호족이었을 겁니다. 청도 주구산성에서 보양선사가 고려 태조 왕건을 도와 저항세력을 토벌하도록 계책을 일러주었다는 전설이 전해지는 것도 같은 맥락입니다. 보양선사가 구체제에 반대하는 신흥 세력들, 호족들과 연관이 있었을 가능성이 큰 것이지요.

지방 호족의 아들 이목은 보양선사를 따라와 운문사 근처에 살면서 선사를 도왔을 것입니다. 가뭄이 들자 이목은 운문천의 상류를 막아 물을 가두었고 그 물로 운문사 일대의 농사를 살렸을 것입니다. 이에 물길이 끊긴 운문천 하류에 사는 사람들이 관청에 고발해 관리가 이목을 잡으러 왔으나 보양선사의 기지로 위기를 모면했을 것입니다. 전설이라 해서 허무맹랑한 것만은 아닙니다. 전설이나 설화의 서사 행간에는 현실 삶의 기록이 숨어 있습니다. 이목의 전설도 당시의 현실을 반영한 것이겠지요.

창이 밝아 눈을 뜹니다. 나를 깨우는 것은 늘 소리가 아니라 빛입니다. 시간을 알 수가 없습니다. 주머니를 뒤져도 시계가 보이지 않습니다. 시계를 잃어버린 것일까. 실상사 연관스님에게 얻어 찬 손목시계를 한동안 잘 지니고 다녔습니다. 여섯 시의 아침 공양은 끝났을 것입니다. 운문사의 식단은 정갈합니다. 운문승가대학 사집반 2학년 학인 스님들이 직접 농사지은 국거리로 국을 끓이고, 배추와 무로 김치 담고, 온갖 채소로 반찬을 만듭니다.

학인 스님들이 가마솥에 밥을 짓습니다. 여느 절집처럼 마늘과 파·부추·달래·흥거 등의 오신채와 화학조미료를 쓰지 않는 운문사의 음식은 언제 먹어도 감칠맛이 납니다. 그 천연의 정갈함이 뱃속을 편안히 다스려줍니다. 자주 구름문에 들었으나 내가 운문사에서 아침 공양 시간을 맞춘 것은 딱 한 번뿐이었습니다. 운문사의 밥이 절밥 중에서도 상등으로 맛나지만 오전불식의 게으른 유랑자는 밥 시간 놓친 것이 아쉽지 않습니다.

지금의 운문사는 비구니 절입니다. 운문사에서 개설한 운문승가대학에서는 260여 명의 학인 비구니스님들이 공부 중입니다. 가람은 청도군 운문면 신원리 호거산 자락에 위치해 있습니다. 운문사 뒷산에는 호거대라는 바위가 있는데 거기서 산의 이름이 유래됐습니다. 일반적으로 산밑에 자리한 절들은 산을 등지고 건물을 앉히는데 운문사는 반대로 산을 마주보고 건물들이 자리해 있습니다. 풍수지리에 따라 호거산을 등졌을 때 생길 수 있는 재앙을 피하기 위해 건물을 돌아 앉혔다고 전해집니다. 풍수지리설이야 어떻든 가파른 절벽을 보는 것보다는 푸른 숲을 보는 것이 마음 맑히는 데 도움이 되지 않을까 싶기도 합니다.

운문사 주변에는 호거대뿐만 아니라 호랑이 관련 지명이나 전설이 많습니다. 운문면 순지리 범골에 전해지는 호랑이를 사랑한 처녀 이야기도 그중 하나입니다. 호랑이와 관련된 전설과 지명들이 많은 것은 운문사 일원이 워낙에 험준한 산으로 둘러싸여 있어서 호환을 많이 당했던 까닭일 것입니다. 호거산 산정에는 둘레가 300m 남짓한 작은 성터의 흔적이 남아 있는데 전설에는 신라 경애왕 4년927년 후백제의 견훤왕이 신라를 침공할 때 기지가 된 산성이라고 합니다. 운문산성 혹은 호거산성, 지룡산성이라고도 부르지요.

운문사는 신라 진흥왕 21년560년, 한 신승에 의해 창건되었다고 전해지며 진평왕 30년608년 원광국사에 의해 1차 중창되었습니다. 원광국사, 보양선사, 원응국사 학일, 보각국사 일연스님 등 신라와 고려의 고승들이 주석했었지요. 신라의 원광국사가 좌우명을 묻는 화랑 귀산과 추항에게 세속 5계를 준 것으로 잘 알려져 있습니다. 원광국사는 진평왕 34년에 왕명을 받고 수나라에게 고구려를 정벌해 주기를 애원하는 '걸사표'를 지어 바쳤습니다. 왕명을 받으며 원광국사는 "자기가 살려고 남을 멸하는 것은 승려의 할 짓이 아니나 어찌 감히 명령을 쫓지 않으리까?" 했다 합니다. 이는 당시 불교가 철저히 왕실에 예속된 통치 이데올로기였음을 보여주는 증거입니다. 부처님 법보다 왕명을 따를 수밖에 없었던 원광국사의 고뇌가 묻어나기도 합니다.

하지만 걸사표의 내용은 신라가 삼국통일을 위해 전쟁을 했고 통일신라 시대를 열었다는 이데올로기의 허구성을 증명하는 증거물이기도 합니다. 걸사표에 따르면 신라는 고구려를 동족이 아니라 '남'이라 여겼습니다. 신라가 수나라나 당나라를 끌어들여 백제와 고구려를 공격한 것은 '원대한 삼국통일' 따위가 목적이 아니라 고구려와 백제 땅 일부라도 차지하려는 영토욕 때문이었습니다.

한반도에 삼국통일은 없었습니다. 먹고 먹히는 침략전쟁의 승자와 패자가 있었을 뿐입니다. 삼국통일은 허구입니다. 석가모니 부처님은 자기 종족인 석가족을 멸하러 오는 코살라국의 비두다바 왕을 막아서며 두 번씩이나 전쟁을 막았습니다. 그런데 불제자인 원광국사는 임전무퇴를 가르치며 '남'들인 백제와 고구려와의 전쟁을 독려하기까지 했습니다. 원광국사 또한 부처님 법과 왕의 힘 사이에서 고뇌하긴 했으나 그는 기꺼이 왕에게 굴복했습니다. 수나라에게 고구려를 정복해 달라고 간청하는 걸사표를 쓰고, 임전무퇴로 전쟁을 '고무찬양' 했으니 그를 어찌 진정한 불제자라 할 수 있을까요. 권력자에게 부역하는 종교란 어제오늘의 일이 아닌 듯합니다.

원광국사에서 시작된 운문사와 국가권력 유착의 전통은 신라시대를 지나 고려까지도 이어집니다. 그 보답으로 12세기 초 운문사에 주석하던 원응국사 학일은 고려 숙종으로부터 논 200결과 국노비 500인을 하사받습니다. 운문사뿐만 아니라 당시 많은 절들이 그랬지만 절이 대토지를 소유한 지주가 되고 노예까지 두고 부린 것을 어찌 이해해야 할까요. 무소유와 모든 존재의 평등을 설파한 부처님의 뜻에 반하는 행위가 아닌지요. 당시 시대의 한계를 탓하기에는 이후 사찰이 보인 탐욕과 수탈의 만행이 너무 컸습니다. 그 시대 사찰은 불교가 아니라 불교의 타락입니다. 운문사가 오랜 세월 지주로 군림한 것은 이후 운문면 일대 농민들의 저항을 불러와 한때 운문사를 폐사 지경으로 만드는 계기가 되기도 했습니다.

고려시대 항몽전쟁 시기 운문사에서는 일연선사가 주지로 추대된 뒤 머무르며 삼국유사의 집필을 시작했습니다. 일연선사는 삼국유사 집필을 통해 자주의식을 고취했을 뿐만 아니라 항몽의 염원을 담은 대장경 간행에도 주도적인 역할을 했습니다. 오랜 세월 비구 절이었던 운문사가 비구니 절이 되고, 비구니 전문교육기관이 된 것은 1950년대 이후부터입니다.

1105년고려 숙종10년, 원응국사에 의해 건립된 뒤 수차에 걸쳐 중창된 보물 835호, 운문사 대웅보전은 지금 한창 보수공사 중입니다. 대웅보전은 반

야용선般若龍船입니다. 이 자비스런 배는 고통의 바다를 건너는 중생들을 깨달음의 세계로 실어다 줍니다. 운문사 대웅보전 천장에는 떠나려는 배에 악착같이 매달려 있는 '악착보살'이 있습니다. 지금은 공사 중이라 문이 잠겨 볼 수가 없지만 기필코 깨닫고야 말겠다는 악착같은 보살의 마음이 남의 마음 같지 않습니다.

'이것이 있음으로 저것이 있고, 저것이 있음으로 이것도 있다. 네가 있음으로 인하여 내가 있고 내가 있음으로 너도 있다. 삶과 죽음 또한 연기의 관계에 있다. 삶이 있음으로 죽음이 있다. 어제의 나는 오늘의 내가 아니고 오늘의 나 또한 내일의 나는 아니다. 한 순간도 머물러 있는 것은 없다. 제법무아諸法無我, 제행무상諸行無常이다. 머물러 있는 실체가 없으니 삶 또한 실체가 없다. 삶이 없으니 어찌 죽음이 있겠는가. 죽음에 대한 고민은 허구의 고민이다. 존재하지도 않는 것을 고민하고 있다!'

불가의 가르침은 논리와 체계가 있으나 여전히 존재에 대한 의문은 풀리지 않습니다. 죽음이 없다는 뜻을 알겠습니다. 죽음에 대한 고민이 허구적이라는 뜻 또한 잘 알겠습니다. 우리는 결코 죽음에 대해 알 수 없으니 실체가 없는 죽음을 고민하지 말고 지금 여기의 삶에 충실하라는 말씀일 터. 설령 죽음이 있다 한들 죽음이야 죽은 자의 것이지 산 자의 몫은 아닌 법. 하지만 나는 여전히 고통이 가시지 않습니다. 대체 삶은 어쩔 셈인가? 죽음이 있든 없든 소멸되지 않는 이 삶의 고통은 어쩔 것인가? 늘 그렇듯이 존재에게는 죽음이 아니라 삶만이 유일한 문제인 것을.

공양간에서 점심을 얻어먹고 사리암에 오릅니다. 사리굴 입구와 관음전까지 기도객들로 꽉 들어차 있습니다. 오랜 옛날 사리굴에서는 쌀이 나왔다는 전설이 있습니다. 한 사람이 살면 한 사람분의 쌀이 나오고, 두 사람이 살면 두 사람분의 쌀이 나왔는데 어느 날 공양주가 더 많은 쌀을 얻으려고 욕심을 내어 구멍을 넓히고부터는 쌀이 나오지 않고 물이 나오게 됐다 합니다. 황금 알을 낳는 거위의 전설을 떠올리게 하는군요. 필요보다 더 많이 소유하는 것은 죄악이란 가르침이 아닐까요. 필요보다 더 많이 가지려는 욕심이 필요한 물질마저 잃게 했으니 죄악인 것이 확실합니다. 사리굴은 무소유의 청빈한 삶을 살 것을 독려하는 살아 있는 전설의 샘입니다. 다들 나반존자를 주문하며 절을 합니다. 도량은 간절함으로 가득합니다. 사리암의 주된 신앙 대상은 나한입니다.

나반존자. 관음전 안의 사람들마저도 관음보살이 아니라 관음전 밖의 나반존자를 향해 절을 올립니다. 나반존자는 석가모니 부처님이 열반에 든 후 미륵불이 출현하기까지 부처님이 계시지 않는 동안 중생을 제도하려는 원력을 세운 분으로 부처님 당시에도 부처님의 부촉을 받고 항상 천태산상에서 홀로 선정을 닦았다고 전합니다. 사리굴 천태전에 나반존자상이 모셔져 있습니다. 나도 기도객들 틈에 끼어 108배를 올립니다. 참배객들은 기도의 반응에 대해 추호도 의심이 없어 보입니다.

대체로 기도객들이란 질병의 치유가 아니면 자신이나 가족의 이기적 욕망을 들어 달라고 기원하기 마련이지요. 그러므로 모든 기도가 아름다운 것은 아닙니다. 나는 다만 저 기도객들의 흔들림 없는 믿음이 부러울 따름이지요. 나는 결코 가질 수 없는 믿음. 깊은 믿음을 가질 수 있다는 것만으로도 저들은 이미 큰 복을 얻었습니다. 나반존자, 나반존자. 나도 가만히 주문을 외워 봅니다. 내 본래 성품이 부처라면 나반존자는 나의 법신 비로자나불인가. 그렇다면 나반존자에게 기도한 것은 곧 나 자신에게 기도한 것이겠지요. 오를 때 가늘던 빗방울이 굵어집니다. 이제 내려갈 때가 올 것입니다.

내시의 집

운문사 가는 길의 금천면 일대에는 청도에서도 유난히 고택과 누
각들이 많이 남아 있습니다. 운강택과 만화정, 운남고택, 명중고
택, 섬암고택, 도일고택 등 건축물들이 한옥 마을을 방불케 합니다. 그 고
택들 중에서도 유난히 사람을 끄는 집이 있습니다. 비어 있는 집이 사람
을 부릅니다. 그 집에 살았던 사람들에 대한 호기심 때문일까. 건물구조
도 일반 반가의 주택과는 다른 특이성이 있습니다. 금천면 임당리의 임당
고택. 1,200평의 대지에 7개 동의 한옥이 들어서 있습니다. 집의 남자 주
인이 머물며 손님들을 접대하기도 하는 것이 사랑채의 용도지요. 그래서
대체로 사랑채는 안채를 숨겨 주는 구조입니다.

하지만 이 집은 작은 사랑채와 큰 사랑채, 두 사랑채가 정문을 바라볼 수
있도록 위치해 있습니다. 또 작은 사랑채 중문을 통과해야만 안채 출입이
가능하도록 되어 있지요. 대문을 드나드는 사람들을 한눈에 감시할 수 있

는 구조. 안채의 여인들, 안주인들의 동선을 감시할 수 있도록 지어진 것입니다.

또한 안주인들이 살던 내정을 둘러싼 건물에는 어떤 방도 만들지 않아 여인들의 처소가 철저하게 통제되도록 했습니다. 임당고택은 400여 년 내시 가계를 이어온 사람들이 살던 집입니다. 19세기 말에서 20세기 초까지 조선의 궁중 내시로 봉직한 김일준1863~1945, 정3품 통정대부이 낙향해서 지은 집입니다. 남자는 거세된 사람이지만 안주인 여자는 거세되지 않은 것이 남자주인의 불안 심리를 자극한 까닭일 테지요. 활활 타오르는 몸을 가진 여인들의 독수공방이 얼마나 불안했을까요. 또 그렇게 감시당하며 사는 여인들의 삶이란 얼마나 고통스러웠을까요. 이 가문의 여인들은 친정부모가 죽었을 때만 유일하게 바깥출입이 허용됐다고 합니다. 노예의 삶도 그보다 더 가혹하지는 않았을 것입니다. 남자들의 왕국이 여인들에게는 감옥이었던 셈이지요.

문화재청의 조사에 의해 발견된 김일준의 가첩에는 김일준 가계의 첫 번째 궁중내시로부터 김일준까지 16대에 걸친 내시집안의 내력이 기록되어 있습니다. 내시들은 궁을 나와 혼인을 한 뒤 성이 다른 사내아이를 입적해 대를 이었습니다. 아이들은 자연 거세나, 내시를 만들려는 부모들에 의해 강제 거세된 아이들이었습니다.

이 땅에서 내시에 대한 기록은 9세기 신라 흥덕왕 때 처음 등장합니다. 중국에서는 내시의 기원이 상고시대 은나라 때까지 올라갑니다. 정확히는 내시가 아니라 환관宦官의 기원이지요. 지금은 내시와 환관을 동일하게 여기지만 본래 내시와 환관의 개념은 달랐습니다. 고려 때까지 내시와 환관은 구분됐다 합니다. 김부식의 아들 김돈중이나 주자학의 태두인 안향 등도 본래 왕실 사무를 담당하는 관리인 내시로 일했습니다. 하지만 고려 말 환관들이 내시직을 독차지하면서부터 내시가 환관의 대명사처럼 됐습니다.

중국 은나라 왕조의 갑골문자 기록에 따르면 기원 전 13세기 은나라의 무정왕이 전쟁 포로로 잡은 티벳 계통의 강족羌族 남자들을 거세시켜 환관으로 만들면서 환관의 역사가 시작됩니다. 중국에서는 처음 환관의 존재를 황제의 신성함을 높이기 위해 활용했습니다. 신 또는 하늘의 아들인 황제와 일반 백성 사이에 중간 매개자가 필요했지요. 그 매개자는 사람이면서 동시에 사람이 아닌 존재, 남자도 아니고 여자도 아닌 존재, 사람도 아니고 신도 아닌 존재여야 했습니다. 그래서 거세당한 자, 환관이 등장한 것입니다. 환관은 내관, 내시, 엄인, 환자, 또는 화자 등 다양한 이름으로 불렸는데 화자는 거세한 후 그곳을 마지막에 불로 지졌다 해서 붙여진 명칭입니다.

임당고택의 가계는 17대 김문선1881~1953에 이르러서는 직첩만 받았을 뿐 내시 생활을 하지 않았고 조선왕조의 멸망과 함께 내시 직도 더 이상 이어지지 않았습니다. 18대 이후로는 혈통에 의한 가족 관계를 이어가고 있다 합니다. 친척 중에서 거세되지 않은 양자가 대를 이은 것이겠지요. 다행스러운 일입니다. 하지만 그 가계의 구성원이나 후손들이 받았을 고통을 생각하면 고택을 돌아보는 나그네의 심정도 편치가 않습니다. 내시의 후예, 숨기고 싶었을 것입니다. 후손은 자신의 옛집이 문화재가 되고 사람들이 찾는 것을 반기지 않을 것입니다. 억압의 사슬은 뫼비우스의 띠처럼 연결되어 있습니다. 신분제 사회의 하수인들은 누구나 피해자이면서 동시에 가해자였습니다. 내시 대감으로 권력을 누린 그들 또한 다르지 않습니다.

황룡사 터의
텅 빈 충 만

"좋아할 만한 것을 보면 비록 때때로 다시 보관해 두기도 하지만 남에게 빼
앗기더라도 애석해하지는 않는다. 그것은 마치 안개와 구름이 눈앞을 지나
가는 중에 온갖 새들의 소리가 귀를 감동시키는 것과 같으니 어찌 기쁘지 않겠는가.
그러나 가 버리고 나면 다시 연연해하지 않는다." (소동파)

소동파는 사물을 좋아하기를 이같이 했습니다. 좋아하지만 결코 연연하
지 않았습니다. 사물을 좋아하는 모습이 이와 같을 수만 있다면 삶은 더
없이 담백해질 수 있을 텐데. 동파와 같은 깨달음을 얻지 못한 때문일까
요. 나는 여전히 좋아하는 것이 사라질까 연연해하고, 사라진 다음에는
두고두고 애달파합니다. 청도의 운문면에서 경주로 통하는 고갯길을 넘
어 왔습니다. 내가 경주에 자주 오는 것은 황룡사 터 때문입니다. 그 황룡
사 빈 터가 머지않아 사라질까 두렵기 때문입니다. 나는 아무런 건물도

들어서 있지 않은 황룡사 빈 터가 더없이 좋은데 관청에서는 그것을 다시
채울 계획에 여념이 없습니다.

張敎海罔 漉人天魚
장교해망 록인천어

가르침의 그물을 펼쳐서 인간과 천계의 중생을 구제한다. 불법의 그물을
펼치던 어장은 폐허가 된 지 오래입니다. 하지만 폐허의 풍경이 나는 애
석하지 않습니다. 이 절 터가 수많은 법당과 탑들로 꽉 들어차 있다면 이
곳은 또 얼마나 소란스럽고 답답했을까요. 폐허가 아름다운 것은 적막 때
문입니다. 황룡사는 신라 진흥왕 14년553년에 왕명으로 창건됐다고 합니
다. 같은 왕 33년574년에는 신라 최대 불상인 장육존상이 모셔졌다지요. 1
장은 10척이니 16척, 지금의 도량형으로는 키가 4.8미터에 이르는 거대
한 불상입니다.
자장율사590~658의 건의로 선덕여왕 14년645년에는 또 높이 80미터에 달
하는 9층 목탑이 건립됐습니다. 자장은 후일649년, 왕에게 주청하여 중국
의 제도를 따라 신라에서 처음으로 관복을 입게 했으며, 당나라의 연호
사용을 건의하여 실행케 하기도 했습니다. 삼국유사의 기록에 따르면 자
장이 중국 대화지를 지날 때 한 신인이 나타났다 합니다. 신인은 황룡사
호법룡이 자신의 아들인데 절 앞에 9층탑을 세우면 이웃나라들이 와서
항복할 것이고 구한九韓이 와서 조공을 바칠 것이라고 예언합니다. 643년

신라는 당나라에 고구려와 백제를 정벌해 달라는 청을 올렸고 선덕여왕은 자장의 조언에 따라 당태종의 고구려 침공645년 시기에 맞춰 불탑 공사를 서둘러 마쳤습니다. 항룡사 목탑은 자비의 탑이 아니라 증오의 탑이었던 것이지요. 신라가 고구려를 비롯한 적국들이 멸망하기를 기원하며 세운 전승 기원탑이었지요.

탑의 건립을 주도한 기술자는 백제 출신의 아비지였습니다. 신라는 보물과 비단을 주고 백제 장인 아비지를 데려왔습니다. 200여 명의 장인들이 그를 도와 탑을 지었습니다. 아비지가 탑을 만드는 뜻을 몰랐던 것일까요. 탑을 세우는 일이 신라의 적국들, 고구려와 백제, 왜국 등의 멸망을 기원하는 일이었음을 모르지 않았습니다. 돈에 팔려 왔을지언정 아비지 또한 그 일에 양심의 가책을 받았습니다. 그래서 처음 목탑의 기둥을 세우던 날 백제가 멸망하는 꿈을 꾼 뒤 잠시 일을 멈추기도 했다는군요. 하지만 그는 끝내 목탑을 완성시켰고 결과적으로 그의 모국 백제의 멸망을 도운 꼴이 되고 말았습니다.

9층 목탑은 총 면적이 490㎡150평에 이르렀고, 심초석 무게만 30톤에 달합니다. 탑은 한 변의 길이가 22m인 정사각형 건물이었습니다. 심초석 1개를 포함해서 주춧돌만 모두 65개. 주춧돌들은 그대로 남아 목탑의 전설을 증거해 주고 있습니다. 9층 목탑은 고려 고종 25년1238년 몽고의 침입으로 가람 전체가 불타면서 함께 소실되고 말았습니다. 티베트 불교를 신봉하며 불교 국가를 자임하던 몽고가 부처님의 가람을 불태웠다는 사실은 의미심장한 일입니다.

권력자들에게 종교란 통치 이데올로기일 뿐 절대 가치는 아니지요. 고려의 불교가 항몽의 불교가 되는 순간 고려의 불교는 타도해야 할 몽고의 적일 뿐이었습니다. 담장 내부 너비만 2,500평에 이르는 거대한 사원, 황룡사에는 1탑 3금당이 있었다 합니다. 본래 금당은 금부처님을 모시는 법당을 이르지만 일반적으로 부처님을 모시는 법당을 이르기도 합니다. 이제는 금부처님도, 법당도, 9층 목탑도 사라지고 없습니다. 폐사지는 무상의 도를 깨우쳐 주는 설법당으로 남았습니다.

古樹鳴朔吹 微波漾殘暉
徘徊想前事 不覺淚霑衣

고목엔 삭풍 울고
잔물결에 일렁이는 석양빛
서성이며 옛날 생각
나도 몰래 눈물로 젖은 옷깃

– 정민 역, 최홍빈 詩(崔鴻賓, 고려 중기), 〈서황룡사우화문(書皇龍寺雨花門)〉

황룡사가 불타기 전 '꽃비 내리는 문' 우화문 앞의 풍경이 그러했던가. 황룡사 건물들은 사라지고 없어도 '잔물결에 일렁이는 석양빛'은 오늘도 여전합니다. 지금은 터만 남은 유적일 뿐이나 빈 터가 주는 감동은 본래 유물이 남아 있는 것 만큼이나 울림이 큽니다. 어설픈 복제품은 불쾌감을 주지만 잘 보존된 터는 무한한 상상력을 자극합니다. 현실에서는 결코 다시 재현할 수 없는 황룡사 금당과 목탑을 빈 터는 상상으로 재현 가능하게 만듭니다.

80미터 높이의 탑. 신라는 고구려 백제의 멸망과 영토의 확장과 왕실의 번영을 기원하고 불교를 이용해 민심을 통합하기 위해 목탑을 조성했을 것입니다. 하지만 탑을 쌓은 장인들, 민중들은 각자의 염원을 담아 한 층 한 층 탑을 쌓아갔을 테지요. 나무를 세우고, 돌을 쌓아 올리는 것은 단지 구조물만을 세우는 일이 아닙니다. 염원을 세우고 희망을 쌓는 일입니다. 장인들은 전쟁의 승리를 바라는 왕의 뜻과는 달리 불국토에 대한 희망, 전쟁 없고, 굶주림 없고, 수탈과 억압이 없는 평등한 세상에 대한 염원을 담아 탑을 세웠을 것입니다.

하지만 나는 이 터에 금당도, 9층 목탑도 복원되지 않았으면 합니다. 건축은 그 시대정신을 반영합니다. 신라의 건축을 이 시대에 다시 재현하는 것은 어떤 의미가 있을까요. 기술적으로 가능하더라도 그 시대의 정신과 혼을 담을 수는 없습니다. 그러므로 복원이란 단지 거대한 모형을 만드는 일에 지나지 않을 것입니다. 모형 따위를 만드느라 그 많은 비용과 수고를 들이느니 우리 시대에는 우리 시대 정신을 구현한 법당과 탑을 세우는 것이 옳지 않을까요.

황룡사 9층 목탑은 현재의 기술로도 재현이 쉽지 않다 합니다. 하지만 9층 목탑을 재현하지 못하는 것이 부끄러운 일은 아닙니다. 신라 사람이 아니면서 신라시대 목수들을 이겨 보겠다고 오기를 부리는 것이야말로 오히려 부끄럽고 어리석은 행위가 아닐까요. 고려청자나 신라 목탑을 재현하지 못하는 것이 부끄러운 일이 아닌 것처럼 그것들을 재현하는 일 또한 그리 자랑할 만한 일은 못됩니다. 이미 천 년 전에 했던 일을 천 년 뒤에 어렵게 되풀이하는 것이 무어 그리 큰 자랑이겠습니까.

이 시대는 9층이 아니라 90층의 건물도 쉽게 건축하지 않는가요. 지금은 9층 목탑이나 고려청자를 만들어내야 할 절실한 이유가 없습니다.

시대의 흔적은 흔적으로 남기는 것도 나쁘지 않을 것입니다. 자꾸 옛 시대의 흔적에 우리 시대가 무엇을 채우려고 안달할 필요가 무엇일까요. 그저 비슷한 것을 만들 수는 있겠지만 그것은 비슷한 것일 뿐 진정한 재현은 아닙니다. 비슷한 것은 가짜라 했습니다. 이 시대는 그저 옛날 것이 돈이 되니 비슷한 것을 복제해 팔아먹느라 바쁩니다. 그래서 시대정신을 담은 건축물이나 도자기 따위를 만들지 못합니다. 형체가 남은 유물이야 잘 보존하는 것이 옳지만 이제는 제발 황룡사 터처럼 터만 남은 유적은 빈 터로 남아주기를 바랄 뿐입니다. 어째서 이 시대는 비어 있는 공간을 허락하지 않는 것일까요. 나는 빈 공간에서 오히려 가득 채우고 돌아갑니다. 황룡사 빈 터는 내 정신의 저수지입니다.

창녕,
불사국으로 가는 길

삶이 있어 죽음이 있고, 죽음이 있어 삶도 있습니다. 삶의 소멸은
죽음의 시작이 아니라 죽음의 소멸입니다. 삶이 사라졌으니 죽음
도 사라진 것이지요. 죽음은 애초부터 존재하지 않는 것이었습니다. 죽
음은 삶의 일부일 뿐 다른 무엇이 아닙니다. 그러나 사람들은 죽음이 삶
과 별개로 존재한다고 믿어 왔고 그 믿음은 여전합니다. 그래서 생겨난
것이 무덤입니다. 망자들은 무덤에서 부활을 기다리거나 다른 세계로의
전이를 기다렸습니다. 부활을 기다리던 망자들은 여전히 부활을 기다리
고 있을까. 천국으로 가는 배는 망자들을 싣고 무사히 바다를 건넜을까.
의문은 끝이 없으나 저 세상의 소식을 전해 주는 우체부는 어디에도 없습
니다.

오늘 우리가 망자의 집을 방문한 뒤 새롭게 얻을 수 있는 죽음에 대한 지
식은 무엇일까요. 애석하지만 수만 개의 무덤을 파헤치더라도 인간이 죽

음에 대해, 죽음 이후의 세계에 대해 알 수 있는 것은 단 하나도 없습니다. 오래된 무덤의 벽화에 그려진 사후 세계 또한 그 시대를 살았던 사람들이 상상으로 만들어 낸 세계이지 죽음의 세계는 아닙니다. 무덤은 결코 죽음의 흔적이 아닙니다. 죽음의 증거가 아닙니다. 무덤은 삶의 흔적이며 삶의 증거입니다. 무덤은 죽음이 아니라 삶의 박물관입니다. 그러므로 우리는 무덤에서 죽음이 아닌 삶의 진실을 깨닫고 가는 것이겠지요.

청도에서 배치고개를 넘어 창녕으로 왔습니다. 삼한시대 청도가 소왕국 이서국의 땅이었을 때 창녕은 소왕국 불사의 땅이었습니다. 불사국 혹은 비사벌은 금관가야에서 대가야로 맹주국의 주도권이 넘어 갔던 후기 6가야 연맹의 일원이기도 합니다. 가야 연맹의 다른 나라들과 마찬가지로 비화가야란 호칭은 신라에 의해 가야 연맹이 멸망한 후 붙여진 이름입니다. 내가 창녕을 다시 찾은 까닭은 비사벌의 고분들, 그 오래된 무덤들 때문이지요. 창녕박물관 주위에 교동고분군이 있습니다. 교동고분군뿐만 아니라 송현동고분군, 영산고분군, 계성고분군 등 창녕에는 경주 다음으로 많은 고분이 남아 있습니다. 고분은 서력기원 5~6세기 가야시대의 무덤들입니다.

가야 연맹의 나라들은 대가야가 마지막으로 신라에 멸망한 서기 562년까지 존속했습니다. 삼국시대라 하지만 서기 668년, 고구려가 멸망할 때까지 가야가 존재하지 않았던 시기는 불과 100여 년밖에 되지 않습니다. 가야를 빼고 삼국시대라고만 일컫는 것은 편파적인 역사 인식이지요. 비화가야의 멸망 후 진흥왕 척경비국보33호가 세워진 것이 561년입니다. 창녕읍 만옥정 공원에 있는 진흥왕 척경비에는 왕을 수행했던 신하들의 이름도 새겨져 있습니다. 각간 김무력의 이름도 보입니다. 그는 금관가야 마지막 왕으로 532년, 신라에 항복한 구형왕의 아들이지요. 김유신은 구형왕의 증손자입니다.

교동고분은 능선 위에 몰려 있습니다. 가야의 고분들은 대부분 능선의 정상이나 경사면, 혹은 작은 구릉 위에 위치해 있습니다. 고분이 평지가 아니라 높은 곳에 자리한 것은 태양 숭배시대의 반영으로 여겨집니다. 오늘 교동고분군의 풍경은 고즈넉하고 평화롭습니다. 하지만 나는 고분이나 고분에서 출토된 유물이 전시된 박물관을 둘러보며 마음이 편치 않습니다.

창녕박물관 입구에는 모형으로 만들어진 고분군 축조과정이 전시되어 있습니다. 땅을 파는 사람들, 돌을 깨고 나르는 사람들. 거대한 봉분을 만들어 가는 과정이 한없이 평화롭고, 한가하고, 목가적입니다. 무덤 축조 현장에는 자발적인 일꾼들뿐이군요! 어디에도 감시자는 없습니다. 저 모형은 무덤 축조 현장의 진실과 얼마나 가깝고, 또 얼마나 먼 것일까요.

2004년 가을, 창녕 송현동 고분군 7호 무덤의 발굴이 있었습니다. 구유형 목관이 발굴된 무덤에서는 칠기 용기와 금속제 장식, 밤톨, 희귀 목기류 등의 유물과 더불어 순장된 사람의 뼈도 함께 출토되었습니다. 무덤은 가야 지배 계급의 무덤이었습니다. 그 시대 봉분이나 장례 따위는 지배층의 전유물이었다지요. 무덤들의 축조 과정은 강제 노동과 순장이란 이름으로 자행된 학살과 생매장의 현장이기도 했습니다. 그런 잔혹하고 고통스런 무덤 공사 현장을 저토록 평화롭게 그려 놓은 것은 분명 역사에 대한 왜곡입니다. 의도적인 왜곡이 아니었다면 박물관을 만든 이들의 무지 때문이었을 겁니다.

대가야의 경우, 왕이 죽었을 때 100명 이상의 사람들을 함께 순장시키기도 했습니다. 호위 무사와 의복 책임자, 요리사까지 왕의 시중을 들던 거의 모든 사람들을 순장시켰다 합니다. 지배자들의 위치나 권력에 따라 순장자의 수는 많거나 적었습니다. 지배 세력은 저승까지 이들을 데려가 시중을 받고 영화를 지속하고 싶었던 것이겠지요.

순장은 가야에만 국한된 악습이 아니었습니다. 순장은 신라 지증왕 3년 502년 3월, 왕명으로 금지시킬 때까지 계속되었습니다. 순장의 폐지는 우경이 시작되고 생산력이 발전하면서 농업 노동력 확보가 필요한 때문이었습니다. 노예를 죽이기보다 생산활동에 참가시키는 것이 이익이 더 크게 된 것이지요. 그러므로 순장의 폐지가 인도주의나 생명의 존엄과는 무관하다는 사실은 명확해 보입니다. 순장 폐지 후에도 여전히 왕실과 귀족들의 영토를 넓히고 재물을 늘리기 위해 백성들을 끊임없이 전쟁터로 내몰아 더 많이 죽게 만든 것이 그 증거입니다.

고대 중국 은나라 때의 수도 은허에서 발굴된 은나라 왕이나 왕족의 무덤에서도 부장품과 함께 순장된 사람들의 유골이 출토되었습니다. 왕릉 한 기당 적어도 400명 이상의 순장자 유골이 나왔습니다. 허난성 안양 부근의 무관촌 북쪽에 있는 큰 묘에서 79구, 허우 강의 순장갱에서 54구의 유골이 나왔습니다. 이들 무덤에서는 어린아이의 유골도 다수 출토됐습니다. 망자의 영혼과 어린아이의 영혼을 결합시켜 부활하겠다는 헛된 믿음에 따른 것이겠지요. 심지어 조선시대 주자학자들이 이상적인 사회라고 추앙해 마지않던 은나라 때의 귀족들은 명절이나 제사를 지낼 때 인간 노예의 머리를 베어 소, 돼지머리와 함께 제물로 바치기도 했다 합니다. 인간 노예가 소 돼지보다 가격이 싼 때문이었다지요.

고대 오리엔트의 유프라테스 강 하류 우르 유적에서는 완전무장한 군인과 장신구를 걸친 여자 등 59구의 순장자가 발견되기도 했습니다. 이집트에는 제르 왕의 묘 주변에 275명의 후궁과 43명의 노비 등을 순장한 묘가 발굴되기도 했구요. 유럽에서도 고대 갈리아인, 아일랜드인, 볼가 강 연안의 불가리아인 및 슬라브인이 사는 지역에서 순장의 유적이 발견되었습니다.

아프리카에서도 순장이 성행했습니다. 왕의 신하나 왕비, 후궁들이 순장되었으며 어떤 부족에서는 왕족 여인의 천민출신 남편이 순장된 경우도 있었다 합니다. 인도에서도 '사티'라는 순장 풍습이 있었습니다. 남편이 죽으면 아내가 따라 분신자살해야 하는 악습이지요. 1829년 법으로써 금지시켰지만 여전히 잔재가 남아 있습니다.

·오늘도 많은 사람들이 창녕박물관을 돌아보고 교동고분 능선을 따라 걷습니다. 저들 중 몇 사람이나 생매장 당하고 창칼에 찔려 무참히 학살 당하던 생명의 절규를 듣고 가는 걸까요. 박물관이란 무엇입니까. 다수 민

중들이 겪은 고통의 시간을 재현하지 못하는 박물관이란 누구의 박물관일까요.

중국의 진시황릉이나 이집트의 피라미드, 신라의 고분이나 가야의 고분이 규모의 차이는 있을지언정 압제자들의 무덤이라는 본질은 다르지 않습니다. 압제자의 무덤을 만들기 위해 강제 동원된 사람들, 그들은 저 창녕박물관의 봉분 축조 모형처럼 평화롭게 땅을 파고, 돌을 쌓지는 않았을 것입니다. 그들 중 일부는 심지어 자기 형제와 자식을 순장시키는 공사판으로 끌려나오기도 했을 테지요.

그런데 오늘의 박물관은 학살당한 자들에 대한 기억이나 그 시대 고통받고, 압제 당하던 사람들의 눈물과 피땀은 전시하지 않습니다. 그것은 무참히 죽어간 망자들에 대한 예의가 아닙니다. 역사의 기록이 지배자들의 역사였듯이 박물관 또한 지배자들의 박물관인 것일까요. 전시된 유물들은 그 시대 왕과 귀족들이 얼마나 강력했고 화려한 생활을 했는가를 자랑합니다. 민주주의 국가에서도 박물관은 여전히 '왕립 박물관'입니다.

우리는 언제까지 지배자들의 역사를 우리의 역사로 알고 살아가야 하는 걸까요. 이 시대, 이 땅에 사는 사람들, 이 박물관을 만들고 박물관을 관람하는 사람들 중의 어떤 이들은 저 무덤과 유물들의 주인이 아니라 무덤을 만들기 위해 강제로 끌려온 사람들의 자손이 아닐까요. 그럼에도 우리는 우리 조상들을 수탈해서 누린 지배자들의 사치스런 문물과 우리 조상들의 목숨을 앗아간 강력한 철제 무기들에 감탄할 뿐 우리 조상들의 고통에는 눈길 한번 돌리지 않습니다. 민중들의 유물이 남아 있지 않아서 전시할 수 없다는 변명은 핑계에 불과합니다. 저들 고대 국가 지배자들이 사용하다 남긴 유물들은 누구의 손으로 만들어졌습니까. 바로 당시 민중들의 피땀으로 만들어진 것이 아닌가요. 유물이 없는 것이 아니라 관점이 없는 것이지요. 역사의식이 없는 것이지요.

교동고분군의 무덤들, 봉분의 부드러운 능선은 비할 데 없이 부드럽고 아름답습니다. 하지만 무덤이 아름다운 것은 그 무덤에 묻힌 지배자들의 살아생전 행위가 아름다워서가 아닙니다. 무덤을 만든 사람들의 비애가 스며들어 아름다운 것입니다. 제도권 학자들뿐만 아니라 소왕국의 영토에 사는 향토 사학자들에게도 나는 어떤 아쉬움을 느낍니다. 이들의 관심도 여전히 이서국이, 사벌국이, 비화가야가 얼마나 강력한 국가였는가를 밝혀내는 데만 있는 것처럼 보입니다. 신라의 수도를 공격할 정도로 강력한 군사력을 가졌고, 대가야에 필적할 만큼 부와 영광을 누렸다는 것을 증명하려 애씁니다. 이들은 혹 자신들이 전장에서 피 흘리며 죽어간 사람들의 후손이 아니라 군장이나 왕의 후손이라고 믿고 있는 것은 아닐까요. 창녕, 교동고분군 능선 너머로 핏빛 해가 저물어 갑니다.

항왜, 사야가,
김 충 선

벌써 청도에 온 지 두 달째, 청도에서의 날들이 가뭇없이 흘러갑니다. 한동안 청도는 세상의 어떤 어둠도 몸 둘 곳 없이 환했습니다. 온통 꽃등이 켜져 있었습니다. 이 산 언덕에 복사꽃등, 저 산 비탈에 살구꽃등, 배꽃등, 싸리꽃등. 어둠을 밝히는 것이 등이라면 생명을 밝히는 것은 꽃입니다. 우리 삶의 누추한 시간들을 환하게 밝혀 주던 꽃들. 삶이 지옥일수록 꽃밭은 무릉입니다. 무릉도원, 이상향, 용화세계, 유토피아. 유토피아란 세상에는 없는 곳을 뜻하지 않던가요. 세상에 발 딛고 살면서 세상에는 없는 곳을 지향하는 삶은 고통이면서 극락입니다. 어느새 꽃들은 흔적도 없습니다. 물거품처럼 사라져 버린 무릉의 꿈들. 꽃의 속도로 왔다가 꽃의 속도로 가는 삶들. 꽃들의 시간은 덧없습니다.

팔조령은 청도와 대구의 경계이면서 경상북도와 대구광역시의 경계이기도 합니다. 청도군 이서면에서 팔조령 터널을 지나면 바로 가창입니다.

진작부터 우록마을에 가고자 했으나 몇 번을 미루다 나선 길입니다.

대구광역시 달성군 가창면 우록리. 사슴을 벗하며 사는 마을이란 이름이지만 지금 더 이상 사슴과 벗하며 사는 마을 따위는 없습니다. 사람들은 살아 보겠다고 기를 쓰고 도망치는 동물을 기를 쓰고 쫓아가 마지막 하나까지 잡아 죽였습니다. 다른 수많은 동물들처럼 야생 사슴도 그렇게 이 땅에서 멸종돼 갔습니다. 벗하고 싶어도 벗할 사슴이 없습니다. 동물원이 아니면 우리는 다만 가축화되어 사람의 보신용 고기로 사육 당하는 사슴들이나 만날 수 있을 뿐입니다. 사슴과 흑염소와 또 다른 초식동물들이 사람들 벗의 위치로 되돌아올 수 있는 날은 언제일까요.

우록마을 초입부터 흑염소, 보신탕집이 줄을 지어 서 있습니다. 개중에는 사슴피와 사슴 고기를 파는 집도 있을 것입니다. 마을 안길로 들어서는데 어디선가 외마디 비명 소리가 들려옵니다. 고통에 겨운 개의 절규. 또 누군가 맛있는 개고기를 먹겠다는 미명 하에 산 채로 매달아 몽둥이로 두들겨 가며 잔혹한 학살을 즐기는 모양입니다. 애완견을 품에 안고 잔인하게 살해된 개고기를 즐기는 사람들의 이중 심리를 어떻게 이해해야 할까요.

우록마을은 조선시대 무인, 김충선 장군이 집을 짓고 들어와 살았던 마을입니다. 정이품 정헌대부 모하당 김충선1571~1642 장군. 김충선 장군은 조선시대 임진왜란, 정유재란, 병자호란 등 세 번의 전쟁에 참전하여 공을 세웠습니다. 우록마을 초입 녹동서원에는 김충선 장군의 위패가 봉안된 녹동사가 있습니다. 서원은 영, 정조시대 유림들의 청원으로 건립됐습니다. 나그네가 김충선 장군의 생애에 대해 처음 들은 것은 10여 년 전쯤이었습니다. 그때 이후로 내내 그 이름이 잊혀지지 않았습니다.

우록마을 입구, 보신 음식점마다 제법 많은 차들이 서 있습니다. 녹동서원을 찾아 우록마을에 온 사람들보다 몸보신을 위해 우록마을에 온 사람이 더 많을 것입니다. 우리 시대는 정신보다는 몸을 살찌우는 데 지나치게 몰두하는 경향이 있습니다. 1592년 임진왜란 당시 조선 침략 왜병 중에 조선에 투항한 뒤 왜군에 맞서 싸운 이들이 있었지요. 이들을 역사는 항왜降倭라 기록합니다. 항왜의 중심에 김충선 장군이 있었습니다. 김충선 장군처럼 조선 침략군으로 출병했으나 총구를 돌려 도요토미 히데요시에게 맞서 싸운 사람들, 임란 당시 항왜들은 1만 명이 넘는다고 합니다. 그들은 왜 조선 침략전쟁에 반기를 든 것일까요.

김충선 장군은 본디 임진왜란 당시 가토 기요마사 부대의 선봉장 사야가란 이름으로 머스킷 소총鐵砲부대를 이끌고 조선에 들어왔습니다. 사야가 장군은 1592년 4월 13일 부산에 상륙하자마자 부하들에게 약탈 금지령을 내렸습니다. 곧이어 '자신은 조선 침략의 뜻이 없으니 백성들은 안심하고 생업에 종사하라'는 효유서曉諭書를 발표했습니다. 4월 20일 부대원들(3,000명이란 설도 있으나 확실치 않음)을 이끌고 조선 경상도 병마절도사 박진에게 "내가 못난 것도 아니고 나의 군대가 약한 것도 아나나 조선의 문물이 일본에 앞서고 학문과 도덕을 숭상하는 군자의 나라를 짓밟을 수 없어 귀순하고 싶다."는 편지를 보낸 후 귀순했습니다.

그 후 사야가 장군은 조총부대를 조직해 전쟁 내내 왜군과 맞서 싸웠지요. 조선군에게 조총과 화약제조법을 전수해 주기도 했고요. 그 공으로 선조에게서 종이품 가선대부의 품계를 받았습니다. 그는 임진왜란뿐만 아니라 정유재란, 병자호란에도 자진 출병했습니다. 전쟁 직후에는 진주 목사 장춘섭의 딸과 혼인한 뒤 우록마을에 정착해 살았습니다. 선조는 그에게 김해 김이란 성씨와 충선이란 이름을 하사했습니다. 일본에서는 오랜 세월 그의 존재가 부인되거나 매국노로 매도되었습니다. 근년에 와서야 일본인들도 그의 평화주의적인 행적에 관심을 갖기 시작했지요.

사야가 장군은 어째서 조선 침략을 거부하고 도요토미 히데요시에게 총구를 돌렸을까요. 귀순 편지에서 쓴 것처럼 조선의 문물을 동경했기 때문일까요? 일설에는 출병 전 일본에서 그가 이끌던 부대가 도요토미 히데요시 군대에 의해 초토화된 적이 있기 때문에 그에 대한 원한으로 조선에 귀화했다고 합니다. 또 사야가 가문의 영토를 히데요시에게 정벌 당한 원한으로 귀순했을 것이란 주장도 있습니다.

실제로 히데요시는 조선침략에 나선 영주의 아내들을 인질로 잡아두고 반란에 대비하기도 했으니 사야가 장군 또한 강제로 참전했을 가능성이 큽니다. 하지만 히데요시에 떠밀려 강제로 출병한 왜군들 모두가 조선에 귀순하여 히데요시와 맞서 싸운 것은 아니지요. 오히려 대부분은 침략 전쟁에 적극 가담해서 살육과 전리품을 챙기는 극악한 행태를 보였습니다. 그러므로 설령 사야가 장군이 히데요시에 대한 원한이 깊어서 조선에 귀화한 뒤 히데요시와 맞서 싸웠다 하더라도 그의 공적이 폄하될 까닭은 전혀 없습니다. 나는 그가 타고난 평화주의자였을 것이라고 믿고 싶습니다. 침략 전쟁에 반대하고 침략자들에 단호히 맞서 싸울 수 있는 용기는 원한만으로 얻어지는 것이 아닙니다. 평화를 지향하는 마음이 없다면 가능하지 않은 것입니다. 더러 그의 공적이 후손들에 의해 부풀려졌다 하더라도 그것 역시 비난 받을 일은 아닙니다. 그의 평화주의적 행적은 더 많이 알려지고 더 크게 부풀려져도 좋은 것입니다.

사람들은 녹동서원에 와서 어떤 생각을 하고 돌아갈까요. 특이한 인물도 있었구나, 그저 역사의 한 토막으로만 기억하고 갈까요. 침략전쟁을 거부한 김충선 장군이 우리에게 깨우쳐 주는 가치는 무엇일까요. 그는 왜군의 조선 침략 전쟁이라는 특정한 전쟁만을 거부한 것이 아니었습니다. 청나라의 조선 침략에도 맞서 싸웠습니다. 김충선 장군은 어떠한 침략 전쟁에도 항거한 평화 정신의 소유자였을 것입니다.

그가 우리에게 일깨워 주는 것은 무엇일까요. 진정한 평화주의란 단지 '이민족의 자기 민족에 대한 침략만의 반대가 아니라 그 모든 침략 전쟁에 대한 반대'여야 한다는 깨우침이 아닐까요. 어떠한 영토 확장 전쟁도 침략 전쟁입니다. 일본의 조선 침략만 사악한 것이 아니라 고구려나 백제, 신라의 영토 확장 전쟁도 나쁜 것입니다. 몽골이나 일본의 침략을 비난하면서 고구려 광개토대왕이나 장수왕의 영토 확장 전쟁은 영웅시하는 태도는 도착적입니다. 어떠한 침략 전쟁도 본질은 사악한 것입니다.

사람을 사람이게 하는 것은 무엇일까요. 인간과 비인간의 경계는 무엇일까요. 어떤 자들은 인간사회란 만인에 대한 만인의 투쟁 장소인 정글과 같다고 합니다. 하지만 인간의 역사가 온통 죽고 죽이는 전쟁의 역사였다는 주장에는 동의할 수 없습니다. 인간의 역사란 전쟁의 역사인 동시에 평화를 이루기 위한 숭고한 희생과 전쟁 반대의 역사이기도 합니다. 이제 다시 청도로 돌아가야 할 시간입니다.

청도, 돌아가도 더 이상 무릉의 꽃들은 자취 없을 테지요. 꽃이 피고 지는 날들. 나 또한 저 꽃들처럼 일생을 죽음과 부활을 반복하고 있는 것은 아닐까요. 삶을 붙들고 서 있으나 끝내는 삶이 아닌 것들. 저 구름과 햇빛, 바람들. 앞에 있으나 결코 앞에 있지 않은 것들, 아주 먼 것들. 끝끝내 도달할 수 없는 것들. 나는 여전히 그리움의 밖에서만 서성이다 돌아갑니다.

밀양

영남루 근처 밀양시립박물관 계단을 오르는 초입에 작곡가 박시춘 생가가 복원되어 있습니다. 밀양시장의 안내문도 서 있습니다.

"우리 고장 출신이며 한국 가요계의 거목인 박시춘 선생의 업적을 널리 알리기 위해 2001년에 박시춘 옛집을 복원하여 문을 열어 왔으나 2005 년 9월 25일 민족문제연구소와 친일 인명사전 편찬 위원회에서 발간한 친일 인명사전에 박시춘 선생도 포함되어 2005.10.16부터 관람을 중지 하고 있습니다. … (이하 생략)" 2006. 6. 11 밀양시장

복원된 생가는 관람을 중지한다고 되어 있으나 출입구는 봉쇄되지 않았 습니다. 관람객들은 자유롭게 드나듭니다. 친일 전력 때문에 안내문을 붙여 관람을 중지한다고 했으나 사실상 관람을 묵인하고 있는 것이지요.

하지만 안내문에는 밀양시장의 고뇌가 묻어나기도 합니다. 공도 크고 과도 큰 사람을 어찌 평가해야 할 것인가. 과가 있어도 공이 크니 공을 내세우는 것이 옳은가. 공도 과도 함께 묻어 두는 것이 상책인가.

이는 박시춘의 경우나 밀양시장만의 고뇌는 아닐 것입니다. 싸움은 늘 허물 있는 자의 기념관이나 기념비를 세울 것인가 말 것인가에 집중되지만 본질은 기념관의 건립 유무가 아닙니다. 전쟁을 찬양하기 위해 전쟁 기념관을 세우는 것이 아닙니다. 잊지 않기 위해서, 비극의 재발을 경계하기 위해서 전쟁 기념관도 세우는 것이지요. 영광만이 아니라 굴종의 역사마저 전시할 필요가 있는 것도 그 때문입니다.

공과를 명확히 적시하여 전시한다면 문제될 것이 무엇일까요. 박시춘 생가의 현판을 '친일 작곡가 박시춘 생가'라 하면 어떨까요. 박시춘이 살아생전 자신의 친일 전력을 참회한 바 있다면 이를 안내판에 기록하면 어떨까요. 불행히도 참회하지 못하고 죽었다면 그 유족들이 참회를 대신해 주면 어떨까요. 박시춘이 남긴 유산이나 작곡 저작권료를 독립운동가의 후손들에게 기부한다면 어떨까요. 그런 다음에 그 모든 사실을 기록한 안내문을 붙이고 생가를 공개한다면 어떨까요. 그때야 누가 생가 건립이나 기념관 건립인들 반대하겠습니까. 부끄럽고 치욕적인 역사도 역사입니다. 감춘다 해서 없어지는 것이 아니지요. 그런 오욕의 역사일수록 드러내놓고 거울로 삼아야 마땅합니다. 영광의 역사만을 기록하고 전시한다면 그것 또한 역사 왜곡입니다.

박시춘 생가 옆의 영남루는 평양의 부벽루, 진주의 촉석루 등과 더불어

이 땅의 대표적인 누각으로 꼽힙니다. 조선시대에는 밀양도호부 객사에 속했다지요. 관료와 양반들이 기생들과 더불어 먹고 마시고 놀던 유희 공간. 본래는 고려 공민왕 14년1365년에 밀양군수 김주가 통일신라 때 있었던 영남사라는 절터에 지은 정자입니다. 절 이름에서 영남루라는 이름을 따왔습니다. 그 후 여러 차례 불타 없어진 것을 복원했고 지금 건물은 조선 헌종 10년1844년 밀양부사 이인재가 새로 지은 것입니다. 정면 5칸 측면 4칸의 팔작지붕. 밀양강 절벽에 위치해 빼어난 경치를 끌어들이고 있습니다.

하지만 영남루 안내판의 설명은 너무 편파적이고 비루합니다. '조선시대 객사에 속해 손님을 맞이하거나 쉬었던 곳' 이라고만 되어 있습니다. 대개의 누정이 그렇듯이 영남루 또한 양반 관료들이 휴식하며 시도 짓고 경치도 감상한 곳인 동시에 기생들과 더불어 주지육림의 세월을 보낸 유희 공간입니다. 그들의 잔치를 위해 얼마나 많은 백성들이 수탈당했는지에 대해서는 일언반구도 없습니다. 영남루에 대한 설명은 철저하게 양반 지배층의 입장에서 쓰인 것입니다. 균형 잡힌 설명이 필요하지 않을까요. 박시춘의 친일경력을 문제 삼아 생가 복원에 반대하는 사람들이 어째서 영남루 같은 문화재가 편파적으로 양반의 입장에서만 홍보되고 있는 것에는 무감각한지 모를 일입니다. 일본제국주의만이 아니라 조선, 고려시대 지배 계급 또한 민중의 수탈자가 아니었던가요.

우리가 영남루에 오는 것은 백성들에 대한 착취와 수탈로 유지되던 양반 관료들의 풍류 정신 따위를 배우기 위해서가 아닌 것은 분명합니다. 영남루란 건축물이 비록 지배층 일부만의 전유물이었지만 건물에 밴 민중들의 피땀과 목수들의 솜씨가 소중하기 때문입니다. 저 건물이 보물로까지 지정되어 보호되고 있는 것도 그 때문이지요. 한때는 권력자들만이 누리던 풍광을 이제는 모두가 평등하게 즐길 수 있게 됐으니 보물인 것이지요. 여전히 소수 권력자만 빼어난 경치를 즐기는 정자라면 그것이 어찌 보물일 수 있겠습니까.

구시렁구시렁,
꾸물꾸물

청도 한옥학교 교수들 중에 최연장자는 대목장 김창희 선생입니다. 2006년, 올해 일흔여섯. 여전히 먹줄 튕기고, 망치질하고, 톱과 대패와 끌을 다루는 현역 목수입니다. 알아듣기 어려울 정도로 말은 어눌하고, 느릿느릿한 걸음걸이와 굽은 등, 외양은 나이보다 열 살은 더 늙어 보이지만 연장을 들면 쩌렁쩌렁합니다. 꼬장꼬장한 노인네는 한 치의 오차도 용납하지 않습니다. 틀렸다고 생각하면 단 한 발짝도 나아가지 않습니다. 그 옹고집이 더러 제자들을 지루하고 고단하게도 만들지만 고집스러운 정밀함이야말로 속도전의 젊은 목수들을 어긋나지 않게 하고 야물게 속살 찌우는 보약입니다.

20여 년 경력의 젊은 목수 오길룡 교수는 진작부터 김창희 선생의 사사를 받기 위해 노력했지만 끝내 뜻을 이루지 못했는데 뒤늦게 한옥학교에 와서 함께 일하게 됐습니다. 오 교수는 김창희 선생이 학생들을 교육시키며 툭툭 던지는 한마디 말씀을 놓치지 않기 위해 부리나케 뛰어가 보기도 하지만 말이 워낙 간단하고 당최 발음이 부정확해 알아들을 수 없노라고 아쉬워합니다. 20년 경력의 목수에게도 칠순의 대목장은 여전히 하늘입니다.

10여 년 전쯤이나 됐을까. 김창희 대목장이 도편수로 서울 근교 어느 절, 요사채를 짓고 있었습니다. 그때도 오 교수는 선생의 가르침을 청해 볼까 하고 요사채 짓는 현장을 기웃거렸다지요. ㄱ자 집이었는데, 정면은 몇 칸의 방을 들였고 오른쪽 측면 칸은 널찍한 누각으로 만들었다 합니다. 기와까지 얹었으니 공사는 막바지였을 겁니다. 마침 김창희 선생이 하루 외출을 했다 돌아와 보니 목수들이 추녀를 달아내려고 기둥을 세우고 있었습니다. 김창희 선생이 자초지종을 물었겠지요.

"주지스님께서 이곳은 비바람이 센 곳이니 추녀를 덧달아 달라 했습니다."

김창희 선생은 그 집을 지으며 기둥 하나 놓을 자리 정할 때도 주변 경관과의 조화를 생각해 몇 날 며칠 고민했었습니다. 추녀를 덧달게 되면 집의 모양새가 볼품없어지는 것은 물론이고 집은 바깥 풍경의 대부분을 잃게 됩니다. 그렇다고 김 선생의 집이 실용을 아주 외면하는 것은 아닙니다. 비바람을 막기 위해 여느 한옥보다 추녀를 길게 빼 줍니다. 김 선생은 목수들에게는 더 이상 묻지 않고 공사 주인인 그 절의 주지스님을 불러오라 했습니다. 주지스님이 달려오자 김 선생이 대뜸 소리를 버럭 질렀답니다.

"이기 중, 니 집이가. 니가 먼데 맘대로 내 집을 망치나."

그때는 공사 대금이 지불되지 않은 상태였겠지요. 좋게 말할 수도 있는 것을 다짜고짜 시비조로 말하자 스님은 기가 찼을 것입니다. 돈 받고 집 지어 주는 목수가 주인 시키는 대로 하면 될 것이지, 주인의 뜻을 거스르는 것은 물론이고 아예 쌍욕을 하며 시비를 걸다니.

"니 미쳤나. 아예 집 베리기로 작정했나. 중, 니 맘대로 절대 몬 한다. 아 직 공사 대금 안 줬제. 목재도 내가 외상으로 가 왔다. 내가 지었으니 아직 은 내 집이다. 추녀는 절대 몬 달아낸다."

김창희 선생과 주지스님은 서로 쌍욕을 하며 싸움질을 했습니다. 화가 머리끝까지 솟은 주지스님이 작은 몸집의 김창희 선생을 등에 업어 잔디 밭에다 내동댕이쳐 버렸습니다. 하지만 그러고서도 그 절 주지스님은 끝 내 추녀를 덧달지 못했다 합니다. 김창희 선생의 목수로서의 자존심과 고집이 그러했습니다. 그 고집불통의 자존심은 더 나이가 든 지금도 변 함이 없습니다. 한옥학교 정문 격인 일주문 공사가 마무리 단계에서 끝 으로 넘어가지 못하고 머뭇거린 지 오래입니다. 김창희 선생이 한옥학교 교수와 졸업생 몇몇을 데리고 짓는 중이지요. 한 달이면 끝났을 거라고, 젊은 교수와 학생들은 답답해하기도 하지만 김창희 선생은 벌써 6개월 째 꾸물꾸물 기어갑니다. 젊은 목수들도 구시렁구시렁, 꾸물꾸물, 졸졸 따라갑니다.

이장

"그들 4형제를 낳고서 나는 얼마나 기뻐했던가! 그들이 점점 자라나는 것을 보고 내가 얼마나 좋아했던가! 그러나 그들의 아내가 원하는 대로 나를 집에서 쫓아냈다.

마치 돼지를 보고 짖어대는 개처럼 되었다. 고약하게 나쁜 귀신들이 아들인 척 나에게 왔다. 마마라고 쫑알거렸다. 그렇게 더듬거리던 네가 죽기 직전의 아비를 잔인하게 내다 버렸구나! 일을 시킬 수 없는 늙은 말을 말구유에서 끌어내듯이 고약하게 나쁜 아들이 늙은 아비를 집에서 쫓아내 거리마다 집집의 대문마다 빌어서 먹네. 나의 손에 이 지팡이가 아비 말 듣지 않는 네 명의 아들보다 낫다네. 이 지팡이는 나쁜 소나 개도 막아준다네. 어두운 밤에 그것을 앞세워서 갈 수도 있고 웅덩이와 구덩이가 있을 때는 의지가 된다네. 별안간 넘어졌을 때도 이 지팡이를 의지하여 다시 일어선다네." 《아난존자의 일기》 '운주사' 중에서 사람은 누구나 삶에 깊이 중독되어 있습니다. 삶이란 마약과 같습니다. 끊고 싶다, 끊고 싶다 입버릇처럼 되뇌이면서도 결코 끊을 수 없는 마약. 중독자의 끊고 싶다는 중얼거림이 헛소리라는 걸 누구나 잘 압니다. 진정으로 죽음을 원하는 자는 죽겠다고 쉽게 떠들지 않습니다. 죽음이란 결코 술이나 감상 따위에 취해 띄울 수 있는 가벼운 말풍선이 아니지요. 삶이 지루한 자들은 허무를 훈장처럼 달고 환락의 바다를 떠다니며 자살을 노래하지만, 이들이야말로 애착의 노예들입니다. 허무란 죽음의 부모가 아니라 삶의 철부지 자식에 지나지 않지요.

청도 한옥학교에서의 시간도 이제 막바지로 접어들고 있습니다. 나를 비롯해 목수가 되고자 한옥학교에 온 사람들 중에는 사오십 대가 많습니다. 더러 환갑이 지난 노인도 있습니다. 오랫동안 살아온 삶에 배신당해 전혀 다른 삶을 살기가 말처럼 쉬운 것은 아니겠지요. 하지만 어떠한 삶이든 사람은 삶을 살아내는 것 말고는 달리 방법이 없습니다. 존재에게 삶이란 선택이 아니라 의무이기 때문입니다.

이즈음은 더 이상 모형 실습이 아니라 실제로 집을 짓습니다. 한옥학교 교실 옆에 초가집을 짓습니다. 목재가 초가집이라 하기에는 지나치게 큽니다. 그래서 우리는 초가궁궐을 짓는다고 농담합니다. 실상 예전에 우리가 살던 초가집의 기둥은 이처럼 크지 않았습니다. 그래도 지붕의 무게를 견디는 데는 아무 문제가 없었습니다. 대들보까지도 그랬습니다. 모든 목재가 뒷산에서 지게에 지고 올 수 있는 크기였습니다. 하지만 요즈음 한옥은 무조건 큰 나무를 쓰고 보는 경향이 있습니다. 수입목 때문에 나무가 흔한 탓일까요. 위세를 부리기 위함일까요.

제재소에서 실어온 러시아산 소나무 원목을 직접 목도해서 대들보, 추녀, 기둥, 도리, 서까래 등을 깎습니다. 통나무의 껍질을 벗긴 뒤 다림을 보고 수평을 잡아 나무의 십반을 긋습니다. 모든 나무는 십반을 잡은 다음에야 먹줄을 놓고 치목에 들어갈 수 있습니다. 수직, 수평이 맞지 않으면 각각의 부재가 힘을 고르게 받을 수 없고, 집이 균형을 잃어 틀어지거나 무너질 수 있습니다. 기둥을 깎을 때는 나무의 상하를 분별한 뒤 작업에 들어갑니다. 나무의 뿌리 부분이 위로 서면 기둥이 힘을 받을 수 없습니다. 집이 거꾸로 서는 것이지요.

집을 지을 때도 나무는 원래 서 있던 모습 그대로 써야 수명을 연장할 수 있습니다. 햇볕을 많이 받고 자란 쪽은 햇볕에 노출시키고, 그늘에서 자란 부분은 그늘 쪽으로 돌려 세웁니다. 목재를 사용할 때는 상하뿐만 아니라 등과 배도 봐야 합니다. 대들보나 도리같이 지붕의 큰 무게를 감당해야 할 부재들은 등이 위로 걸립니다. 흙과 기와의 무게에 눌려 아래로 처질 것이 자명하기 때문이지요. 하지만 기와집의 서까래는 등이 아래로 걸립니다. 위로 치켜 올라가는 한옥의 날렵한 곡선미를 얻기 위함이지요. 나무의 상하와 등, 배를 구분하는 여러 가지 방법이 있지만 초보 목수들이다 보니 종종 헷갈리기도 합니다. 오늘도 서까래 치목을 하면서 약간의 논란이 있었습니다. 누구는 나무의 볼록한 쪽이 등이라 합니다. 누구는 볼록한 쪽이 배라 합니다.

"내 참, 당신은 당신 배가 남산처럼 둥그니까 볼록한 쪽을 배라 하는데 원래 배가 둥근가, 평평하지. 등이 둥그스름하게 휘어졌잖아."

모든 것이 제 눈의 안경입니다. 결국 베테랑 목수가 와서 등과 배를 정리해 줍니다. 당연히 볼록한 쪽이 등이지요. 실제 집을 지으면서는 소나무를 쓰니 치목하는 도중 가시에 찔리지 않아서 좋습니다. 모형 실습 때는 낙엽송을 썼지요. 낙엽송은 워낙 빠르고 곧게 자라 산판에 많이들 심었지만 좋은 목재가 아닙니다. 게다가 잔가시들이 많아 목수들이 진저리를 칩니다. 나도 낙엽송 가시에 찔려 고생한 것이 한두 번이 아닙니다. 오죽했으면 낙엽송 귀신이 왔다는 소리가 들리면 죽은 목수도 벌떡 일어난다고 했을까요.

작업장 옆 숲에서 굴착기 소리가 요란하군요. 사람들 웅성거림도 들립니다. 초상이 나서 묏자리를 파는 것일까. 하지만 상여 들어오는 것을 못 봤습니다.

"원래 돌보지 않던 묘가 있던 곳이래요."

나는 무심히 지나쳤는데 관찰력 있는 이 형이 알려 줍니다. 묘에 개사토를 하고, 비석도 크게 세우고, 묘 주변도 넓게 다져서 잔디도 새로 입힙니다. 이 형이 한마디 합니다.

"묘에 쓸 돈 있으면 부모 살아계실 제 잘해 드리지. 저러면 뭐해요. 우리 어메는 그래요. 자식들 다 불러다 놓고, 야야 느그들 나 죽은 뒤 묘에다 쓸 돈 있으면 지금 다 가져오너라, 내 제주도도 가고, 울릉도도 가고 여행이나 실컷 다닐란다, 묏등에다 쓰는 돈 하나도 쓸데없어야."

살아생전 늙은 부모에게는 무심하던 자식들도 돌아가신 다음에는 개심하여 효자가 되는 걸까요. 묘 잘 써 드리는 것이 마지막 효도라 생각하는 것일까요. 거창하게 장례식도 치르고 비싼 수의도 해 입히고, 대리석 비석과 관으로 묏자리 치장하는 데 돈을 아끼지 않습니다. 간혹 더 좋은 명당자리 찾아 이사도 시켜 드립니다. 그래서 죽어 귀신이 된 다음에라도 자식들 효도를 받으니 저 무덤 속의 부모는 행복할까요?

아닐 것입니다. 대개의 경우 자식들은 결코 개심하여 효자, 효녀가 되는 것이 아닙니다. 그들이 죽은 부모의 무덤을 호사스럽게 치장하는 것은 부모를 위한 것이 아니지요. 그 또한 자신과 자기 자식들 잘되게 해 달라고 그러는 것이지요. 죽어서도 부모는 호구입니다. 늙고 힘없는 노인일 때는 무심하다가 부모가 죽어 다시 제법 힘깨나 쓰는 귀신이 되었다 하니 다시 매달리는 것이지요. 자식이란 죽어서나 살아서나 부모에게는 오로지 불효자식입니다.

죽었든 살았든 힘과 권능이 있다 하면 가서 매달리고 아부하여 이익을 좇는 것이 어쩔 수 없는 사람의 본성일까요. 저물녘, 한 쪽에서는 산 자의 집을 짓고, 한 쪽에서는 죽은 자의 집을 다시 짓습니다. 삶에 대해 알아 갈수록 삶에 대한 지식은 단순해집니다. 누구는 단순성이야말로 참된 지혜라 가르치지만 그것이 지혜라면 그것은 또 얼마나 고통스러운 지혜일까요. 삶이란 진정 삶에 대한 환상을 깨 가는 과정에 지나지 않는 것일까요.

삶은
역설이다

다시 떠날 때가 왔습니다. 청도에서의 날들이 끝났습니다. 늘 그렇듯이 정주하지 못하는 것은 몸이 아니라 마음입니다. 밀양 표충사 입구에서 하룻밤을 보냅니다. 비가 내립니다. 고단한 잠이 밀려옵니다. 자동차에서는 내려 보지도 못하고 잠에 빠져듭니다. 술을 마시거나 약을 먹은 것도 아닌데 이 대책 없는 무기력은 어디서 오는 걸까요. 넉 달 간의 청도 여행, 그 여독에 취한 것일까. 매표소 안에서 날을 새웠으나 나는 절에는 들어가 보지도 않고 다시 길을 나섭니다. 여전히 비는 그치지 않습니다. 벌써 장마가 시작된 것일까.

밀양강변을 따라 남으로 갑니다. 강변을 따라 가드레일이 쳐져 있습니다. 강으로의 추락을 막아주는 안전막. 빗길은 눈길만큼 미끄럽지만 대체로 위험을 대비하는 경계는 많이 느슨합니다. 속도를 줄이고 조심스레 차를 몰아갑니다. 급커브 길을 도는데 불과 몇 미터 앞에서 속도를 잔뜩

준 덤프트럭이 중앙선을 밟고 돌진해 옵니다. 다급하게 경적을 울립니다. 트럭 운전수는 핸들을 급히 꺾습니다. 잠깐 흔들거리던 트럭이 쏜살같이 사라집니다.

끔찍한 죽음이 피해 갔습니다. 순전히 나는 운이 좋아 살아남은 것이지요. 운이 나빴다면 어쩔 뻔했습니까. 나야 조심 운전을 했지만 트럭 운전수가 졸았든가 잠깐 다른 생각을 하고 있었다면 나는 이미 이 세상 사람은 아닐 것입니다. 외통수. 생사의 외통수에 걸려들었을 것입니다. 트럭이 덮쳐 와도 나는 가드레일에 막혀 피할 곳이 없었을 것입니다. 생을 보호해 주기 위해 설치한 안전막이 죽음을 피할 수 없게 만드는 걸림돌이 되기도 하는 세상. 삶이란 자주 역설의 삶입니다.